致青春 070

白日夢我

（中）

棲見　著

高寶書版集團

目錄
CONTENTS

第十二章
想跟妳一樣可愛

沈倦拿著何松南的手機坐在操場的看臺上，對著漆黑的螢幕，有些茫然。

他和林語驚他們中午吃完飯以後，沒馬上回操場，去北樓找了何松南。

運動會和高三沒什麼關係，高一和高二的小學弟妹們在操場這邊熱鬧非凡，高三在北樓寂靜又悄然無聲地寫考卷，寂寞如雪。

別人的熱鬧是別人的熱鬧，與我無關。

何松南很痛苦，他覺得每天和各種考卷為伍的痛苦高三生涯，唯一的樂趣就是中午午休和朋友一起吃飯的時候，還有兩週一次的體育課。

結果他的朋友，現在還不和他一起吃中飯了。在他犧牲了自己，寧願當受也要保護朋友撩妹，不讓他失去心動的女生同桌以後。

這算他媽的什麼朋友！！何松南太生氣了。

所以在他們班下午第一節課久違地上了體育課，沈倦過來找他的時候，何松南劈頭蓋臉就罵了他一頓。

「沈倦，你他媽算個什麼朋友！」何松南站在黑板海報旁邊，抬手指著他，「我為了你，我們班門口現在天天有人來圍觀老子，我都認了，現在連飯都不跟我吃？你自己算算，你有多少天沒來找過我了？」

沈倦坐在他桌上，腳踩著椅背，不耐煩地說：「你是個小女生？我是不是一個月還得陪你吃夠二十天飯？」

何松南笑了：「那倒不用，你一個月一共也只上二十天課，小學弟。」

沈倦「嘖」了一聲。

何松南注意到他的情緒異常，跳了兩步：「怎麼了，誰惹您了，倦爺？」

沈倦「啪」地把手機扣在他桌面上：「我問你。」

何松南恭敬道：「您問。」

沈倦道：「你為什麼不跟你的兒時玩伴談戀愛？」

「因為我他媽沒有兒時玩伴。」何松南說。

沈倦面無表情地看著他，沉默了三秒，繼續道：「那你現在想像一下你有了。」

何松南說：「長什麼樣子啊？」

沈倦不情不願，一頓一頓地沉沉吐出三個字：「滿好的。」

何松南說：「那肯定跟她談戀愛啊。」

沈倦：「……」

老大又「嘖」了一聲，明顯對這個答案很不滿意。

「那我不跟她談戀愛，」何松南飛速改口，「才高中生呢，得好好學習，談什麼戀愛啊，談他媽什麼男女之情啊，我，誰都不會喜歡。」

沈倦這次沒說話，但氣壓比剛才更低了。

何松南都無奈了，也「啪」地把手機拍在桌面上：「哥，您到底想聽什麼答案？您教教我，我說給你聽。」

沈倦就是不知道他到底想要什麼答案。

何松南平時看起來像個戀愛專家，精通七七四十九種撩妹法，每天都在跟蔣寒交換泡妞手段，但是現在看來，沈倦覺得他是個草包。

沈老闆被從所未有的困惑情緒包圍了，腦內有一條條彈幕瘋狂飛過——

『同桌有兩個很帥的青梅竹馬怎麼辦？』

『同桌會不會跟她兩個很帥的青梅竹馬其中一個談戀愛？』

『同桌是不是因為兒時玩伴顏值太高，所以現在看不上其他男人了？』

但是這他媽跟他有什麼關係？

沈倦又思考了一下跟他有關係的彈幕。

『同桌覺得陸嘉珩和沈倦誰更帥？』

沈倦的太陽穴一跳一跳地，又開始偏頭痛了。

下課鐘聲響起，體育課結束，他嘆了一口氣，長腿一掀，從桌子上下來，摸過手機，往操場那邊走。

回到十班看臺，林語驚正在和程軼聊天，很專注地側著頭，撐著腦袋，沒注意到周圍的動靜。

倒是程軼看見他了，兩人對視一眼，程軼轉過頭去，忽然問：「如果有一天沈倦交了女朋友，妳在這個地方唯一的一個朋友也得保持距離了，妳會不會覺得不開心？」

沈倦腳步一頓。

「我開心得跳起來，再買兩個五百響的鞭炮幫他慶祝。」林語驚說。

沈倦：「……」

呵。沈倦氣笑了。

他頂著陸嘉珩和程軼似有若無的掃視，面無表情地坐下，抽出手機來，表情淡定又冷漠，一副完全不受影響，什麼都沒聽見的樣子。

他點到首頁鍵的同時，林語驚轉過頭來。

沈倦看到了一個妖嬈大胸妹的桌布，上面還有六位數的密碼，有一瞬間的茫然。

他什麼時候是這個桌布了？

他愣了半秒，很快反應過來，這是何松南的手機。

兩個人的手機型號是一樣的，又都不喜歡用保護套，關上螢幕放在一起的時候確實一模一樣，他走的時候也沒注意到。

但是林語驚現在正盯著他看。

何松南這個破手機的密碼到底是多少？

沈倦頂著林語驚的視線，看著螢幕上的六位數密碼緊繃著唇角，指尖在螢幕上亂點，一副正認真地玩手機，完全無視她的樣子。

好在林語驚很快就去找了體委說她項目的事，還陪聞紫慧一起去檢錄了。沈倦垂著眼皮，鎖了螢幕，起身往北樓那邊走。

校園裡一片寂靜，現在何松南他們班應該在上課，他得等到他們下課才能去找他換回來。

沈倦把手插進口袋裡，不緊不慢地沿著籃球場走過去。

他回憶了一下從開學前幾天第一次遇見林語驚，到現在的那些事。

沈倦沒談過戀愛，但是他不是傻子，他對林語驚的關注和照顧好像有點太多了。

一開始只是因為她努力收斂著滿身的刺卻依然很刺眼，明明喪得看起來下一秒就會癱在地上倒地不起了，卻偏偏裝作一副若無其事的樣子，這種矛盾的感覺讓他覺得這個人還滿有意思的。

後來他是為什麼發現她確實很有意思？

但是這不能解釋他面對她的男性朋友時，產生的那種需要強壓下去的煩躁。還有，他為什麼會在她叫他哥哥的時候，有了一點難以啟齒的反應？

沒休學以前，沈倦被不少女生追過，類型很齊全，嗲的比比皆是，除了麻煩以外，他沒什麼別的感覺。

林語驚是不一樣的那個，但是到底哪裡不一樣，他又說不出來。

或者說，他其實早就感覺到了那種不太正常的占有欲是因為什麼，但是他不是很想承認。

為什麼不想？因為林語驚對他沒有感覺。

她的一舉一動、一言一行都在透露一個訊息——她對他沒有任何亂七八糟的想法，就是單純地信任他，把他當朋友。

我把你當同桌，還想和你做好朋友，你卻滿腦子有色廢料，連我叫你一聲哥哥都有反應，多嚇人啊。

‡

沈倦走到北樓門口，靠在柱子上嘆了口氣。

直到聞紫慧的鉛球比賽結束，沈倦都沒有回訊息。

林語驚開始後悔了。

仔細想想，她覺得自己問得有點太直白了，可能是沈倦覺得她唐突，兩人的關係沒到那一層。可是問都問了，沒辦法撤回，對方既然沒回覆，她也不好意思再說些什麼，不然會非常多此一舉。

林語驚回到十班的看臺，發現沈倦連人都不見了。

她掃視了一圈，也沒看見他，於是轉頭看向程軼：「我同桌呢？」

「妳剛走他就走了啊，」程軼大咧咧地說，「我還以為他去找妳了。」

「啊，」林語驚坐下，手肘放在膝蓋上撐著腦袋，過了一會兒又無意義地應一聲，「啊……」

她沮喪地垂下眼睛，癟了癟嘴。

她後悔了，早知道什麼都不問了，他是不是生氣了？

‡

程軼和陸嘉珩在這邊待了兩天，本來是打算待到週末的，結果當天晚上程軼接到他爸的電話，說他爺爺週末要過生日，被他忘記了，程先生把他劈頭蓋臉地罵了一頓。

於是，林語驚第二天運動會就跟劉福江請了個假，說自己昨天摔傷，睡了一覺不太舒服，劉福江就二話不說地直接批准了。

她跟陸嘉珩和程軼三個人吃了一整天的東西，晚上把兩人送到機場，倒也沒空思考沈倦的事。

直到她坐地鐵從機場回市區，周圍一下安靜了下來，她才想起這件事。

林語驚坐在地鐵裡，晃了兩下腿，傳了訊息給李林：李老闆，沈倦今天有去運動會嗎？

李老闆回得很快：沒！我以為你們偷偷出去玩了呢。

林語驚收回手機。

沈倦是不住校的，他既然沒在學校，那大概就是在工作室，林語驚也就沒回學校，轉了一趟地鐵，回家去了。

下地鐵的時候是晚上五點半，她沒回家，走到便利商店門口停住了，然後往沈倦的工作室走。走到巷口，林語驚往裡面瞧了瞧，沒進去，看了一會兒，繼續往便利商店走。

她想製造一下偶遇，她就不信沈倦不會出來買菸、買晚飯什麼的。

走到便利商店門口再折回去，走到工作室那個巷口繼續折回去，就這樣來回繞了三四趟，一直繞到天黑。

路燈明亮，街道上的車燈首尾相銜，往遠處看像一條條明黃色的長龍。

第五次路過便利商店時，林語驚終於覺得自己像個精神病。就在大馬路上來回走，哼著歌，漫無目的地走來走去。

林語驚忽然覺得自己之前的想法太膚淺了，也許人家不是精神病！也在尋找偶遇的機會！

她嘆了一口氣，站在巨大玻璃窗前，偷偷地，不動聲色地往裡面看。

冰櫃前有一個穿黑衛衣的男生，高高瘦瘦，林語驚的視線被貨架擋住了一半，只能看見他的衛衣帽子和後腦勺，髮型跟沈倦一樣，肩膀看起來也很像。

她在便利商店門口墊著腳，一跳一跳地，一會兒走到最旁邊，一會兒走到門那邊，想找一個角度看一下這個人的側臉，看看到底是不是沈倦。

就這麼跳了好一會兒，跳到收銀小姊姊用詭異的眼神看著她時，男生終於轉過頭來了。

很帥但不是，是屬於溫柔清秀的類型。

林語鷩嘆了口氣，不開心地垂著腦袋轉過身，看見了一雙近在咫尺的白球鞋。

她嚇了一跳，抬起頭——沈倦站在她身後，垂眼看著她，神情漠然。

林語鷩本來幾乎可以肯定店裡的那個人就是他了，結果不是。不是就算了，下一秒，這個她從五點半轉了不知道多少圈想要偶遇，直到肚子都餓扁了也沒遇到的人就出現在她的身後。

這麼近的距離，無聲無息，不知道站了多久。

林語鷩鷩恐的表情還來不及收回去，伴隨著一種做壞事被抓包的尷尬，結巴了一下：「沈、沈倦？」

「那個男的，是妳的理想型？」沈倦平靜地問。

這個問題意料之外，林語鷩反應了一下才說：「不是。」

聽起來有點單薄，不知道沈倦在這裡看了多久。

「我都沒看清楚他長什麼樣子。」為了顯得更有真實性一點，林語鷩補充道。

沈倦在計程車裡就看見她在便利商店門口跳。

少女穿著一件米色長絨毛衣，頭髮沒綁起來，揹著小書包站在那裡，行李箱也沒拿。

她每週回家都會帶著她的小行李箱，這次兩手空空，應該不是直接從學校回來的。

沈倦直起身子：「司機先生，就在這裡停車吧。」

司機緩慢停車，確認了一遍：「就在這裡啊，停路邊了啊。」

沈倦「嗯」了一聲，身子往側面傾斜，抽出皮夾付錢下了車。

他沒急著過去，就站在對面點了一根菸，然後看著林語驚從大玻璃窗的這頭走到那頭，一跳一跳地往裡面看，左右平移、反覆橫跳、旋轉螺旋升天，不知道在看什麼，反正就是不進去。

跳了五分鐘，這麼活潑，看起來腿是不痛了。

沈倦掐熄了菸，走到路邊垃圾桶丟掉，過了馬路。

林語驚看得很專注，沒注意到背後的聲音。沈倦就站在她身後，跟著往裡面看了一眼。

一個男人，的背影。

就這麼一個男人的背影，她盯著人家看了五分鐘。

林語驚說完，沈倦點了點頭：「那妳要不要再進去看清楚一點？」

他面對著明亮的便利商店玻璃窗，白色的光線幫他打了一層薄光，看起來皮膚特別好，緊繃著又微微下垂的唇角也尤為清楚。

他心情不怎麼好，是因為還在跟她生氣嗎？

林語驚眨眨眼：「不用，我其實就是想看看他會不會買走我喜歡的蔓越莓優酪乳。」

然後妳看了五分鐘，妳是神經病嗎？

林語鷺嘆了口氣，覺得自從考了學年第二，自己的智商好像越來越低了。

她來不及再說什麼，沈倦沒理她，轉身就走進了便利商店。

林語鷺連忙跟上去，裡面那個穿著黑衛衣的男生還站在冰櫃前，從優酪乳區變成了便當區。

沈倦今天也穿了黑衛衣，林語鷺站在貨架旁邊，看著兩個人的背影對比了一下。

沈倦比這個小哥哥更高一點，肩膀更寬一點，腿也更長，身材比例更好。正面就不用看了，社會哥的顏值能1對N，要打一個連隊估計都沒什麼問題。

她怎麼會覺得這個人的背影像沈倦？明明一點都不像。

林語鷺走到沈倦旁邊，看著他手裡拿著一瓶蔓越莓優酪乳，還有一瓶鮮榨果汁。

林語鷺也跟著拿了一瓶蔓越莓優酪乳，她不知道沈倦那瓶是不是拿給她的，如果不是呢？她不想看起來太自作多情。

拿完以後，她看著他。

沈倦像沒看見，拿了一份厚切豬排飯，又打開旁邊的冰櫃，抽出一瓶礦泉水。

林語鷺像個殷勤的小尾巴一樣跟著他，問道：「你沒吃晚飯嗎？」

沈倦「嗯」了一聲。

「……」

林語鷺儘量無視他始終不冷不熱的態度，她是來求和的。

她小聲說：「我也沒吃。」

沈倦已經走到收銀檯了，聞言回頭看了她一眼，似笑非笑地道：「怎麼，看帥哥看到飯都忘記吃了？」

此時那個黑衛衣的小哥哥已經走了，林語驚還是有種尷尬混雜著羞恥的感覺，以及一點不耐煩。

她服軟的態度還不夠明顯嗎？她都這樣哄他了！

林語驚翻了個白眼，把手裡的蔓越莓優酪乳往冰櫃裡放，「啪」地一聲輕響：「是啊，你要是不嚇我，我還打算進來要個手機號碼。」

沈倦看著她瞇了一下眼，沒說話。

少年很高，林語驚比他矮了一截，看他得仰著頭，氣勢卻絲毫不弱。

兩個人就這麼站在收銀臺前殺氣騰騰地對視了半分鐘，收銀小姊姊看這個人一眼，又看那個人一眼，緊張地往後蹭了一點。

又過了半分鐘，沈倦移開視線，轉身。

林語驚也二話不說，扭頭就走。

她是腦子裡塞了漿糊吧！來來回回晃了好幾個小時就是為了看看能不能碰見他，結果好不容易碰見了，還要熱臉貼冷屁股，人家根本一句話都不想跟她好好說。

林語驚氣得肝疼，強忍著想要回頭跟他吵一架，順便再打一場的欲望往便利商店外走，結果沒走兩步，被人扯著後衣領拉回去了。

她倒退了兩步，轉過頭來，鼻尖蹭到少年衛衣棉質的柔軟布料，有股很淡的消毒水味。

她抬起頭。

沈倦又拿了一份厚切豬排飯，垂著眼：「去哪裡？」

林語驚脫口而出：「關你屁事。」

沈倦沒表情地看了她一眼：「不是沒吃晚飯嗎？」

林語驚看著他：「這個也關你屁事。」

沈倦沉默了一下，沉著聲，低緩道：「林語驚，妳別總惹我生氣。」

林語驚笑了一聲，拍開他拉著她衣服的手後退了兩步：「你在威脅我？我怕死了。」

沈倦嘆了口氣：「我在求妳。」

林語驚怔了怔。

沈倦重新走回收銀檯前，把新拿的那份厚切豬排飯放上去，又抬手把她剛剛拿的那瓶蔓越莓優酪乳也拿過來，結了帳。之後拿著兩瓶優酪乳、兩盒便當和兩瓶水走到窗前桌邊，放上去，回過頭看著她：「過來。」

林語驚猶豫了一下，慢吞吞地走過去坐下。

便當剛加熱過，有點燙，沈倦捏著邊緣的塑膠膜拆開，打開蓋子推到她面前，然後垂頭去拆另一盒。

林語驚咬著筷子看著他。

沈倦側頭：「怎麼了，燙？」

她眨眨眼：「我之前，傳了一條訊息給你，你收到了嗎？」

「嗯。」沈倦把那瓶鮮榨果汁擰開，推到她面前。

林語驚道了聲謝，小心問道：「那……你明白我是什麼意思嗎？」

沈倦直勾勾地看著她，手指無意識地蜷了蜷。

半晌，他才開口，聲音很低：「什麼意思？」

「就是，我現在已經把你當朋友了，你要是有女朋友的話，我多多少少要避避嫌。」林語驚頓了頓，飛快地補充道，「當然，你要是不想說可以不說，就當我沒問過，你不要不開心。」

「……」沈倦的臉頰微動，似乎磨了一下牙：「沒有。」

「啊，」林語驚鬆了口氣，「你是沒有不開心還是——」

「……沒有女朋友。」沈倦用從牙縫裡擠出來的碎音說。

林語驚聽完他的否定回答，不僅鬆了口氣，甚至不知為何，莫名地愉悅了起來。

她拿起筷子開始吃飯。厚切豬排飯她之前沒有吃過，她一直覺得這種炸豬排一定要現炸出來的才好吃，結果今天吃了一下，味道還不錯。

大概是因為她太餓了。

沈倦的鮮榨果汁是買給她的，他好像比較喜歡喝可樂和礦泉水，兩瓶蔓越莓優酪乳也都放在她這邊。林語驚默默看了一眼這些東西的價格，想等晚上的時候轉帳給他。

兩個人沒再說話，默默地開始吃東西，林語驚咬著豬排仰了仰頭，看見外面的行人來來往往，時不時會側頭看他們一眼。

林語驚覺得人真的在不斷變化，她現在竟然已經完全習慣了在便利店商裡吃這種便當當晚餐。

他們吃完飯，將飯盒丟進垃圾桶後走出便利商店。林語驚的優酪乳沒有肚子喝了，一手拿著一瓶跟在沈倦後面，揉了揉肚子，轉過頭。

剛吃飽，她的聲音有些懶：「你今天還要回工作室嗎？」

說完她才想起來，他是住在工作室的。

沈倦「嗯」了一聲，抬了抬眼，視線落在正前方，腳步猛地一頓。

林語驚還在等著他的下文，又往前走了兩步才反應過來，回過頭去看他：「嗯？」

沈倦在原地站了兩秒，忽然衝了出去。

林語驚愣住了。

沈倦擦過她的肩膀快步往前走，手臂撞到她的肩頭，她被撞得往前傾斜。他像沒察覺到似的，抬手抓著迎面走來的一個人的衣領，半拖半拽地拉著他往旁邊走，「咚」地一聲把人掄在牆上。

林語驚嚇了一跳。

她聽見那個人呻吟了一聲，定睛看過去才看清長相。

一個看起來瘦瘦弱弱的少年，眉眼細長，看起來年紀很小，個子也不高。

被人這樣提著，他的雙腳幾乎離了地，徒勞地掙扎了兩下，腳尖才勉強碰到地面。

沈倦拉著他衣領把他狠狠地抵在牆上，力氣很大，手指骨節都泛著白，傾身靠近盯著他的臉，啞著嗓子：「我他媽有沒有說過別讓我再看見你？」

他聲音又低又輕，帶著某種壓抑又冷冰冰的暴戾。

林語驚覺得自己渾身的汗毛都豎起來了。

無論是之前見到他在便利商店門口打架也好，或者後來兩個人鬧彆扭也好，她從來沒見過這樣的沈倦。

那少年抬手抓著他的手，表情痛苦地小聲呢喃了什麼，視線側了側，往林語驚這邊看過來。像是在求助。

他看起來實在太弱了，安靜又無害，無聲無息，存在感極低，甚至在沈倦衝過去之前，林語驚都沒發現他走過來。

這種力量差距很懸殊的對比、此時此刻的情形，以及沈倦這種可怕的狀態，都讓林語驚有一瞬間的猶豫。

沈倦幾乎是下一秒就察覺到了他的意圖。他冷笑一聲，身體往後退了一步，拉著他的衣領往旁邊的一處小巷子裡拖。

少年嗚咽著，很快就消失在黑暗裡。

林語驚一手拿著一瓶優酪乳站在原地，張了張嘴。

怎麼辦？是過去看看好，還是在這裡等著？

林語驚想起沈倦差點把同桌打死的暴力事件。

她幾乎都快要忘記這件事了，兩個月的相處下來，她實在沒辦法把他和這件事情聯繫在一起，他平時連跟別人吵架都懶，怎麼可能會做那種事。

漆黑的小巷子裡安安靜靜，沒一點聲音，林語驚等了兩分鐘，走到巷子口往裡面看。

沈倦走得不遠，站在這裡能隱約看見兩個人的輪廓。少年緊緊靠著牆角，蜷縮地坐在地上，沈倦則站在他面前，居高臨下地看著他。

黑暗將無數負面的力量擴大，他的輪廓被模糊拉長，林語驚看見他動了動，然後轉頭看過來。

她抿了抿唇，看著他走出來，路燈和明亮的街道重新將他包圍起來，黑暗被拋在身後。
林語驚不受控制地往巷子裡看了一眼，那個少年還坐在原地，蜷成一團，一動也不動。
沈倦走到她面前，聲音冷而淡：「走吧。」
彷彿上一秒那個魔鬼般的狀態是她的錯覺。
林語驚的嗓子發緊，舔了舔嘴唇：「他……還醒著嗎？」
她其實想問，那個人還活著嗎？
她的臉部表情應該滿明顯的，因為沈倦垂眼看著她，表情有些無奈：「我不是那種暴力的人，我沒打他。」
「……」
林語驚心想，你能不能摸著自己的良心說話？你剛剛差點把人鑲進牆裡了。
「我當然知道你不是，我相信你。」她頓了頓，又道，「要不要幫他叫個救護車……什麼的？」
「……」沈倦嘆了口氣：「不用，我沒碰他。」
他既然都這麼說了，那應該就是真的沒有。
林語驚點點頭：「那……走吧。」
兩個人繼續往前走。
不知目的地，茫然地往前走了幾分鐘，林語驚還沒從剛剛的突發事件裡回過神來，等她終於緩過來時，側頭看了看旁邊的人。
沈倦始終沒有說話，他剛剛外露、令人毛骨悚然的恐怖狀態已經壓了下去，表情卻始終繃得很緊，唇角下拉，整個人看起來極端低沉。

林語驚猶豫了一下，抬手扯了扯他袖口。

沈倦停下腳步，回過頭來，聲音發啞：「怎麼了？」

林語驚舔了舔嘴唇，試探問道：「你想不想……出去玩？」

他沒說話。

「我帶你去玩吧。」林語驚又說了一遍。

沈倦垂眸看著她，睫毛低壓，遮住眸光。靜了幾秒，他忽然低笑了一聲：

「好，妳帶我去玩。」

這下林語驚開始為難了，她看著他，試探道：「我帶你……去遊樂場？」

沈倦抽出手機，看了一眼時間：「現在嗎？」

……好像有那麼一點點晚。

林語驚眨眨眼：「有沒有晚上開的娛樂活動場所？」

沈倦往前走了兩步，忽然俯身湊近，漆黑微挑的眼看著她，唇角微勾，笑得曖昧又不正經：

「有很多，」他聲音低緩，「想去嗎？」

林語驚咽了咽口水，吸了口氣，努力保持著面無表情的樣子看著他：「沈同學，我們在燈火通明的大街上呢，希望你注意一下形象。」

沈倦帶著笑直起身來：「走吧，帶妳去晚上開的遊樂場。」

林語驚狐疑地看著他：「未成年可以進去嗎？我可是正經人，我不會跟你同流合汙的。」

沈倦走到路邊抬手攔車：「不巧，我最喜歡拉著正經人跟我同流合汙。」

說是晚上開的遊樂園，林語驚本來不相信。

她知道這個時間還開著的遊樂園只有一個迪士尼，但是太遠，她覺得沈倦是誆她的，所以在他們坐了半小時計程車，到了一塊黑燈瞎火、完全陌生的地方的時候，她的第一反應是自己可能要被賣了。

林語驚下車跟著他往前走了一段路。路上很靜，兩邊植物茂盛，林語驚連忙快走兩步，緊跟著沈倦。

他側了側頭：「怕？」

「有點怕了，」林語驚點了點頭，「你要把我賣了嗎？」

沈倦笑了一聲，黑暗裡，他的聲音低而沉：「那妳還跟著我。」

「還能怎麼辦，人是我選的，真的被賣了我也認了。」林語驚剛說完，兩個人走到轉角處，她看見了一片色彩斑斕的燈光。

林語驚睜大了眼睛，沒注意到身旁的沈倦停下了腳步。

這大概是一個什麼公園的門口，一個巨大的鐵門關著，只有兩邊開著小門，大鐵門前全是賣各種五顏六色小玩意兒的攤子，透明的氫氣球被一束束地綁在一起，上面纏著一閃一閃的彩燈。

林語驚跑過去，看見地攤上擺著會唱歌轉圈的塑膠小玩具，紅色的小惡魔髮箍和天使的白色小翅膀一排一排地堆在一起。

周圍很熱鬧，這個時間，人竟然還很多，大多都是年齡不大，十六七歲的少年少女，也有的看起來是家長帶小朋友出來散步。

公園大門有一個個搭起來的小棚子，有射氣球還有套圈圈，靠近裡面還能看見亮著光的旋轉木馬，隱約的音樂聲混著笑鬧聲傳出來，盡頭有個很大的摩天輪。

林語驚轉過身來，站在門口朝著沈倦的方向揮了揮手，原地跳了兩下。

沈倦走過來，林語驚拉著他的袖子把他拉到剛剛那個小攤位前，指著地上的小惡魔髮箍說：「沈同學，我買一個這個給你。」

沈倦想也沒想就拒絕了：「不要。」

林語驚指指裡面：「你看他們都有戴。」

沈倦很堅定：「我不戴。」

林語驚瞪著他：「你得戴。」

沈倦：「我不戴。」

林語驚：「你為什麼不戴？」

沈倦挑眉說：「我們社會哥都不戴這玩意兒。」

林語驚看了他一會兒，鬆了口：「好吧，」她沮喪地說，「那我自己戴。」

攤位老闆是個二十多歲的黃毛青年，聽著他們的對話，笑著靠在大鐵門上：「小妹妹，妳這個男朋友不行啊，妳看看哥哥怎麼樣？妳讓我戴十個我都戴。」

沈倦面無表情地掃了他一眼，抽出皮夾付錢，彎腰隨便撿了兩個小惡魔的髮箍直起身，拿著那兩個亮著燈的髮箍敲了敲林語驚的腦袋：「走了。」

林語驚「噯」了一聲，摸了摸腦袋跟上去。

她快走了兩步，走到他旁邊，從沈倦手裡拿了一個小惡魔髮箍，戴在自己腦袋上。

林語驚從來沒想到自己能這麼幼稚。

她現在有種莫名其妙、從未有過、超出她想像和理解範圍的興奮。

她自己都沒辦法理解。

她往前小跑了兩步，轉過身來，一邊倒著走一邊看著他，晃了晃腦袋：「沈同學，你看我這樣可愛嗎？」

沈倦看著她，停了兩秒才說：「可愛。」

林語驚還不忘給他設陷阱，問：「你想不想跟我一樣可愛？」

沈倦笑了。

他垂下頭，舔了一下嘴唇，低低地笑了一聲，點點頭說：「想。」

林語驚怕他反悔，趕緊停下腳步，走到他面前：「那你——」

她還沒說完，沈倦忽然拉著她的手腕往旁邊靠。

兩個人站在旁邊，他把手裡的小惡魔髮箍放在她手裡：「我不會。」

沈倦彎下腰來，手撐著膝蓋，湊近她。很近的距離下，林語驚看見他漆黑的眼底被五顏六色的背景染上了溫柔的光。

「我不會，妳幫我戴。」他的聲音低而緩，在笑鬧聲嘈雜的背景裡卻依然清晰異常，「妳怎麼變這麼可愛的？教教我。」

夜市公園裡的背景嘈雜，不遠處的旋轉木馬旁邊則立著一個巨大的黑色廉價音箱，放著歡快的兒歌，音質很差，四周有女孩子的笑聲與小朋友吵鬧聲。

沈倦已經拉著她往旁邊靠了，只是兩個人停在那裡不動還是有點礙事，他們旁邊是個射氣球的小攤位，此時那裡正站著一對情侶，不停傳來氣球破掉的「砰砰」聲。

深秋夜裡風寒涼，此時卻好像格外地熱。林語驚甚至能感覺到自己正在一點一點，不斷地在升溫。

沈倦的神情自然，看起來沒有不對勁的地方，就這麼弓著腰湊過來看她，安靜地等著。

林語驚後退了一點點，拉開距離，兩隻手指捏著小惡魔髮箍的兩端掰了掰，清清嗓子，聲音有點飄：「你……頭再低一點。」

沈倦順從地垂下頭。

她抬起手臂，將手裡的小髮箍戴在他頭上。少年漆黑的髮絲在指尖穿過，觸感竟然意料之外地有些柔軟。

林語驚的身子往後仰，觀察了一下，發現有點歪，摸索著髮箍的末端幫他調正。

她的指尖摸到他微涼的耳廓，沈倦僵了一秒時，林語驚已經脫手了。

他抬起頭來。

少年的長眼漆黑，挺鼻薄唇，下頷的線條削瘦，混合著少年氣和棱角感，半張側臉被旁邊的藍色霓虹燈光線浸泡，讓人想起冰與火之歌的海報。

「小惡魔。」林語鷺忽然說。

「嗯？」沈倦抬眼。

「你看過《冰與火之歌》嗎？裡面的提利昂・蘭尼斯特。」林語鷺抬手，手掌直立在自己的鼻尖上，「他有張海報，半邊臉是藍色的，跟你剛剛一樣，而且他的外號也叫小惡魔。」

沈倦揚眉：「我的外號不叫小惡魔。」

他的皮膚很白，頭上戴著發著紅光的小惡魔角，林語鷺不知道為什麼，這明明是個很可愛的東西，卻被他硬生生戴出了一點邪氣。

她實話實說：「你現在看起來滿惡魔的。」

沈倦看著她，忽然勾起唇角：「妳知道惡魔一般都喜歡什麼嗎？」

林語鷺配合道：「什麼？」

「少女獻祭，」沈倦意味深長地看著她，忽然俯身，貼近她耳畔低聲說，「願意把身心都獻給我嗎？」

溫熱的吐息染上耳廓，林語鷺覺得自己半邊身子都快麻掉了，整個人都有點恍惚。

隔壁攤位「砰」的一聲，又是一顆氣球破掉的聲音。

她回過神來，不動聲色地後退半步，誇獎道：「沈同學，你進入角色的速度還真快。」

沈倦直起身來。

剛剛那個射爆了氣球的女孩子歡呼一聲，轉過頭抱住旁邊男生的腰，撒嬌道：「我厲害嗎？」

男生抬手鼓掌，非常給面子：「厲害！強得讓我害怕。」

女孩很高興，兩個人抱在一起，熱情地啃了對方一下，然後拿了一個小鑰匙圈走了。

林語驚伸頭偷偷看了一眼。她原本以為這種遊戲攤位的獎品應該都很醜，結果沒想到那個鑰匙圈竟然很漂亮，小小的滑板裝飾，上面刻著精細的花紋，還能當成開瓶器用。

「那個鑰匙扣還滿好看的。」林語驚湊近了沈倦，小聲說。

沈倦道：「這個地方的這種遊戲太多，獎品不弄好一點沒人來。」

林語驚點點頭：「行業競爭激烈。」

她說完走過去，走了兩步回過頭來，發現沈倦沒動，又抬手拉著他的衣襬到那個攤位前，看了一遍裡面擺著的獎品。

有各種小鑰匙扣、眼罩、馬克杯、大大小小的毛絨玩具。

最裡面的架子上放著一個很大的棕色泰迪熊，大概半個人高，穿著一件綠色的毛衣，毛衣上縫著一個紅色的字母「L」，看起來像個鎮店之寶。

老闆正在把新的氣球換上去，看見他們非常熱情：「要玩嗎，小妹妹？十塊二十發。」

林語驚的目標很明確，指著那個熊：「那個要怎麼樣才能得到？」

「那個得一排連續全中。」老闆說，「那個很難的，不過妳要是一連射中五個，就可以換一個鑰匙圈，十個就給妳一對情侶的馬克杯。」

林語驚以前從來沒玩過這種東西，她唯一一次去遊樂園是國中時學校辦的春遊，不過沒吃過豬肉也見過豬跑，她也不是不知道怎麼玩。

這家店和她以前見過的稍微有點不一樣，背景板上綁著一排排彩色的小氣球，正方形，橫的二十個，直的二十個，就像消消樂一樣，射中一橫排或者一直排，打中一定顆數的氣球可以換小獎品。

林語鶯在遊戲裡玩這種不太行，但是現實還是有點區別。

她付了十塊，看著老闆把氣球綁滿，抬手咬著手腕上的髮圈把頭髮綁起來，紮成高高的馬尾，看起來俐落又自信滿滿。

沈倦挑了挑眉，站在旁邊看著。

林語鶯端起槍，很輕，裡面是黃色的硬塑膠子彈。

她先瞄準中間的一個藍色氣球，開了一槍。

「砰」的一聲，那個藍色氣球左下方的一顆黃色氣球破了。

林語鶯笑了，眉眼彎彎，非常胸有成竹地甩了一下頭髮，看起來非常驕傲。

沈倦垂下頭，無聲地笑。

林語鶯覺得自己找到了訣竅，這把槍不可能是準的。遊戲裡她搞不清楚的，李林一直跟她說的什麼彈道，現在看起來比較清晰了。

林語鶯舉起槍瞇著眼，瞄準。

它的子彈應該是向左下角偏……

「砰」的一聲，沒破。

嗯？嗯嗯？為什麼？？

好的，沒事，這個一定是角度問題，再往上提一點就好了。

林語鶯一邊自我安慰，一邊很精確地計算著角度。十槍以後，她覺得這個二百五子彈根本不是向左下角偏的，不然為什麼氣球不破？她明明覺得自己已經打到了。

難道這玩意兒其實像是長了腿一樣，會上下左右亂飛？

她感覺自己的智商和判斷力在不斷地被侮辱，盯著那個氣球盤看了一會兒，扭過頭去。

沈倦靠在旁邊的樹幹上，低垂著頭，肩膀一抖一抖的。

林語驚面無表情地看著他：「沈倦，恩斷義絕了。」

沈倦抬起頭，笑著舔了舔嘴唇走過來，從她手裡接過槍，晃了晃，丟在一邊，拿起旁邊的一把塑膠小手槍，垂頭問她：「想要那個熊？」

林語驚點了點頭，豎起手指在空中比了一下：「這一排，都要中。」

沈倦轉頭，看向坐在旁邊翹著二郎腿的老闆：「老闆，你扔吧。」

老闆沒反應過來：「什麼？」

「我不打你綁好的那個，你拿著氣球，向空中隨便扔，我來打，」沈倦有耐心地說，指了指那個穿著綠毛衣的泰迪熊，「還是連續二十槍，全中的話我們要那個。」

一般這種氣球一排排綁在那裡，都會有幾個是特製加厚的，就算你用這種塑膠玩具槍，也無論怎麼樣都打不破。

老闆叼著菸用看神經病的眼神看著他，大概是從來沒有聽過這樣的要求：

「我丟，你射？不是，小夥子，那樣的話氣球是動的，會動的，你要打？」

沈倦神情鬆懶，「嗯」了一聲。

林語驚彷彿在他臉上看到了十加二，共計十二個大字。

——讓一讓，老子要開始耍帥了喔。

林語驚翻了個白眼。

老闆沒馬上行動，狐疑地看著他，一方面覺得他是不是發現了什麼，一方面又覺得用扔的話他根本打不到：「你是幹什麼的？」

「一個普通的高中生。」沈倦平靜地說。

「……行，」老闆狠狠地吸了一口菸，丟在地上踩滅，站起身來拖過旁邊的一袋氣球，「我隨便扔了啊，二十發，你都中了，我十塊錢都不收，我那個鎮店之寶白送給你。」

還真的是鎮店之寶。

沈倦單手握著那把黑色的塑膠玩具手槍，槍口在桌面上點了點，拿著槍的手指抬了抬又握緊。

林語驚想起他拿著筆和線圈機時的小動作。她莫名有點緊張，死死地盯著老闆手裡的氣球。

老闆摩拳擦掌，一手拿著一個氣球：「我扔了啊？」

「我現在扔了啊？」

「我就這樣扔？」

「直接扔？」

「……」

你到底扔不扔啊！

林語驚的腹誹還沒咆哮出去，老闆跳著將手裡的一顆氣球丟向半空中，綠色的小氣球跟著風的軌跡飄飄悠悠地往下掉，林語驚的心跟著提起來。

她下意識屏住呼吸。

「砰」的一聲，氣球在半空中應聲而破。

林語驚抬手拍了一下桌角。

老闆還沒反應過來，在地上找了一圈，確定那個氣球確實破了，他轉過頭遲疑著，慢吞吞地將手裡的另一個也丟出去。

這次很低，眼看著即將要落地，沈倦垂手，又是「砰」的一聲。

他身後不知道什麼時候站了不少人，都在圍觀，一個男生啪啪啪地鼓掌：「我靠，這個兄弟厲害啊。」

另一個男生說：「這兄弟頭上還戴了一個角。」

「這是什麼？反差萌？」

「Buff 加持。」

「啊啊！這個小哥哥背影好帥，我繞過去看看他長什麼樣子。」

「你看！」有個女生小聲不滿地道，「人家別人的男朋友都戴！你為什麼不要！」

男生說：「戴這個我就不帥了。」

女生難以置信地說：「是什麼給你的錯覺，讓你覺得自己不戴這個是帥的？」

林語驚差點笑出聲來。

她轉過頭來看向沈倦，少年站得很直，微側著身子垂頭，塑膠玩具槍的槍口再次抵上桌面，他像是完全沒聽到身後的聲音，唇角向下抿著，冷淡而專注。

老闆被刺激到了，接下來的十八個氣球，他體現出的個人身體素質宛如一個優秀的國家級雜技表演運動員，扭曲著肥胖的身體，啤酒肚顫抖著從各個角度丟氣球，後來乾脆兩個一起丟，氣球一個接著一個，五顏六色的碎了滿地。

老闆到最後已經認命了，麻木地丟出最後兩個氣球，不情不願，慢吞吞地去拿他架子上的鎮店之寶，轉過頭來，一臉受到欺騙的表情：「你不是一個普通的高中生嗎？」

「運氣好。」沈倦放下塑膠槍謙虛地說。

之後林語驚中了一個連續五顆的，可以換一個小鑰匙圈，她在一堆鑰匙圈裡挑了很久，最後挑了一個有絨毛彼得兔吊飾的。

她本來想要那個藍色小鯨魚，因為和她的名字比較搭，但糾結了一會兒，最後還是挑了兔子，粉粉的，比較符合她少女的氣質，而且摸起來的品質也稍微好一點。

林語驚抱著那個毛衣上縫著她名字的首字母「L」的泰迪熊，手裡勾著小兔子的鑰匙圈，覺得自己今天晚上收穫滿滿。

不過她還是很好奇，轉過頭問沈倦：「你是怎麼做到的啊？我覺得那把槍一點都不準，子彈會亂飛。」

她抱著熊有點吃力，沈倦拿過她手裡的優酪乳，塞進她的小書包裡：「其實不是槍的問題，是氣球。」

林語驚一臉茫然：「氣球？」

「嗯，這種要拚一整排才能換的，一定不會讓妳打滿一排，裡面會摻雜固定的幾個特製氣球，很厚，打不穿。」

「……」

林語驚不知道還有這麼高級的玩法。

她點點頭：「所以，就算你去，也打不掉一排。」

「嗯，打不掉，」沈倦把手插進口袋裡，打了個哈欠，「所以只能這樣。」

「……」

林語驚心想我還以為你是想要帥，原來不是。

兩個人逛了一圈，旋轉木馬上坐的全是小朋友，再裡面的摩天輪下面則全是情侶，林語驚覺得哪個好像都不是屬於她的快樂，於是買了一份章魚燒，兩人靠著右邊往外走。

現在人比剛剛少了很多，時間有點晚，帶著小朋友的人基本上都回去了，只能看見一對對情侶還有成群結隊的女孩子。

兩個人走到門口，沈倦扯掉頭上的髮箍，抬指揉了揉耳根。

這玩意兒是用塑膠做的，極其劣質，壓得他很痛。

林語驚頭上的那個還沒摘，她似乎沒什麼感覺，懷裡抱著熊，臉被擋住了一大半，沈倦抬手抓過她的熊。

她懷裡一空，抬起頭來瞪著他，眼神像在看著情敵。

沈倦本來只是想幫她拿一會兒，看見她的表情，就忍不住想逗逗她。

「這是我的。」沈倦說。

林語鷩一臉空白：「啊……？」她愣了兩秒，「你不是說給我的……」

沈倦說：「我什麼時候說了？」

林語鷩回過神來了，面無表情地看著他：「沈同學，你現在是要反悔了嗎？」

「我贏來的東西為什麼要給妳？」沈倦歪了一下腦袋，懶洋洋地笑，低聲問，「妳是我的誰？嗯？」

林語鷩看了他三秒，沒說話了，垂下頭去。

沈倦以為她又炸毛了，剛抬起手想揉揉她的腦袋，就看見她把手伸進毛衣口袋裡，掏啊掏，把她的粉色小兔子鑰匙圈掏出來了。

林語鷩垂著頭，認真地把鑰匙圈從自己的一串鑰匙上卸下來，然後，她拿著鑰匙圈把手掌攤開在他面前，眼珠在黑夜裡看起來亮亮的：「我可以把這個給你。」

沈倦垂眸，沒說話。

那個兔子的做工跟這個鎮店之寶泰迪熊實在無法比。

很小的一個絨毛玩具鑰匙圈，奶白色的彼得兔，身上有一條歪歪扭扭的粉白小裙子，五官也十分粗糙，大小眼，其中一隻眼睛還縫得有點歪，顏色倒是粉粉嫩嫩的，十分少女。

林語鷩看看自己的兔子，再看看人家的熊，也覺得差距有點大，慢吞吞地說：「你要是不想要的話——」

「想，」沈倦抬手，指尖勾著鑰匙圈的金屬環勾過來，低聲道，「想要，我喜歡這個。」

‡

蔣寒照舊週六上午十點準時到工作室。他走到巷口，先去常去的那家店買了兩個大號的粢飯團，然後掏出鑰匙走到工作室門口，準備開門。

黑色的鐵門開著，沒鎖。

蔣寒以為是沈倦昨晚忘記鎖了，因為這個時間，沈倦通常還沒起床。

他推門進去，一進屋就看見沙發上的人。

蔣寒嚇了一跳，往後跳了一步：「哎喲媽呀！」

沈倦正捧著書看，聽見聲音，叼著一袋早餐牛奶抬起頭來看了他一眼。

蔣寒受到了一點驚嚇：「你今天起這麼早？」

「嗯。」沈倦繼續垂眸看書。

蔣寒敏感地察覺到這個人今天心情不錯。

「我還以為你還沒起來呢。」他拎著粢飯團的袋子走過去，其中一個放在他面前的茶几上，邊說，「幫你買了早點，黑糯米加皮蛋，對吧？我還特地要了個加量大號的，不過你起這麼早，應該也吃完了。」

他放下粢飯團，看見旁邊放著粉色的兔子：「噯，這是哪個女生掉的吧？你放這裡，到時候別找不到了啊。」他頓了頓，看著上面串著的那幾把鑰匙，越看越眼熟，問，「老沈，我怎麼覺得上面掛著的這把有點像工作室的鑰匙呢？」

沈倦「嗯」了一聲。

「咦，這他媽真的是——？」蔣寒抓著兔子拎起來，仔細辨認了一下，「不會是王一揚的吧？這個人怎麼回事啊，腦子有洞，現在開始用粉色兔子了？哈哈哈哈哈哈！這個娘娘的傻子，哈哈哈！笑死我了。」

沈倦抬起頭來。

蔣寒捏著那個兔子的耳朵，揉啊揉：「耳朵還很軟。」

沈倦把書一闔，看著他：「放下，摸髒了，我今天就讓你橫著出去。」

「幹嘛啊，倦爺，我就看看，反正王一揚又不在。」蔣寒仰天長笑，「哈哈哈哈！這個娘炮，挑的還很好看。」

沈倦面無表情地看著他，一字一頓說：「這個，是我的。」

「……」

蔣寒覺得自己在歡聲笑語中打出了兩個字，GG。

‡

當天晚上，林語驚做了個夢。

午夜漆黑，天空中一輪血紅圓月，烏鴉穿過繁亂樹影，落在枯乾的枝頭。

沈倦的半張臉浸泡在冰藍色的焰火裡，漆黑狹長的瞖瞳直勾勾地看著她，聲音悠長低緩，像個蠱惑人心的惡魔：「我想要妳。」

他尖尖的獠牙抵住下唇唇瓣，微傾身子側頭，靠近她耳邊，指尖順著她耳後向下，滑過脖頸、動脈、鎖骨，停在胸口：「妳的身心，全都要獻給我嗎？」

吐息間，他溫熱濕潤的氣裹上耳尖，順著神經末梢不斷向下蔓延，溫柔又曖昧。

林語驚整個人僵在原地，說不出話來。

下一秒，場景被強制性切斷，少年拉著誰的衣領，「砰」地一聲把人扔在牆上，神情陰冷而暴戾，像結了冰：「誰讓你來的？」

他垂著眼，眼角隱隱發紅，抓著少年衣領的手背上一根根筋骨脈絡突出，泛著白：「我有沒有說過別再讓我見到你？」

林語驚猛地睜開眼睛。

安靜了兩秒，她才意識到自己屏住了呼吸，憋得有些難受。

她回過神來，長長地吐出一口氣，撐著床坐起來，靠在床頭愣了一會兒。

林語驚感覺自己受到了驚嚇。

她下意識地摸了摸耳朵又摸了摸脖頸，從喉嚨一直到鎖骨，微涼的指尖在溫熱的皮膚上留下溫度，讓她產生了一種夢中的事情真實存在的錯覺。

她的手指重新放在頸邊，甚至能感受到薄薄的皮膚下，動脈在跳動。

林語驚猛地縮回手，塞進被窩裡，還塞到了大腿下面壓著，無聲地瞪大了眼睛。

所以這是什麼夢？她為什麼會做這種混亂不堪，讓人難以啟齒，又有點奇怪的夢？

差不多過了五六分鐘，林語驚回神，才意識到自己的左手壓著一個毛絨絨的玩意兒。

她側過頭去，看見那個巨大、穿著綠毛衣的泰迪熊。

她昨天晚上睡前把它放在了床邊。

臥室裡一片昏暗，光線被厚重華麗的遮光窗簾遮得嚴嚴實實，泰迪熊毛絨絨的輪廓在黑暗裡顯得十分模糊。

林語驚忽然想起沈倦頭上戴著紅紅的小惡魔角，站在路邊射氣球的樣子。

有點可愛。

可是在那之前，他勒著那個少年脖子時的樣子又讓人渾身發冷。

她想起剛開學的時候，李林說：「沈倦高一的時候惹過麻煩，差點把他同桌打死，渾身是血地抬出去，好多同學都看見了，當時他那個眼神和氣場據說很恐怖。」

林語驚搖了搖頭，不想再去想，從床頭櫃摸到手機，點了一下，看了一眼時間，淩晨四點半。

才睡了四個小時。

她揉了揉痠澀的眼睛，訂了一個七點半的鬧鐘，重新蹭回到被子裡躺下，準備繼續睡。

她週末回傅家的時候從來不會睡懶覺，雖然她也不知道這房子到底是傅家還是關家。

林語驚其實更傾向於姓傅，因為傅明修是姓傅的，應該是和他父親同一個姓，和林語驚不一樣。孟偉國當年是入贅林家，所以她跟著林芷姓林，以前會叫外公和外婆爺爺奶奶。

房間裡的門窗緊閉，始終開著空調，溫度很低，遙控器在門口的梳粧檯上。林語驚不想去拿，拉著被子邊緣往上拽了拽，蓋住了半顆腦袋，沉沉睡去。

再次醒來是被鬧鐘吵醒。

七點一刻，林語驚從床上爬起來，感受到臥室裡有種乾燥的冷，她凍得顫了一下，走到門口把空調溫度調高，轉身走進浴室，洗了個十五分鐘的戰鬥澡。

一打開房門，就看見也一樣剛出來的傅明修。

根據林語驚之前的觀察，傅少爺不上課閒在家裡的時候通常都會睡懶覺，睡到十點鐘爬起來吃個早飯，然後沒什麼聲音地上樓去，就算看見她也當成空氣，像沒看見一樣。

不過最近兩人的關係開始緩和，上個星期，傅明修甚至給了她一顆柳丁。

一顆柳丁！這是多麼大的進步！

……咦？對喔，她的柳丁呢？

林語驚努力回憶了一下那天晚上，傅明修丟了一顆柳丁給她，她拿上樓了，她跟關向梅一起吃了一頓不太愉快的晚飯，然後被孟偉國罵了，然後去了沈倦的工作室。

然後那天晚上沒有回來，後來早上回來像做賊一樣拿了書包就去學校了，也沒想起那顆柳丁。

林語驚和傅明修站在二樓走廊上兩人的臥室門口，她看著他，忽然覺得有些心虛。

她清了清嗓子：「哥……早？」

傅明修側頭，忽然問：「什麼時候回來的？」

林語驚答：「昨天晚上。」

傅明修點點頭，走到樓梯口，忽然回過頭來看著她：「我前天回來的時候，阿姨正在打掃妳的房間。」

林語鶯沒說話，不知道他這句話是何意。她房間裡什麼都沒有，除了幾件衣服和一些簡單的生活用品是自己的，剩下都是關向梅幫她準備的，亂七八糟的一堆小東西，林語鶯動都沒動過。

喔，現在，她的所有物裡多了一個熊，還得幫那隻熊取名字。

她沒說話，傅明修就繼續道：「妳猜我看見她清了什麼出來？」

「什麼？」林語鶯還在想幫熊取名字的事情，脫口而出。

傅明修：「一顆爛掉的柳丁。」

林語鶯：「……」

「妳要是不想要可以不要，不要用這種無聲的方式跟我對抗。」

傅明修很善解人意。

兩個人往樓下走，林語鶯有點絕望。她和傅明修剛剛點起來的友善小火把估計燃燒不起來了，小小的火星因為這麼一顆爛柳丁而熄滅。

她小聲道歉：「我真的不是故意的，對不起，我本來打算拿到學校吃的，結果我忘了，真的。」

傅明修黑著臉，顯然還憋著火氣。

「我還想跟我同學炫耀一下呢。」林語鶯真情實感地說，「新疆天然大甜橙，我哥特地買給我的，讓我多吃點水果補充維生素C。」

「……」

傅明修腳步一頓，看著她，神情複雜。

少女剛洗過澡，頭髮沒完全吹乾，披散著，看起來無害又溫柔。

儘管傅明修這兩個多月以來已經不知道提醒自己第多少次，不要被她這種溫柔的假象欺騙了。好吧，她確實也……沒做過什麼壞事。

停了一秒，他繼續下樓：「你們上週開了運動會？」

「啊，對，開完了。」林語驚有些意外，關向梅和孟偉國已經在餐廳裡了，關向梅轉過頭來，看見兩個人說話走過來時，臉上帶著明顯的驚訝，之後很快就調整過來，笑了笑：「起來啦，來。」

她轉過頭來，看向孟偉國：「你看兩個人，相處得多好。」

孟偉國笑道：「明修性格好，好相處。」

「……」

林語驚低垂著頭，忍著沒翻白眼，一抬頭，倒是看見坐在對面的傅明修毫不掩飾地翻了個白眼。

她挑了挑眉。傅明修看著她，也挑了一下眉。

孟偉國還轉過頭看向傅明修，他長輩的架勢端得很足，五官端正英朗，今天戴了個金框眼鏡，看起來儒雅成熟，很像那麼一回事：「小語性格就不怎麼好，也沒什麼朋友，平時她要是任性，你就念她。」

林語驚捏著冰涼的叉子在白瓷盤上點了點，白眼終於沒忍住，偷偷摸摸地翻出去了。

關向梅似乎十分偏好西式的早餐，精緻而油膩，看得林語驚沒什麼食欲。

她開始羨慕沈倦，想念起了他家那邊小巷裡的豆漿、粢飯團、油餅，剛炸出來的油條熱騰騰的，一籠籠的灌湯小籠包冒著香氣，一口咬下去，湯汁在口腔裡四溢。

不過這個人現在應該還沒起來，更別說吃早餐了，畢竟是一位讀書時都要睡滿上午前兩節課的選手。

覺皇。

林語驚週一一大早回到學校。她這週沒帶衣服回來，也沒穿校服，要回宿舍去換校服，走的時候猶豫了一下，還是拖上了她的大熊。

下樓時被傅明修叫住，拎了一個袋子過來遞給她，不知道裡面裝著什麼東西。

她接過來，毫無防備地被這東西拉得手臂猛地往下沉，很重的一袋。她打開袋子往裡面看了一眼，一袋柳丁，一眼看去大概有六七個。

林語驚抬起頭來：「我發現你是真的記仇。」

傅明修看起來心情愉悅，發出了他們認識以來的第一聲，真心實意的愉悅笑聲：「廚房裡還有半箱，下週末回來記得吃，補充維生素C的。」

林語驚：「……」

傅明修拿給她的柳丁各個都沉甸甸的，看分量就知道肯定果汁飽滿，應該味道不錯。拎著有點勒手，林語驚把書包摘下來，將柳丁放進去揹著，輕鬆了不少。

她揹著滿書包的柳丁往地鐵站走，沒有讓老李送，因為她想吃沈倦家這邊的早點。走到巷口，林語驚往沈倦的工作室那邊走，去旁邊那家買了一個粢飯團，多加了一個鹹蛋黃。

等的時候還往裡面看了看，雖然她知道這個時間沈倦應該還沒出門。

這家的粢飯團弄得很乾淨，老闆娘圍著個棕色的圍裙，看起來四十多歲，很熱情：「小妹妹，喜歡吃鹹蛋黃？」

林語驚笑笑：「嗯。」

「妳之前來買過早飯是吧，我還記得妳，小妹妹長得好看的呢。」老闆娘笑著抬頭，把包好的粢飯團裝袋遞給她，「妳這隻熊，是男朋友買給妳的啊？」

林語驚愣了愣，連忙擺了擺手：「咦？不是不是，這是我——」

同桌幫我贏來的。

在空中射破拋起來的氣球，中了二十個。

一個低調的神射手，在夜市公園裡的遊戲攤位上也要用一臉「正常操作」的淡定表情耍個帥，囂張得不要不要。

林語驚覺得她現在被沈倦傳染得好像有點麻木了，這麼中二的事情，她竟然還覺得有點驕傲。

第十三章
你是不是喜歡我？

林語驚到學校的時候比平時早了半個多小時，夠讓她回寢室換套校服，又把傅明修給她的那一袋重死人的柳丁卸了貨。

大概是昨晚睡覺時冷氣開得太強，林語驚感覺頭有點昏昏沉沉的，在寢室的床上躺了一會兒才從女生宿舍往教室走，在半路看見了剛到學校，走到教學大樓門口的沈倦。

十一月踩著十月的尾巴到來，清晨風涼，沈倦在校服外面套了一件黑色棒球外套，揹著書包抬起頭來，看見她。

他站在原地停下了腳步，等著她過來，手插在口袋裡打了個哈欠。

林語驚覺得沈倦滿神奇的，從第一次在教室裡見到他起，這個人只要在學校裡，早上見她必打哈欠。

她快走兩步過去，兩個人一起往教學大樓裡走。

林語驚側過頭：「你今天滿早來的，早知道就等你一會兒了。」

沈倦的神情有些迷茫，鼻音含糊：「嗯？」

林語驚吸了吸鼻子：「我今天早上去你家那邊的粢飯團店買早飯吃，本來覺得你不會這麼早來，就沒叫你了。」

「啊，她家的粢飯團很好吃，我喜歡皮蛋。」沈倦看起來睏意還沒散，懶洋洋地拖著聲音，「下次記得叫我。」

林語驚聞言看了他一眼：「你竟然喜歡皮蛋。」

沈倦垂眸：「嗯，怎麼了？」

「你不加鹹蛋黃嗎？」林語驚問。

她的書包裡面沒什麼東西，空空的，從宿舍那邊過來也不遠，就沒揹著，提在手裡，上樓梯的時候書包背帶的末端拖了地。

「不吃，」沈倦俯身垂手，把她手裡的書包勾過來，單手拎著，往上抬了抬：「拖地了。」

林語驚還沉浸在這個世界上竟然有人不吃鹹蛋黃的震驚裡：「那你吃粽子的時候加鹹蛋黃嗎？我吃過你們這邊的蛋黃肉粽，好好吃，我都只想吃裡面的鹹蛋黃。」

沈倦說：「肉粽我會吃，不吃蛋黃肉粽。」

林語驚點點頭：「那以後我們商量一下，你吃粽子我吃裡面的蛋黃。」林語驚惆悵地嘆了口氣，感嘆道，「蛋黃肉粽裡什麼時候能包三個鹹蛋黃進去？」

沈倦側頭：「妳想吃？」

林語驚：「嗯？」

沈倦說：「三個鹹蛋黃的蛋黃肉粽。」

「啊，」林語驚想了想，「不用有肉也行的，可不可以全是鹹蛋黃？」

「可以，」沈倦輕笑了一聲，「妳想要什麼都可以。」

他們爬上四樓往十班教室走，一轉彎就看見在走廊裡的李林，他大概是剛補完週末的作業，正趴在教室窗口翹著屁股，腦袋探進教室裡說話。

看見他們過來，李林招了招手：「你們運動會最後一天怎麼都沒來啊？」

「我的腿不太舒服。」林語驚進了教室，放下書包坐下，隨口說。

李林點點頭「喔」了一聲，不敢問沈倦，只拍了拍桌角：「噯，你們不在，錯過了好多事情。」

林語驚十分配合他：「怎麼了？」

李林立刻端起他的菊花茶。現在天冷了，他的保溫杯也升了級，從外形上來看比之前那個結實了不少，目測保溫效果極佳。

他慢慢品了一口，說書似的慢悠悠地道：「話說那天——週五，運動大會最後一天，晴有時多雲，西北風三到四級，空氣品質七十五……」

沈倦又打了個哈欠，靠著牆垂頭開始玩手機。

林語驚翻了個白眼，不想理他，轉過頭去了。

李林連忙拉住她椅子：「噯噯噯，我說我說，就是七班和我們班宣戰了。」

林語驚重新轉過身來。

「就是運動會之後不是有那個四百公尺接力嘛，四人接力跑，小組賽抽籤的。七班在我們班隔壁的跑道，然後他們班本來是第一，結果接力棒掉了，所以變我們班第一了。」

李林頓了頓，繼續道：「然後他們班體委就說，他們接棒的時候是我們班的人手打到了，所以才掉的，老師全過來了都沒用。接力有八個人妳知道吧，當時就差點打起來了。」

林語驚抬了抬眼：「打輸了？」

李林無奈：「……林同學，妳怎麼這麼暴力呢？」

「喔，」林語驚摸了摸鼻子，「那最後怎麼解決？」

李林：「七班體委說，這個月月考完，用籃球賽說話，輸了就把運動會接力賽第一名的獎狀給他們。」

「……」

林語鶯心想，真是青春，這賭注實在是！太！成熟了！啊！

她抬手，拍了拍李林的肩膀，安慰道：「沒事，我們班雖然成績不行，但是籃球打得好的男生不是很多嗎！我們會贏的。」

林語鶯真誠地誇獎他：「你們必然是這種娛樂活動搞得好，要不然成績也不會這麼差。」

李林：「……」

李林雖然成績實在是不怎樣，但是語言表達能力還是很強的，接下來的十分鐘裡，他生動形象地跟林語鶯敘述了一下事情的起因、經過、結果、細節，細到差點打起來之前，雙方到底互相問候了多少次親戚。

七班的平均成績不好不壞，在理科班裡屬於中下游，但是比起十班還是綽綽有餘，並且七班體委能說出用球賽定輸贏這種話也不是沒原因的，因為他們班有四個籃球校隊的。

而十班雖然陽盛陰衰，男生不少，但其實真正籃球打得好的，除了體委於鵬飛和宋志明，還有一個林語鶯連一句話都沒說過的高個子男生以外，其他人的水準都一般，至少肯定沒辦法跟校隊的比。

「所以說，我們雖然娛樂活動搞得確實不錯，但是這個娛樂活動也是要分的。」李林伸出一根食指，憤憤地點著桌面，「但凡七班提出的不是打球，而是用遊戲說話，我們班隨便出一個人都能把他們殺得血流成河，片甲不留。」

「……」

林語驚越聽越睏，整個人昏昏沉沉的，還有點頭痛，最後趴在桌上在他的話裡提煉出了重點。

所以說，就是不只成績不行，籃球打得其實也很爛。

但是有一點，林語驚還很不明白：「不是，那個四百公尺接力賽的獎狀上面還沒填班級嗎？就等著看籃球賽是哪個班贏，就寫哪個班？」

「這是一張獎狀的問題嗎？這是輸贏的問題嗎？不是，這場戰鬥關乎尊嚴，本來就是他們班自己掉了接力棒，竟然往我們班身上扣鍋，這不能忍。」李林神情嚴肅：「他們就是想羞辱我們，妳懂嗎？他們不一定要的就是這個獎狀，而是我們輸給他們班的這個過程，然後可能當著我們的面就把獎狀撕了。」

那林語驚覺得十班這個好不容易拿到的四百公尺接力賽的獎狀八成是保不住了。

一直到早自習鐘聲響起，劉福江進了教室，李林終於肯閉嘴了。

林語驚的世界清淨了，她轉過頭來繼續趴著，一邊翻了翻書本，思考著今天早自習要做什麼，最後抽出英語課本開始背課文。

就是不知道為什麼，實在有點背不下去，南方的教室裡沒暖氣，林語驚冷得縮了縮肩膀，把英語課本闔上，手臂壓在上面，沒精神地趴在桌子上，側著頭閉上眼睛，準備睡一覺。

她覺得自己好像很快就睡著了，又好像沒睡著，渾渾噩噩的，像在睡覺，隱約卻能聽見教室裡同學說話的聲音。

忽然，林語驚覺得眼皮上有黑影晃了一晃，緊接著額頭上落下一點溫熱的觸感。

像是一個人的手。

她皺了皺眉，下意識就要睜眼，又不想睜開，那隻手大概停留了兩三秒才拿走，然後，她聽見有人在她耳邊叫了一聲：「林語鶯？」

林語鶯不情不願地睜開眼，光線有點刺眼，她瞇著眼，看見沈倦湊近她說：「妳有點燙，去校醫室看看？」

她皺了皺眉，腦袋往臂彎裡埋：「我不熱，我有點冷。」

「我知道，」沈倦低聲說，「妳額頭是燙的。」

林語鶯抬起頭來，嘴巴乾乾的。她舔了舔嘴唇，摸了一下自己的額頭。

自己摸不太出來，不過她也能感覺到自己的精神和平時比起來不怎麼好，但是校醫室在宿舍那邊，她現在完全不想動，於是又軟綿綿地趴下了：「沒事，我睡一會兒就好了。」

沈倦沒再說話了。過了一會兒，林語鶯忽然感覺到身上一沉，一件衣服蓋在她身上，帶著溫暖的體溫和乾淨的洗衣精味道。

她睜開眼，頭微微晃動了一下，鼻尖蹭到黑色外套的衣領。

沈倦正看著她，抬起手來，隔著厚厚的兩層外套輕輕拍了拍她的背：「睡吧。」

林語鶯這一覺睡了很久。剛開始迷迷糊糊的，始終感覺自己沒睡著，期間被沈倦叫起來一次，吃了一片退燒藥又趴下繼續睡，這下整個人睡沉了不少。

再睜開眼睛時都已經中午了，教室裡一片安靜，林語鶯開始覺得熱，她抬手撥掉了蓋在身上的外套，坐起身轉過頭。

沈倦正坐在旁邊看書。在林語驚接受了他的學霸人設以後，她發現沈倦確實也會讀書，只不過他就算是在看書的時候，神情、姿態都過於散漫，沒有半點認真的樣子，導致林語驚之前一直都對他產生了一點誤解。

餘光掃見她坐起來，沈倦轉過頭：「醒了？」

他放下手裡的書，無比自然地伸出手來，想去摸摸她的額頭。

林語驚出了一些汗，此時裡面的那件衣服都有點黏黏的，額頭上也有點汗，她下意識地往旁邊偏了偏，躲過他的手。

沈倦的指尖從她面前畫過，停在耳邊，他頓了頓，沒動：「過來，我摸摸。」

聲音低沉，在空蕩蕩的教室裡甚至聽起來有點溫柔。

「……」

林語驚不知道是不是自己思想太齷齪了，這一句「我摸摸」沒由來地讓她一陣臉紅心跳，有種不自在感，即使她知道沈倦這句話說得無比純潔。

她清了清嗓子，解釋：「我出了好多汗……」

沈倦挑了挑眉：「所以呢？」

林語驚聲音發啞，嗓子火燒地疼，不想多說話：「髒的。」

沈倦「嘶」了一聲，傾身向前靠過來，抬手往她的腦後一勾，往自己身前帶：「哪來那麼多廢話。」

林語驚措不及防，身子又發軟，整個人一下子被他撈過去了，腦袋結結實實地砸在他懷裡。

鼻尖撞到腹部肌肉，感受到柔韌的硬度。她僵了僵，慌忙抬手撐住他的腿，支撐著上半身抬起頭，下意識地往上看。

沈倦低垂著眼眸看著她。

她猛地一抬頭，兩人的距離倏地拉近，林語驚嚇得手一軟，「啪嘰」一下重新栽回到他懷裡。

她的臉貼著少年溫熱結實的身體，感受到他胸腔低低的震顫，笑出聲來：「生個病怎麼還投懷送抱了？」

他說完，身子往後靠了靠，拉開了一點距離，摸摸她的額頭：「退了。」

林語驚難堪得要死，耳朵發燙，覺得自己剛降下來的熱度好像又升起來了，低著頭不想說話。

沈倦垂著頭，聲音在她頭頂響起：「還沒抱夠？」

「……」

林語驚直起身來，斜靠著桌子看著他。

小女生生病和平時差別很大，看起來有點沒精神，聲音又啞又軟：「沈倦，你別趁人之危，看我生病打不過就使勁地欺負我。」

沈倦愣了愣。

他垂著頭笑起，人又往前靠，聲音懶洋洋的，有些痞：「妳是真的燒得不太清醒了，林語驚，趁人之危是這樣用的？」

「怎麼就不可以這樣用了？」林語驚從桌角拿過水杯擰開，裡面的水溫熱，她咕咚咕咚地喝了兩口，嗓子比剛剛舒服了一點，「沈同學，多看看成語字典，正經的用法多得很呢，腦子裡別總是裝那麼多有色廢料。」

「行吧。」沈倦重新靠回到牆上，從抽屜裡摸出一小袋藥來，放在她桌上，「去吃個飯，然後回寢室睡一覺，下午的假我幫妳請。」

林語鷩垂頭一看，半透明的小塑膠袋，裡面放著幾個長方形的扁藥盒。

她抬起頭來，叫了他一聲：「沈倦。」

沈倦淡聲應道：「嗯？」

林語鷩看著他：「你是不是……」喜歡我啊？

這一句話說到一半的瞬間，林語鷩的腦海裡閃過無數句言情偶像劇裡的臺詞，女孩子哭泣著大聲質問道：「你為什麼對我這麼好！！你對我這麼好幹什麼！！」

男生激動地說：「我為什麼對妳這麼好，妳心裡沒點數嗎！竟然問我這種問題！」

女生嗚嗚地哭：「你不要對我這麼好，你這樣我會愛上你的，你知不知道！為什麼要這樣……」

男生歇斯底里地大吼：「老子對妳好不就是為了這個嗎！妳還問我為什麼！因為我愛妳！因為我該死地愛上了該死甜美的妳！！」

林語鷩：「……」

林語鷩抱著手臂，被自己的腦內劇場噁心得一顫。

她看著沈倦，清了清嗓子：「你是不是想讓我這個月月考手下留情，放你一馬，讓你再拿一次學年第一？」

沈倦：「……」

林語鶯實在不太舒服，跟劉福江說了一聲，下午請了個假。

沈倦去食堂幫她買了一份清粥，林語鶯拿回寢室後逼著自己吃掉了，又吃了感冒藥和退燒藥，倒在床上昏天暗地地睡了一覺，再次醒來的時候夜幕低垂，棉質的睡衣濕得透透的，又出了滿滿一身汗。

林語鶯躺在床上，還有點頭暈，抬手摸了摸自己的額頭，涼涼的，燒已經退了。

她坐起身來，進浴室裡洗了個澡，沖掉滿身的汗和疲憊感，出來後換了一套乾淨的衣服，然後盤腿坐在床邊。

中午只喝了半份白粥，現在肚子開始有點餓了。林語鶯打開櫃子，抽了一包餅乾出來，拆開慢吞吞地吃。

她開始放空，有些茫然。

林語鶯不知道被喜歡是什麼樣的感覺，她長這麼大，除了朋友，沒人喜歡過她。

國中倒是有男生追過她。她從小就長得很好看，在懵懵懂懂的國中幾年裡，大家的某種意識都開始覺醒，追過她的男孩子很多，但是真的只是單純地追她，讓人絲毫感覺不到用心，林語鶯都沒怎麼在意過。反正每次有這種情況，陸嘉珩和程軼沒過幾天就會哥倆好似的去找人家，跟人家談心，然後這個人就再也不會出現在她的視線範圍內了。

高一的時候在附中倒是有個很認真的，但是林語鶯這個人很乾脆，對這種事一向是敬而遠之，拒絕得乾脆俐落，不存在任何轉圜的餘地。再加上她的圈子獨立，其它人很難融入，所以也不會有這種特殊情況發生的機會。

這個特殊情況是指，她在一個陌生的環境、陌生的家庭、陌生的學校以及陌生又茫然的情緒之下認識，會讓她不由自主產生依賴感的人。因為在這種情況下，她太需要有這樣一個人存在了。

一個可以依靠、可以發洩的，能夠吸收掉她所有負面情緒的人。

依賴感對於林語驚來說其實很陌生，因為她的家庭環境從小就告訴她，這個世界上沒有誰是可以被她依賴的，連她覺得最最親密的父母都不行。所以在意識到自己對沈倦產生了這種，陌生的依賴感，甚至還摻著別的感情的時候，林語驚是很慌亂的。

她實在不想讓自己喜歡上沈倦。

關於愛情這件事，林芷和孟偉國給她上了人生中的第一堂課。

林語驚有的時候會想，林芷和孟偉國一開始談戀愛、結婚的時候，他們是不是相愛的呢？一定是的。

哪怕只有一個瞬間，他們也一定是相愛的，至少，林芷一定是愛著孟偉國的。

結果十幾年後，他們互相那麼厭惡對方，甚至連帶著，他們愛情的結晶、他們的孩子也變得令人生厭。

愛情這個東西被她的父母親手撕開，攤在她面前給她看，讓她看清了裡面的廉價和脆弱，然後丟在腳邊，變得一文不值。

成年人之間的喜歡尚且如此，更何況是十六七歲的少年，是不是更加多變，更加不安定？

林語驚將吃完的餅乾袋丟在地上，整個人倒上床鋪，盯著天花板上長條的燈光瞇起眼來，嘆了口氣。

她抬起手來，拍了兩下自己的臉。

「學習，」林語驚閉上眼睛，低聲念念叨叨地，「我愛學習，學習使我快樂，我生命中最美好的兩個字……學習……」

大概是日有所思日有所夢，這天晚上，林語驚又夢見了沈倦。

林語驚已經習慣成自然，麻木地爬起來，洗漱，換了校服下樓去，一邊思考著早餐吃什麼，一邊走出宿舍大門。

沈倦靠在宿舍門口的柱子上，換了一件深灰色的外套，戴著耳機，白色的耳機線彎彎曲曲地垂在胸前。餘光掃見有人出來，他抬起頭來，看見站在門口的林語驚。

沈倦抬手，手裡勾著一個小塑膠袋子舉到她面前，裡面裝著一個粢飯團。

「三個鹹蛋黃的粽子暫時沒有，不過可以有三個鹹蛋黃的粢飯團。」他歪了一下頭，懶洋洋地說。

林語驚愣在原地，昨天晚上剛做好的心理建設幾乎功虧一簣。

見到她沒反應，沈倦慢悠悠地晃了晃手臂：「發燒燒傻了？」

林語驚回過神，接過來垂著頭，慢吞吞地拆開保鮮膜，聲音很低：「謝謝。」

沈倦挑了一下眉，沒說什麼。

兩個人往教學大樓走，一路上沒人說話，林語驚始終垂著頭安靜地吃著。

沈倦真的在裡面加了三個鹹蛋黃，整個飯團看起來比她之前吃還要大一圈，而且這家的蛋黃不太鹹，不會覺得膩。

走到教學大樓的門口，她一個飯團也沒吃完，還剩下一半就已經飽了。林語驚不想丟掉，重新裝回到袋子裡，提著上樓。

劉福江今天來得很早，進教室時他已經在講臺前坐著了，看見他們進來，劉福江起身，拍了拍沈倦的肩膀，走出了教室門：「你們跟我來一下。」

林語驚眨眨眼，側頭看著沈倦，指指自己，用口型無聲道：「我？」

沈倦點了點頭，從她手裡拿過那半個沒吃完的飯團，放在桌子上，先走了出去。

林語驚跟在他後面，一前一後地進了辦公室，林語驚回手關上門。

生物組辦公室裡，此時都沒有老師在。劉福江坐在桌前，面前擺著兩份表格，他看了兩眼，然後抬起頭來，微笑地盯著他們，持續了五秒鐘，然後真心實意地發出了一聲由衷的感嘆：「我是真的喜歡你們。」

林語驚：「……」

沈倦：「……」

林語驚分析了一下，這句話和劉老師的口頭禪——「多好的孩子啊！」表達的應該差不多是同一個意思。

然而，按照她這兩個月的經驗來看，一般劉福江說出了諸如此類的話，後面就基本上不會有什麼好事。

比如上一次，那個「多好的孩子啊！」後面跟著的事件是沈倦考了學年第一。

對她來說簡直是滅頂之災。

劉福江停了一會兒，大概是在等他們接話，但是沒有人，所以他笑呵呵地擺了擺手，繼續道：「沒事，你們不用怕，沒什麼事，我就是叫你們來問問——」他頓了頓，身體往前傾，「我們學校有個獎學金嘛，鼓勵大家好好學習，你們有沒有興趣？」

林語驚以前的高中是沒獎學金的，大概是八中比較財大氣粗，畢竟是在環內占了大片昂貴土地的選手。升學率比起其他重點高中來說是低了一點，但就因為這樣，才更要想點方法來鼓勵大家學習嘛。

早自習時間有限，劉福江簡單地說了一下關於獎學金的事，一般來說都是開學第一二個月考後分成三個等級，每個年級一等獎兩名、二等獎五名、三等獎十二名，相對比較多。

而且也不完全是只看成績來評選，比如學生會主席——對學校做出巨大貢獻的、參與舉辦各項活動，勞心勞肝勞肺的，就默認占了一個一等獎名額，所以高二的一等獎只剩下一個了。

林語驚本來以為肯定是屬於上次考試學年第一的人，結果劉福江把她也叫過來，那就說明不是。她也可以競爭！聽見了嗎，沈倦！一等獎現在還不是你的！！我考試沒考贏你，獎學金我還爭不過你嗎！！！

林語驚頓時鬥志昂揚，連前一天晚上發燒，今天還帶著的那一點點疲憊感都沒有了。

兩個人離開了辦公室，站在走廊裡對視了一眼。

少女的表情此時幾乎稱得上是神采奕奕了，早上那股沒精神的模樣消失無蹤，眼睛亮亮地看著他：「沈同學，一等獎學金只剩下一個名額了耶。」

沈倦平靜地挑了挑眉。

「你要申請嗎？」林語驚繼續問道。

沈倦其本來還真的不打算申請，他懶得弄。

但是林語驚此時這個鬥志昂揚又興致滿滿的樣子，看起來像一隻下一秒就要準備開屏的驕傲小孔雀，充滿了想要跟他廝殺的欲望。如果他不戰而退，她會不會特別委屈，特別鬱悶，當場直接炸毛？

沈倦勾唇：「不申請。」

「真的嗎！」林語驚驚喜地說。

沈倦：「……」

跟想像中的有點不太一樣。

沈倦沉默了一下，說：「假的，我已經想好我的八百字申請書要怎麼寫了。」

林語驚揚起的唇角瞬間就垂下去了，她鼓了一下腮幫子，想了想，說道：「好吧，我們也可以公平競爭，你想怎麼比？」

沈倦覺得有點意外：「我以為妳一定會想跟我公平競爭。」

「因為我覺得這樣其實有點浪費時間，而且風險很大，你——」她頓了頓，看了他一眼，不情不願地說，「你這個人還滿厲害的……」

沈倦懶洋洋地笑：「謝謝，妳用了兩個多月的時間終於發現了這點，滿敏銳的，我很欣慰。」

兩人正在往教室走，林語驚聞言，腳步一頓，斜眼瞥他一眼：「沈同學，適可而止，面子還是得要的。」

沈倦也不在意，手放在口袋裡晃晃悠悠地往前走：「這樣吧，妳承認一下我很厲害，再叫兩聲好聽的，我就放棄了。」

林語驚毫不猶豫：「沈倦無敵，沈倦就是我爸爸。」

「……」

沈倦差點被口水嗆到，沉默了至少三秒鐘，垂頭看她：「妳吃錯什麼了？」

林語驚看著他的眼神就像在看一個難纏的熊孩子：「不是你讓我說的嗎？」

「妳還記得上次我要教妳物理時，妳是什麼反應嗎？」沈倦提醒她，「妳覺得我在羞辱妳。」

「今非昔比，當時的情況關乎到我們學霸的尊嚴，你不懂那種感覺，那個牛角尖我必須鑽。」林語驚說，「現在和當時不一樣了，我做了一下對比，發現到時候須發獎學金的時候，在全校師生面前把你踩在腳下的結果好像會更爽一點，過程我可以勉為其難，不做太高的要求。」

沈倦都不知道要說什麼才好了，嘆息著誇獎她：「妳還真是能屈能伸啊。」

伸縮自如這項技能，林語驚早在八百年前就掌握了，她坦然地接受了誇獎，還不忘問他：「所以你不申請了吧？」

「要啊，」沈倦打了個哈欠，散漫道，「獎學金我還沒拿過，拿一個來玩玩。」

兩人走到教室門口，林語驚的腳步一頓，轉過頭來面無表情地看著他：「你剛才不是這麼說的，你想反悔？我都承認你厲害了。」

沈倦抬手揉了一把她的頭髮：「真聽話，想要什麼獎勵？」

林語驚後退了半步，拍開他的手：「沈同學，做個人吧，你這是占了我便宜以後還打算死不承認嗎？你這種行為跟渣男有什麼區別？」

沈倦沒說話，抬了抬眼。

林語驚也轉過身，跟著抬起頭來。

教室裡一片死寂，早自習老師不在，大家都在各幹各的，只不過此時，所有人都看著門口這邊，表情都帶著不同程度的怪異。

王一揚正坐在林語驚的位置上和李林說話，身子是轉到後面去的，頭卻轉到前面來，整個人擰成了一個麻花，呆滯地看著他們。

「……」

林語驚有些尷尬地轉過頭來，看向在場的另一位當事人，張了張嘴。

沈倦扯著她的手腕，把她往外拉到走廊裡，回手關上了教室門才轉過身，垂眼看著她。

他嘆了口氣：「小妹妹怎麼什麼話都說？」

「我沒注意到……再說我也沒有別的意思啊，你本來就占我便宜，」林語驚不滿地小聲嘟噥，「別叫我小妹妹。」

沈倦盯著她，從不自然抿著的嫣紅嘴唇，到因為不好意思而染上一點緋紅的耳尖。他側過身，靠在走廊的牆上笑著說：「以後這種話，私下跟我說就行了，我會負責的。」

林語驚：「……」

我操你喔。

林語驚覺得自己這段時間對沈倦建立起來的那點小情感，一瞬間就被無情地殺死了。

愛情真是太脆弱了。

十班全體同學的心情都很緊張。

不只緊張，還很複雜。

沈倦還沒因為揍他同桌而休學之前，在學校裡也是被別班女孩追到教室門口的那種選手，出了事以後，覬覦他的小女生們要不是被嚇到了，就是默默地站在遠方欣賞一下老大的盛世美顏。

總之就是沒幾個女生敢追他了。

但是追不追是一碼子事，喜不喜歡又是另一碼子事。

喜歡沈倦的人不少，學校論壇裡有個匿名的表白樓，到現在還不停地有人在裡面訴說對沈倦的愛意。

沈同學的感情始終備受關注。

而在上一次月考考場事件中橫空冒出了一個林語驚、沈林這對風靡一時，又被一張福利社櫃咚照打散之後，很長一段時間裡，沈倦和林語驚這兩個名字都沒有再被綁在一起了。

其他班的同學不太了解，十班的人則是眼觀鼻鼻觀心，安靜如雞地做著一個假裝什麼也沒看見的睜眼瞎子。

什麼也沒看見。

老大和他的林同學，每天上課近到都快貼在一起聊天的事根本沒人看見。

兩人今天你幫我帶早點，明天我幫你帶豆漿，相親相愛的，有時候還會一起到學校來的這種事也沒人看見。

林同學蓋著老大大了一圈的外套，把腦袋埋在裡面睡覺什麼的，有的時候班上的噪音有點大，林同學睡得不安穩了，老大還會像哄小孩一樣拍拍她的背什麼的。

——這也太不明顯了！誰能看見啊！看不見！！

但是你們就站在教室門口，當著全班同學的面討論占不占便宜、打情罵俏的，是不是也有點太他媽過分了啊！

沒人敢說話，就連李林都安靜如雞，最後吃瓜群眾派出了勇敢的王一揚同學。

王一揚不到三天就在班上混得風生水起，就去問沈倦情況了。下課時，林語驚不在，他扭著身子趴在沈倦桌上：「爸爸，你跟我們林同學——嗯？早自習出去的那十分鐘——嗯嗯嗯？」

沈倦抬了抬眼：「說人話。」

「你們早上去幹嘛了？」王一揚低聲說，「倦爺，林同學可未成年，生日比我還小幾個月呢，您得再開兩年手排檔。」

「……」

沈倦沉默地看著他，平靜地問：「你是想現在死，還是十秒鐘後再死？」

王一揚高舉雙手，秒答：「我選擇苟活十秒。」

沈倦道：「你沒看見我們是被老師叫出去的？」

王一揚一臉茫然：「我沒看見啊，我當時還沒來呢，真的不知道，他們只跟我說你們出去了。」

沈倦往後靠，瞇了一下眼，繼續道：「在你看來，我只有十分鐘？」

「……」

王一揚有種鬆了一口氣的感覺，狂野地搖頭，並且瘋狂拍馬屁：「爸爸，我覺得您怎麼樣也得兩個小時吧。」

沈倦：「……」

王一揚：「……兩個小時不夠吧？三……四五六個小時？」

「……」

沈倦「嘖」了一聲，隨手把桌面上攤開的書朝他丟過去，王一揚被劈頭蓋臉砸得正著，吱吱哇哇地叫喚：「倦爺！！我錯了！！！」

沈倦站起身來，隔著桌子拉著他的校服外套領子往上拉，把他的腦袋罩在裡面按到桌面上，抬手往後腦勺拍了一巴掌：「一會兒去幫老子解釋，誰再亂他媽說話，就讓誰來當我的同桌，我表演一個一秒變成植物人給你們看。」

第十四章

同桌帶你贏比賽

籃球賽一年一次，高一的時候是春季籃球賽，一般是在四五月分的時候。高二秋季籃球賽差不多在十一月中旬，期中考之後的一週。

期中考就在本週週五，依然還是只考一天，上午兩科下午兩科，時間安排得很緊。

不過十班男女生的注意力現在都不在期中考上了，對他們來說，考試後的籃球比賽更重要。

宋志明他們三個籃球打得比較好的男生火速組成了一支暫時只有三個人的戰隊，李林賜名——十班全都隊，並且拉來了王一揚當球隊裡的第四人，最後還差個PG——控球後衛，這陣容就齊全了。

林語驚真切地感受到了十班真的是什麼都不行，他們連兩個像樣的替補都難以尋找出來。

週三下午，劉福江把座位表列印出來，貼在前面。

這次第一考場中，十班有三位同學，分別是學年第一二名的沈倦、林語驚，還有勉強擠進了第一考場，坐在倒數第二個的學習委員。

按照王恐龍的話說，這可能是會被載入班史的一幕，學年第一二名竟然在平均分數最低的班上。

林語驚依然是靠著牆的位置，這次沈倦沒坐在她旁邊，他坐在她前面。

期中考的題目相對月考來說更難一點，下午考的物理，最後一道大題難度比較高，林語驚做到最後皺著眉，總覺得有哪裡不太對。

她抬起頭來看了一眼前面的沈倦，這個人已經寫完了，靠著牆面轉著筆玩。

哭啊。

林語驚咬了咬指尖，抽出一張乾淨的草稿紙，把最後一題從頭到尾重新順了一遍。

她跟沈倦商量過，這次期中考一決高下，誰的分數高，獎學金就歸誰。

沈倦這個人，雖然平時看起來懶懶散散、吊兒郎當，不過在該認真的事情上，他一點都不會含糊，還是個理科接近滿分的變態。

‡

林語驚從來不覺得等成績是如此令人焦慮的一件事。

以前考完試，程軼經常焦躁到連續好幾天都睡不好覺，就像著魔了一樣，每天的口頭禪都變成「我靠我靠我靠，完了完了完了……」。

他成績不好，他爸媽是不怎麼管他，但是他爺爺管得很嚴，七十多歲的老人，每次期中、期末考完試，還會堅持去幫程軼參加家長會，然後被氣得面色鐵青，回來把他痛罵一頓。

林語驚的家長會從來都是沒人來的，偶爾林芷會去一次。她是不明白程軼的這種感覺，但現在她好像懂了。

沈倦看起來就跟當年的林語驚一樣淡定，依然該遲到就遲到，該睡覺就睡覺，看書、聽課的時候看起來像沒在聽，偶爾上課的時候趴在桌子上閉著眼睛，在林語驚以為他睡得很香的時候，這個人突然就睜開眼睛了，然後瞇著眼停個三四秒，再次閉上。

「……」林語驚趴過去，小聲問他：「你聽過之前網路上的一個笑話嗎？」

沈倦睜開眼直起身來，晃了一下腦袋，鼻音沉沉：「嗯？」

「就是某乎上的一個問題，你見過最高境界的學神是什麼樣的？」林語驚說，「原PO說，他高中的時候班上有個大神，上課的時候從來不說話，就閉著眼睛坐在那裡，只要他一睜開眼，老師就知道自己講錯了。」

「……」沈倦側頭：「妳是不是有點緊張？」

林語驚壓著聲音：「……我緊張什麼？我為什麼緊張？我看起來是會緊張的人？」

沈倦單手撐著下顎，懶洋洋地側身看著她：「不知道，可能是因為下午會公布成績？」

林語驚面無表情地看著他：「我，長這麼大，就不知道緊張兩個字怎麼寫。」

沈倦點點頭，看了她幾秒，忽然傾身，單手撐著桌邊靠過去，抬手伸出食指，勾住她耳邊細細的碎髮。

林語驚趴在桌子上，沒反應過來。

沈倦捏著她細軟的髮絲，繞著指尖纏了一圈，然後散開，勾著一縷別到她耳後，露出薄薄的耳朵。

他的手指有點涼，碰到耳骨，讓林語驚整個人都僵住了。

她的耳骨上有三個耳洞，沈倦眸光幽深，指尖忍不住刮了一下小小的耳洞。

沒人注意到這邊，英語老師背對著他們，正在講課文，聲音十分催眠。教室裡除了坐在中間前排的幾個聽課的以外，一大半的人都在睡覺，另一半的人將腦袋埋在下面玩手機。

不知道為什麼，林語驚莫名有種偷情的感覺，這種錯覺讓她無意識地抖了一下。

沈倦收回手，低聲說：「妳知不知道，妳緊張或害羞的時候，耳朵會很紅？」

林語鶩是不知道她的耳朵、腦袋紅不紅，她現在只想讓沈倦知道花兒為什麼這麼紅。

這種惱羞成怒的情緒前所未有地強烈，伴隨著呼吸困難、四肢僵硬、腦子放空、半邊身子發麻發軟，以及心跳一分鐘狂跳一百七十下等等一連串不正常的激動反應。

林語鶩回過神來，身子往後蹭，努力讓自己看起來若無其事：「你剛剛是摸了少女的耳朵？」

「我在幫妳。」沈倦說得一本正經，「讓妳紅透的耳朵出來晾晾，吹吹冷風會清醒得多。」

「我不用吹吹冷風也很清醒，耳朵也沒紅。」林語鶩瞪著他，眼看著有點炸毛，「你這種行為在古代叫毀我清白，叫耍流氓，是要被浸豬籠的你知不知道？」

沈倦慢慢靠回去：「浸豬籠處罰的是通姦罪，偷情得要男女雙方都有意願。」

林語鶩的敏感小火花被偷情兩個字瞬間點燃了，難以置信地瞪著他：「我呸——！」

她音量有點沒控制住，英語老師轉過身來，無限慈愛地看了她一眼。

林語鶩連忙扭頭，假裝看英語課本。

英語老師笑吟吟地，只頓了頓，然後收回視線，開始面對著他們講課。

林語鶩紅著耳尖，連耳根的皮膚看起來都有點發紅，人趴在桌子上，從鼻子到下巴深深地埋進自己的臂彎裡。

頓了頓，她又抬起手，手忙腳亂地將剛剛被別到耳後的碎髮拉下來，蓋住耳朵，再次趴下去，把下半張臉藏得嚴嚴實實。

如果不是因為在上課，她可能會把整顆腦袋都埋起來。

英語老師終於移開了視線，轉身走上講臺。

沈倦的長腿前伸，踩著桌子的橫桿，癱在座位上看著她笑。

期中考的考卷改得比月考稍微慢一些，週二下午才公布成績，這據說還是老師們週末都把考卷帶回家裡改的進度。

劉福江進來的時候依然喜氣洋洋，不過他每一天都這樣，運動會第二天，李林他們拿回那個接力賽的獎狀時，據說劉福江激動得差點要喜極而泣了，覺得這群孩子全面發展得特別好，比林語驚和沈倦月考考了七百分還開心。

最後一節班會課，劉福江拿著名冊走進來，站在講臺前，美滋滋地說：「這次期中考啊，學年前五十名中，我們班有兩個人。」

一瞬間，整個班上四十幾個人的視線齊刷刷地掃過來。劉福江還頓了頓，似乎是在給大家瞻仰學霸的時間。

林語驚從來不覺得來自別人的注視是如此令人焦灼。

劉福江微笑地看著他們十秒，終於緩慢說：「你們可能很好奇他們是誰，這兩位同學分別是林語驚和沈倦啊，是我們班所有同學學習的榜樣，大家一起給個掌聲。」

十班全體無比配合他，抬手「啪啪」鼓掌。

氣勢如虹，十分響亮，像是打著響板，劈里啪啦，劈里啪啦。

林語驚：「……」

沈倦：「……」

劉福江看起來滿意極了，等到掌聲漸止，他才說道：

「這次考試的題目要比月考難一些，再加上半個學期過去了，知識點也比較多又雜，學年裡這次沒有七百分以上的，沈倦同學六百九十四分，依然是學年第一，來，掌聲。」

又是一陣響亮的鼓掌聲，甚至聽起來比剛剛還要熱烈。

林語驚：「……」

沈倦：「……」

沈倦頓了兩秒，轉過頭來看她。

劉福江續道：「林語驚同學啊，六百九十二分，以兩分之差排在學年第二名，非常好，掌聲。」

李林的手掌都快拍爛了，在她後面很興奮地拍了拍桌角：「林妹，強啊！」

林語驚已經完全面無表情了。

又他媽差兩分，這難道是什麼孽緣嗎？或者是什麼來自阿拉伯數字2的詛咒？

沈倦是故意的吧？他怎麼能考得那麼準？

林語驚這輩子都不想再看見2、二，或者兩、倆，如此類代表兩個單位的字。

接下來的整節班會課，林語驚一句話都不想說了，她甚至恍惚間覺得這個畫面似曾相識，非常熟悉，好像她已經經歷過又比沈倦低了兩分這件事。

沈倦也沒說話，直到下課，他抬手，用食指輕輕戳了戳她手臂。

林語驚茫然地站起身來，讓了個位置給他，站在走道的桌邊，等著他出去。

沈倦站起來，走出教室門，林語驚再茫然地坐回去。

三秒鐘後，沈倦重新出現在教室門口，垂眼看著她：「林語驚。」

林語驚仰起頭來，沈倦微抬了一下下巴：「出來。」

林語驚坐在那裡一動不動，冷漠地看著他。

沈倦嘆了口氣：「妳是不是傻了？」

林語驚秒答：「你才傻了。」

沈倦：「聊聊？」

「沈同學，你沒發現我現在一句話都不想跟你說嗎？」林語驚緩聲說，「我以前一直不知道恨之入骨是什麼滋味，現在我知道了，感謝你。」

沈倦氣笑了，往前走了兩步進來，撐著她桌旁俯身，低聲說：「妳要是不想自己出來也行，我不介意再要個流氓，比如把妳抱出去。」

他看起來氣壓有些低，黑眸沉沉，壓迫感十足，前半句話出來的時候，林語驚看到這個架勢差點以為他是要來打架的，結果後半句就抱上了。

林語驚張了張嘴，下意識地看了一圈四周。

他們上週期中考結束以後剛開始上晚自習，所以最後一節課不放學，中間有半個小時的休息時間，然後回來自習。

班上一半的人都去吃晚飯了，李林他們都跑到最後一排去商量籃球賽的事，旁邊的班長在一邊啃餡餅一邊埋頭寫考卷，沒往這邊看。

林語驚清了清嗓子，起身和他走出去。

高一不用上晚自習，已經放學了，校園裡能看見揹著書包的高一學生陸陸續續往外走。

林語驚走到走廊盡頭的那扇窗前，背靠著窗臺，沒說話，等著對方先開口。

沈倦靠著牆站在對面，走廊裡的燈光是黃色的，比教室裡的亮白稍微暗一些，兩個人對視了一會兒，沈倦皺了皺眉：「我知道妳很在意這個，但是我……」

「你不在意嗎？」林語驚問。

「什麼，成績嗎？」沈倦淡然道，「還好。」

林語驚點點頭：「你這次期中考試，有故意答錯兩道題嗎？」

沈倦想都沒想：「沒有。」

「你看！」林語驚猛地拍了一下窗臺冰涼的大理石，「你還好意思說沒有嗎？你為了贏我，應該絞盡腦汁了吧！」

沈倦：「……」

林語驚搓了搓拍得有點痛的掌心，垂著頭，忽然嘆了口氣。

「沈同學，我這個人願賭服輸。」林語驚表情悵然地說，「你這次確實又比我高了兩分，我們之前說好了，誰的分數高就誰贏，這次的獎學金我就讓給你了。」

她態度驟變，沈倦揚了揚眉。

林語驚繼續道：「但是，有件事我想跟你商量一下。」

沈倦不動聲色：「嗯，妳說。」

「等你拿到那個一等獎獎狀和獎學金的時候，能不能讓我摸摸？」林語驚小心翼翼地問。

「……？」

沈倦沒說話，看不懂她葫蘆裡在賣什麼藥，但這並不影響林語驚發揮，她已經入戲了。

少女乖巧地站在窗前，黃昏暖橙色的光線從走廊的玻璃窗透進來，在她身周鑲了一圈細細的絨毛，她安安靜靜地看著他。

她的長相本來就毫無攻擊性，很是無害，用蔣寒的話來說，給人的第一印象就是個涉世未深的小仙女。

小仙女垂著眼，長長的睫毛烏壓壓地壓下來，眼底情緒被遮得嚴嚴實實，聲音很輕：「沈同學，跟你說實話吧，我其實是從村子裡來的，老家在蓮花村，不知道你有沒有聽說過，很窮的，天天餵豬。我真的覺得，我能到這個大城市來讀書很幸運，我也從來沒拿過獎學金，尤其是還……這麼多錢，所以我只是想摸摸……」

林語驚輕輕吸了一下鼻子：「對了，我還沒告訴你我的本名，我叫林翠花。」

「……」

沈倦沉默了至少十秒鐘，靠著牆站在那裡，一動也不動地看著她，就在林語驚差點忍不住要抬起頭的時候，他才開口道：「摸摸就好？」

林語驚沒抬頭，默默地點了點頭。

「好，」沈倦說，「沒事，到時候讓妳摸摸。」

「……」

林語驚：？

林語鶯瞬間就不吸鼻子了，抬起頭來，面無表情地看著他：「沈倦，你這個人絲毫沒有同情心的嗎？」

「同情，扼腕、嘆息、同情，我就說我看妳有點眼熟。」沈倦說。

林語鶯沒反應過來：「什麼？」

「妳在蓮花村住了多少年？」沈倦問道。

林語鶯總覺得這個人在設計她，沒說話。

沈倦勾唇，懶洋洋地說：「你們蓮花村隔壁有個荷葉村，妳知道吧？」

「……」我知道個屁。

沈倦：「妳應該知道，說不定妳還見過我，我們村子不僅得餵豬，還得種田。」

「……」我他媽是真的相信了啊。

林語鶯實在沒忍住，翻了個大白眼出去，還來不及說話，沈倦續道：

「進城讀書確實不容易，妳也知道，我現在一個人住在工作室，平時的生活費都要自己賺。」

林語鶯愣住了。

沈倦最後補充說：「沈倦也不是我的真名，」他想了半秒，「我就叫沈鐵柱吧。」

林語鶯：「……」

林語鶯確實沒說假話，她老家其實認真算一算，還真的是在村子裡。

她尊敬的父親大人，孟偉國先生當年千里走單騎，從村子裡一路殺到帝都讀書，成為他們村子歷史上唯一一個不用種地餵豬的小青年，最後和帝都某企業董事長的獨生女在一起了，婚姻美滿，事業有成。

就是好景不長而已。

至於沈倦，林語驚本來覺得他只是在隨口胡扯，但是聽到那句「我現在一個人住在工作室，平時的生活費都要自己賺」的時候，她有些動搖了，因為這個應該是事實。

這是她親眼所見的，沈倦之前無意間跟她提過一次。

林語驚覺得他說的大概真假參半，什麼荷葉村、這個鐵那個杜什麼的就不用說了，傻子都知道是假的。我看你有點眼熟，我們以前是不是在村口見過——這種話，林語驚連理都不想理。

但是他可能是真的經濟條件比較一般，需要自己賺讀書用的生活費什麼的。那麼，這個獎學金對他來說確實更重要，林語驚不需要這筆錢，林芷每個月給她的生活費是這個獎學金乘以十。

林語驚開始茫然了。

要不然就算了吧，而且確實也是她輸了，考試也沒考贏人家。

林語驚躺在床上，小聲地自言自語：「林語驚，妳怎麼回事？妳是不是因為喜歡人家，所以考試故意偷偷考得比人家低，是不是？」

她頓了頓，單手捂住臉，嘆了口氣：「是個屁啊，我有病嗎？」

‡

隔週，籃球賽第一輪正式開始，不分文理科班，打亂順序，抽籤選擇對手進行預賽。

預賽是淘汰賽機制的，哪一班贏就哪一班晉級，輸的那個直接淘汰，高中生涯中的最後一次籃球賽將和你沒有任何關係，再會了你的青春。

十班全都隊勉強湊夠了五個首發和兩個替補，一共七名球員，畢竟男生這麼多，其實大家都多少會打球，也就是打得爛和打得更爛的差別。

比賽前一天，體委去體育組抽籤，回來的時候一臉菜色。

宋志明走過去，拍了拍他的肩膀：「老於，怎麼樣啊？」

「不怎麼樣，」於鵬飛有氣無力，「七班。」

宋志明：「……我靠，你什麼手氣啊，跟你說多少次了，下次上完廁所一定要記得洗手。」

「我沒洗個屁。」於鵬飛憤怒咆哮，「老子一進體育組，七班體委就勾著我脖子說不抽籤了，想跟我們班比，兩班有個約定一定要遵守劈里啪啦，說了十幾分鐘，嘴都沒停下來，他跟老江是什麼近親關係吧。」

宋志明：「體育老師答應了？」

「答應了，」於鵬飛有氣無力，「那老師就愛看熱鬧，你又不是不知道，二話不說就答應了。」

宋志明不太死心：「別班也沒意見？」

於鵬飛看著他：「老宋，你是不是腦子傻了？七班那麼強，別班恨不得到決賽再碰見他們，能有什麼意見？」

他們在李林旁邊圍了一圈，每個人都一臉絕望，看得林語驚有點好笑：「你們怎麼這麼沮喪？

我們班不是已經湊齊五個人了嗎？又不一定會輸。」

宋志明表情艱難地看著她：「林老闆，妳為什麼會覺得我們只要能湊齊五個人就不一定會輸？」

林語驚掰著手指頭：「你、體委、王一揚，你們三個不是打球都滿好的嗎？還有我們班最高的那個哥們兒，叫什麼？」

「妳就叫他老高吧，反正他高，我們都這樣叫，這個不重要。」宋志明將手搭在旁邊李林的肩膀上，「妳知道我們隊的PG是誰嗎？」

李林不自在地抖了抖肩。

「誰啊？」林語驚問。

「李林。」

「……」

「就是這個身高一百七，喝個菊花茶都天天有人往裡面扔濃湯寶，找了整整一學期加兩個月，到現在也沒發現其實都是我扔的傻子李林。」宋志明麻木地說，「林老闆，這樣的人打控球後衛，妳覺得我們班還有希望嗎？」

李林轉過頭來，面無表情地看著他：「原來是你扔的。」

「你自己看看，以前班上和你一起來十班的，除了我還有第二個人嗎？」宋志明說。

李林嘆了口氣：「算了，我現在沒心思跟你計較這個。」他崩潰地說，「那我怎麼辦？我已經是這些替補裡水準最高的了！」

「……」林語驚沉默了兩秒，問：「你們怎麼不問問沈倦啊？」

她這句話說出來，一圈人都安靜了。

宋志明下意識地看了一眼撐著腦袋看書的沈倦。他們和老大做了幾個月的同學，最大的進步就是終於敢在他在的時候過來聊天了。

宋志明的嘴唇動了動，用口型無聲地對林語驚說——不敢。

林語驚點點頭，朝他比了個OK的手勢，偏了偏腦袋，轉過身來看向沈倦。

她在說完剛剛那句話以後，沈倦也抬起眼來，正在看著她。

畢竟就在他旁邊聊天，他也有一搭沒一搭地聽了一些，自己的名字被提到是不可能假裝沒聽見的。

沈倦看著她，揚了一下眉。

「沈同學，」林語驚側身靠過去，用非常不標準的A市口音問道，「籃球賽打伐啦？」

沈倦想都沒想，語速很快：「伐當。」

林語驚沒聽懂：「啊？」

「不打。」沈倦說。

‡

籃球比賽也算是大活動，這個過去以後，這學期再也沒有其他學校官方認證的娛樂活動，大家的重視程度堪比運動會。

用李林的話來說就是：

「運動會有什麼意思，就是坐在那裡吃吃喝喝，看著運動健將們在灼熱的跑道上揮灑汗水。籃球賽不一樣啊，男生和女生共同狂歡，男生打球，順便發散一下自己的個人魅力，女生看自己喜歡的男生耍個帥。」

——說這番話的時候，他還沒確定要出戰十班全都隊首發。

林語驚仔細地回憶了一下，發現李林說的確實有道理。她高一時，同班的女生拉著她去看高二籃球賽，在籃球館轉圈，看臺上一層層圍著的全是人。陸嘉珩當時作為隊長，不知道斬獲了多少學妹愛的小桃心。

聞紫慧在運動會的時候也參加了接力賽，而且七班說十班撞掉他們班的接力棒的時候，聞紫慧是第一個聽不下去衝出去的。她憤怒至極，組建了強大的啦啦隊團隊。

團隊成員有三人，分別是她和英語小老師、國文小老師。

林語驚是非常沒有集體榮譽感的人，所以在聞紫慧來找她的時候，林語驚想都沒想就拒絕了。聞紫慧本來還是有點怕她的，因為她跟林語驚的恩怨近在眼前，歷歷在目，但是為了十班，為了團體，聞紫慧豁出去了：「林同學，我們就先不說籃球賽，妳看隨便什麼比賽裡，是不是都有啦啦隊？」

「競賽啊，大家只需要坐在座位上安安靜靜地答題。」林語驚說。

「……」聞紫慧也不氣餒：「這跟競賽那種比賽不一樣，關乎到我們班的團體榮譽，我去隔壁九班、八班問過了，她們也都弄了啦啦隊，都很多人，我們班也不能少。」

她糾纏起來簡直和前一段時間的體委沒什麼差別，就站在你的桌旁堅持不懈地說，林語鶯面無表情地看著她，嚇唬道：「聞同學，上次的事我還沒原諒妳呢，妳小心我心情不好就跟妳算舊帳。」

她說著，朝她攤了攤手。

兩隻手掌心蹭破的地方還沒癒合，傷口上結了一層薄薄的痂，掉了一半。

聞紫慧看著她手上的痂愣了愣。林語鶯的手很好看，又白又瘦，手指細長，掌心的紋路乾乾淨淨，但上面那兩塊淺褐色的痂看起來格外破壞整體美感。

不知道該怎麼形容那種感覺，可能是愧疚。

聞紫慧從小到大也沒什麼壞心眼，就是嬌縱習慣了，她當時就是看林語鶯有點不爽、嫉妒，再加上又覺得她做作，就撞了一下。現在看到因為她，這傷口還沒好，就覺得自己當時真是白目。

聞紫慧的頭垂得低低的，不好意思再看了：「唉，對不起，我真的……我當時可能腦子壞了，對不起……」

林語鶯張了張嘴：「……我不是這個意思，我早就原諒妳了。」

聞紫慧沒說話。

糾結了幾秒，林語鶯嘆了口氣，「啦啦隊要幹什麼？」

聞紫慧抬起頭來，眼睛亮了亮：「就加加油就行了，我們現在只有四個人，」她已經默認她加入了，「加妳四個，我到時候再努力一下。」

林語鶯再嘆：「我這輩子都不曾有這麼有團體榮譽感的時刻。」

聞紫慧又跟她說了一點啦啦隊的事情，上課鐘聲響起，沈倦從走廊裡進來，聞紫慧後退了兩大步：「那好，就先這樣。」她頓了頓，看看她的手，「妳的手現在還會痛嗎？我這週末回去讓我媽幫妳燉一點湯吧，裝在保溫壺裡帶過來。妳的寢室是不是就在我隔壁啊？」

林語驚特別不擅長應對這種突如其來的善意，連忙擺擺手：「不用，真的不用，我都快好了，別麻煩了。」

沈倦聞言，側頭看了她一眼。

王恐龍拿著教材走進教室，站在講臺前敲了敲講臺桌面：「還聊天，上課啦大哥們，上課鐘聲打完半個小時了，你們沒聽見啊？聞紫慧，妳別站這裡跟小姊妹聊天了，一節下課還聊不夠啊？妳要是這麼想跟林語驚坐，就把椅子搬過來坐在這裡聽吧，要不然妳跟沈倦商量一下，你們換座位。」

聞紫慧看了沈倦一眼。她之前被沈倦正正經經地嚇唬了一回，雖然男生全程的態度看起來都平靜淡然，甚至還非常有禮貌，但是就不知道為什麼，就是給人一種：敢說一句不，老子就他媽弄死你喔——的錯覺。

聞紫慧縮了縮肩膀，跑回自己的座位去了。

公布期中考成績的這一個星期，主要就是講解考卷。這次每科的題目都比月考難上不少，林語驚物理的最後一道大題還是錯了，王恐龍講了一半，林語驚才明白過來，寫出了正確的答案。

寫完她扭頭，看了一眼沈倦的答案卡。

大題都全對，只錯了一道選擇題。

我操你喔。

林語驚覺得自從認識了沈倦，她在心裡默默飆髒話的頻率以肉眼可見的速度快速提升了。

沈倦注意到她幽怨的視線，猶豫了一下，沒說話。

他其實想說，最後這道題目還有一種解法，王恐龍大概是想照顧大家的平均水準，這樣看起來確實會更容易懂，但過程、步驟太多，很麻煩。

如果這句話說出來，他覺得林語驚又會一個星期不理他。

沈倦又瞥了她一眼，看見少女捏著筆，把剛剛那個很複雜的公式過程勾掉了。

她用筆蓋戳了戳臉頰，想了一會兒，然後提筆寫了另一排更簡單的變形公式，最後得出答案，比剛剛那個方法少了三四行字。

沈倦無聲地勾起唇角。有一種很自豪的感覺是怎麼回事？

‡

林語驚沒想到聞紫慧真的說到做到，又找了三個人加入啦啦隊。

十班的女孩子雖然人數少，但是品質都很高，也許是大家都把學習的時間用在打扮上了，總之整體顏值看起來還是很能打的。籃球賽那天早自習，聞紫慧捧著一大堆衣服進來，將最上面那件丟給林語驚。

林語驚嘴裡叼著牛奶袋，手裡還拿著粢飯團，含糊地哼了兩聲：「這啥？」

「隊服！」聞紫慧說，「每人一件，我跟我媽的學生借的！」

聞紫慧的媽媽是大學老師，能借到啦啦隊服也不奇怪，就連十班全都隊的球衣都是她提供的。

她也發了衣服給其他幾個女生，動靜很大，宋志明他們也圍了過來：「慧姊，這什麼啊？我們班啦啦隊還有統一服裝啊，真有排面！打開看看長什麼樣子吧。」

林語驚一臉驚恐地把飯團往旁邊遞，沈倦自然地接過來，林語驚咬著牛奶，嘟噥了一聲「謝謝」，空出手拆開了她的那件，抖開。

很正經的服裝，大紅色的球衣T恤，上面印著黑色的字母和數字，下面是黑色短版褲裙，不存在走光問題。

林語驚鬆了一口氣。這和她想像的啦啦隊隊服不太一樣，至少還在正常範圍內，屬於平時去看球賽，女生球迷們也會穿的那種。

但是男生和女生的想法好像永遠不太一樣。

原本宋志明他們說著「是啦啦隊服啊」的時候，還是很單純地湊熱鬧，好奇催她打開看看的，結果看到是球衣，他們忽然像嗑了藥一樣。

班上的男同志們忽然全體沸騰了，王一揚坐在前面瘋狂拍桌：「籃球寶貝！籃球寶貝！」

宋志明從聞紫慧手裡扯了一件衣服來，提著衣角晃悠：「教練！這褲子太長了，教練！能不能改成齊嗶——」

於鵬飛一巴掌拍在他腦袋上：「宋志明你能不能注意素質？」他搶過宋志明手裡的衣服，繼續他未完成的事業，站在椅子上演講，「教練，不用改了，就這麼長我也接受，感謝CCTV，籃球賽快點開始吧，不就是獎狀嗎？我不要了，我直接給七班。」

李林痛哭流涕地抱著他大腿：「體委！我願意打首發！讓我打首發真是太好了！！」

林語鶯：「……」

林語鶯不知道為什麼，忽然之間這幫男生就瘋了。

她叼著牛奶，無語又好笑地看了他們一會兒，轉過身來把衣服摺好放回到袋子，塞進抽屜。

身後的李林他們還在鬧，聞紫慧顯然也很無語，費了好大的勁才把於鵬飛手裡的那件搶回來發下去，忍不住罵他們：

「你們神經病啊！運動會看見啦啦隊和鮮花隊的時候也沒見過你們這樣，現在發什麼瘋？」

「妳是女的，妳不懂，這是我們男性同胞們才懂的點。」宋志明說，「簡單來說，就跟女僕裝什麼的差不多吧。」

林語鶯回頭，找尋她剛剛隨手交給沈倦保管的粢飯團。

她朝他伸了好半天的手：「謝謝。」

沈倦看著她，好半天才慢吞吞地遞給她：「妳是啦啦隊？」

「是啊，」林語鶯咬了一口飯團，腮幫子一鼓一鼓的，把嘴巴裡的東西咽下去了才道：「為了班級的榮譽，林語鶯衝啊。」

沈倦的唇角微微向下撇著，看起來沉默又不爽：「為了班級的榮譽，就一定得去啦啦隊？」

林語鶯睨他：「沈老闆，我是很有團體榮譽感的人，既然聞紫慧來找我了，我肯定要答應啊。」

沈倦「嘖」了一聲：「意思就是我沒有團體榮譽感？」

「這麼明顯的問題，你一定要我回答你嗎？」林語鶯說。

沈倦頓了頓，緩聲說：「他們缺控球後衛，我沒打過這個位置。」

林語驚愣了愣：「你都打什麼？」

「SG，」沈倦說，「我負責得分的。」

林語驚想起他可怕的一槍一顆小氣球，和在射箭館隨便射兩箭就正中靶心了。

她吹了一聲口哨，揚眉道：「八中雷．艾倫？」

沈倦也揚起眉：「妳知道得還真多。」

林語驚想了一下：「我們班的得分後衛是誰啊？好像是宋志明，你問問看他能不能打，換一下不就行了？」

她說完就反應過來了。

沈倦會說嗎？

不會，這個人驕傲得要死，才不會說自己沒打過這個位置，所以不要。

這種話說出來以後，還要怎麼耍帥，很耽誤我們江湖少年混社會的好不好？

林語驚點點頭：「那你要是實在想體現一下你的團體榮譽感，跟我一起加入啦啦隊也不是不可以。」

「……我靠，」沈倦被她的話震住了，「妳現在是膽子真的大了，看準我拿妳沒輒是吧？」

「那你剛剛一臉不爽地看著我是幹什麼，我的隊服對你做了什麼嗎？你直勾勾地盯著它，我還以為你喜歡。」

「我很喜歡，」沈倦瞇了一下眼，「我喜歡的東西可多了，妳都要穿給我看？」

「我給你看個屁。」林語驚往後一靠，「沈倦，你知道你這是什麼思想嗎？女朋友今天要穿超短裙出門，別的男人都會看見，超——煩——你這種發言掛在網路上是要被酸民朋友們噴足三百層樓的。」

她這句話說完，沈倦愣住了。

林語驚原本還沉浸在不太爽的情緒裡，反應了幾秒，也愣住了。

沈倦沒說話，沉默地盯著她，眼神幽深而綿長。

林語驚慌了一下，張張嘴：「不是，我不是說我是你女朋友，我只是打個比喻，就——」她越說越亂，頓了頓，嘆了口氣，低下頭無力地說，「我沒那個意思……」

沈倦依然沒說話。

早自習劉福江不在，班上鬧哄哄的，王一揚還在後面開心地喊著籃球寶貝，只有他們兩個這一塊一片尷尬的安靜。

就在林語驚已經尷尬到不行，感覺自己下一秒就要奪門而出的時候，沈倦終於說話了：

「我們按照妳這個比喻往下聊，」他緩聲說，「我不會因為我女朋友今天穿什麼出門而生氣。」

林語驚抬起頭來。

沈倦偏頭盯著她，壓低了聲音：「我生氣的是我女朋友無論穿什麼，反正都是要去幫別的男人加油，而且我還得在旁邊看著。」

林語驚不想按照這個比喻再跟他往下聊，女朋友來女朋友去的，怎麼聽都不對。而且越聊，她心跳越快。

籃球賽安排在每天下午第一節課下課，上午正常上課，下午體育館裡有兩個室內籃球館，兩場比賽同時進行。

下午第一節課一下課，林語驚就被聞紫慧和幾個女孩子拉出去了，一共七個女孩，大家擠在女廁所裡換衣服。

林語驚才發現，原來不只她們班的啦啦隊這麼規範標準，還有其他班的女生也在換，按照顏色可以看出來，算上她們能分成三堆。

她那件衣服後面寫著的數字是「０４」，按照聞紫慧的話來說，是十班顏值擔當。她現在已經完全坦然接受了這個事實，並且願意把自己的班花頭銜拱手相讓。

女孩子是很神奇的生物，她們就好像大家一起換個衣服，或者一起去上個廁所，就可以建立起神祕友誼。

林語驚以前從來沒交過同齡的女性朋友，在十班這麼久，跟班上的女生也不算很熟，結果今天好像飛快地拉近了距離，英語小老師馬瞳瞳幫她整理身後衣服時，順便笑嘻嘻地摸了一下她的腰：「林語驚，妳的腰好細啊。」

聞紫慧正在綁頭髮，聞言看過來：「腿也細，妳這個腿是怎麼長的？又細又長，我本來覺得我的腿滿好看的，現在，唉。」

林語驚不自在地揉了一下鼻子，有點不習慣。

通常女孩子的這種話要怎麼接？如果是陸嘉珩或者程軼的話，她會說「你這種侏儒，還想跟我比？」。

「……」

肯定不能這麼說吧。

林語鶯深思熟慮後，說道：「我覺得妳的身材比例真的很好了。」

她說完，聞紫慧竟然還不好意思了，臉有點紅：「哎呀，時間差不多了吧，我們快出去吧。」

林語鶯覺得小女生的這些小心思還真可愛。

十班和七班在二樓籃球館，兩個班的同學分別坐在兩頭的看臺，兩班之前在運動會打賭的事，差不多整個學年都多多少少聽說了一些，再加上今天的另一場是兩個班菜雞互啄，沒什麼看頭，所以大多數同學都在他們這個場館。

林語鶯她們出來的時候，場上爆發出一陣狂熱的歡呼，有男生此起彼伏地吹口哨。

十班全都隊的首發隊員們穿著同樣紅色的球衣，坐在左邊看臺下的兩張長椅上，林語鶯一邊走過去，一邊往十班看臺的位置掃了一圈，沒看見沈倦。

結果視線轉回來，就看見這個人坐在下面的長椅上，淹沒在一群火紅的球衣裡。

林語鶯走過去：「你怎麼下來了？」

沈倦抬起眼皮，看了她一眼。

他還沒說話，旁邊的李林就像猴子，手裡捧著一件火紅的球衣，上躥下跳地跑過來：「來，跟妳介紹一下我們的首發隊員，沈倦沈老闆。我覺得我們班穩了，沈倦！沈倦來參加籃球賽！我能吹一年！」

林語鶯愣了愣，扭過頭去。

沈倦站起來，慢吞吞地拉開校服外套的拉鍊，隨手丟在旁邊的長椅上。

校服外套裡面是一件白色衛衣，他就那樣站在球場邊，不緊不慢地拉著衛衣邊緣，揚起手臂往上掀，脫下衛衣。

他的手臂舉著，衣服往上拉，褲腰處露出一小塊結實的腰腹。

林語驚聽見遠遠近近傳來不知道多少小女生的尖叫聲。

「……」

沒見過這種人，騷到沒有極限了。

她的嘴角忍不住抽了一下，看著他脫掉了衛衣，露出裡面那件白色薄T恤。

沈倦把手裡的衛衣遞給她。林語驚頓了一秒，接過來抱在懷裡。

沈倦接過李林遞過來的紅色球衣，直接套上，然後忽然靠近兩步，撐著膝蓋往前俯身看著她：「妳怎麼不問我為什麼又來打了？」

林語驚的腦子裡還在重播著他剛剛脫衛衣的這套騷操作，思維有點飄，隨口問：「為什麼？」

沈倦舔了舔唇，直勾勾盯著她：「我想看看下面會不會有女朋友幫我加油。」

他說這番話的時候，王一揚、李林他們就在旁邊，也許是因為沈倦同意來參加籃球賽的舉動，也許是此時的氣氛，總之大家興奮而肆無忌憚，沈倦腥風血雨的傳說被他們拋諸腦後。

宋志明和李林在旁邊互相拍著對方，連口哨帶歡呼，瘋狂起鬨。老高和林語驚不太熟，站在旁邊撓了撓腦袋：「我以為早就……原來還沒有……」

王一揚在旁邊嗷嗷叫，繞著他們跑了一圈，像個神經病，最後跪在光滑的地面上從遠方滑行過來，站在沈倦旁邊一把勾住他的脖子，看向林語驚：「林老闆，你有沒有喜歡的ＮＢＡ球星？」

話題被岔開，林語驚悄悄吐了一口氣，想了想：「艾弗森吧……」

「多巧！」王一揚巴掌一拍，「艾弗森最厲害的時候是他在七六人打得分後衛時，我們倦爺，八中喬丹聽說過嗎？是三分王，彈無虛發、百發百中，他一場比賽進的球比我這輩子見過的球加起來還多。」

林語驚：「……」

「我爸還有個外號，聽著啊，」王一揚作為一個孝子，還在瘋狂幫他爸爸樹立高大威猛的強者形象，掰著手指頭說，「叫——沈．喬治．格文．雷．艾倫．艾弗森．倦——」

王一揚雙手一攤：「帥不帥！我就問妳帥不帥！」

林語驚：「……」

一幫男生穿著火紅的球衣在這邊鬧成一團，七班的五個人已經進場了，在前面跳來跳去，又拉手又拉腿的，李林看見後不屑地撇撇嘴：

「他們這是一身老筋啊？打球之前還得拉上半個小時？——我靠，他們班也有啦啦隊啊，這隊服也太醜了，露出這一大截腰是幹什麼，簡直俗不可耐！根本不能和我們班的籃球寶貝們比！」

宋志明笑著踹了他一腳：「別關注那些沒用的行不行？在下面準備一下。」

沈倦之前的話被打斷，他也沒什麼反應，只在上場前看了林語驚一眼。

那一眼意味深長，看得林語驚有點毛骨悚然。

——等老子打完球跟妳算總帳。

林語驚開始思考在沈倦比賽結束以前，她撤離現場的可能性。

比賽開始，跳球的是老高和七班那個體委。

七班的啦啦隊率先進入狀態，開始瘋狂吶喊，銀色有亮片的隊服在對面站成一排一閃一閃的，像一群美人魚。

七班體委姓許，叫許傑，聽宋志明他們說，這個人態度非常囂張，一直叫囂著要把十班的獎狀撕碎了餵狗。現在看來他也確實有囂張的資本，他的身高比老高矮一點，彈跳力卻十分驚人。

七班率先拿到球，迅速帶球往籃下壓，宋志明這支臨時搭建的球隊水準確實還可以，回防速度很快，沈倦轉身跑過去的時候，林語驚看到他身後的球衣上印著大大的「０４」。

像是在所有人的注視下，偷偷摸摸地穿著情侶裝。

林語驚莫名覺得臉有點燙，恍了恍神，七班那邊的球已經傳了兩個人，最後落到許傑手裡。

所有人全部壓在三秒區，宋志明他們幾個被對方的人攔得嚴嚴實實，扯著嗓子喊了一聲：「老高！」

老高站在籃下，已經準備起跳。

第一個球很重要，七班如果進了這一球，氣勢一下子就上來了，沒進的話，對他們的節奏和心態多多少少會有點影響。

老高這邊剛跳起來，林語驚就覺得這球完了。

可能是對面四個校籃的給他太大的壓力，他有點急，這一跳跳早了。

果然，許傑停了一秒球才出手，老高已經在往下掉了，那顆球就擦過他的指尖，「匡噹」一聲砸進籃框裡。

七班進了第一顆球，看臺上一陣歡呼，啦啦隊在下面看起來已經遊起來了，林語驚聽見不遠不近的看臺上有人在說：「我以為沈倦有多厲害，看起來也只有那樣啊。」

另一個男生笑著說：「真的厲害，應該早就進校隊了。」

林語驚扭過頭去，順著聲音找過去，看著坐在看臺第一排的那兩個男生，眼神有點冷。

兩個人接觸到林語驚的視線，有點慌地匆匆移開。

林語驚轉頭。

許傑這顆球進得很漂亮，不過十班的節奏沒亂，王一揚搶到了籃板。

林語驚發現王一揚作為一個前鋒，無論是打架還是打球，完全都是同一個風格，整個人看起來魯莽得不行，好像能夠一打十。

沈倦是今天臨時同意上場的，他跟宋志明他們幾個完全沒有配合過，但是他顯然和王一揚是打過球，王一揚拿到球，一邊運球一邊飛快地往對方籃下壓時，沈倦已經撤到靠近三分線了。

王一揚又過了一個人，球高高拋過去，咆哮道：「爸爸！！！」

他這一聲把宋志明他們都喊到愣了一下。

沈倦接球，抬臂起跳，身體微微後傾，球出手的時候手腕往前猛地一甩，橘紅色的籃球在空中畫出一個很完美的弧度，然後無聲無息地落入籃框，連籃框的邊都沒碰到。

沈倦側著身子看向林語驚的方向，微微偏了一下頭，抬起右手，手指張開，將虎口搭在耳邊，做了個聆聽的動作。

七六人的王牌得分後衛，艾倫．艾弗森的經典姿勢。

騷氣值爆表，並且非常囂張。

場館內安靜了一瞬，然後他如願以償，女生的尖叫和男生的咆哮聲震耳欲聾。聞紫慧在旁邊晃著小彩旗瘋狂往上竄，李林發出了像猴子一樣的歡呼。

林語驚站在球場旁邊的看臺下，穿過半個球場和他對視。

心跳越來越快，身體裡面好像有一面小旗子在不停地揮舞，她自己都沒發現自己什麼時候嘴角高高地揚起了，壓都壓不下去。

現在在看臺上坐著的，甚至籃球館裡的所有人沒一個看過沈倦打球，高一的時候他應該參加過籃球賽，不過那時候現在的高一和高二都還沒入學。然後就是去年，沈倦高二，還沒在學校熬過第一個月就被遣送回家了，唯一看過他打球的高三生們現在正在北樓過著地獄般的日子。

接下來的比賽裡，沈倦幾乎刷新了所有人對籃球比賽的認知。

球賽的高潮應該永遠都是灌籃，灌籃高手裡的流川楓抓著籃框，伴隨著「匡噹」一聲巨響把球扣進去，這種視覺和聽覺上的雙重刺激是別的進球方式無法比擬的。但是沈倦這個人，他的三分球可以在任何角度的距離投進，這個刺激就比灌籃大多了。

他和王一揚十分有默契，王一揚就像是一顆旋轉的小陀螺，過人極快，只要他拿到球，無論沈倦在哪裡，他一定會傳給他。

在主導了整個第一小節，四號球員沈同學進了第五個三分以後，七班終於叫了暫停，把一臉陰沉、坐在替補席上看飲水機的剩下一個校隊換上來。

七班的實力畢竟還是很強的，尤其是四個校隊成員全都上場，兩班的比分緊緊咬在一起，上半場結束，十班只領先兩分。

李林簡直手舞足蹈了，迎面就衝過去，狂笑地對沈倦張開雙臂：「爸爸！」

沈倦沒有護額、護腕，都是臨時借用李林的，額頭上的汗水順著流下來，黑髮被打得透濕。

他毫不留情地閃身躲開熱情的擁抱，骨節分明的手將濕透了的碎髮往後抓，露出眉骨和額頭。

帥哥無論做什麼動作都帥這句話是有道理的，整個上半場下來，林語驚的耳膜都快被震破了。

她覺得照這個架勢下去，校霸的黑歷史可能即將遮不住他的吸引力，沒有什麼是不能被一個帥字打破的，如果有，那就四個字。

——帥到不行。

十班的每個人都很興奮，王一揚和沈倦這兩人配合起來猛得出乎意料，李林走過來把椅子上的衣服往下一掃，幫他們空出位置：「你們快坐下，趕緊休息。」

「得把比分拉大，兩分不行，」宋志明看了一眼記分牌，「我們沒替補，分數就這樣咬著，到後面我們的體力肯定不行。」

他轉過頭來：「倦爺，下半場我們儘量把球傳給你？」

沈倦仰頭喝水，喉結滾動，汗水流過修長的頸線，落入掛在脖子上的毛巾裡。

他將礦泉水瓶蓋關上，手背隨意抹了把唇角：「我估計會被盯死。」

「什麼叫盯死？」聞紫慧蹲在旁邊問。

「就是下半場至少會有兩個人全程跟我貼身跳熱舞，可能球都不會讓我摸到。」沈倦眼睛盯著對面，對上一個男生的視線。

那個男生直勾勾盯著他，眼神裡有點讓人不太舒服的東西。

沈倦瞇了瞇眼，「他們換人了，十三號是誰？」

李林扭頭看了一眼，臉色有些難看：「他們換寧遠了。」

宋志明和於鵬飛的臉色都變了。

沈倦不認識什麼寧遠，聽到他們討論也不在意，一邊喝掉最後一口水，俯身將空瓶子立在椅子旁邊，再一抬頭，幾個女生羞羞怯怯地從那邊的看臺走過來，其中一個手裡拿著一瓶運動飲料走到他面前，遞過來。

沈倦掀起眼皮，看過去。

女生臉紅了：「沈倦同學，我看你水喝完了，你喝這個吧，我剛買的……」

林語驚站在旁邊，聞言視線往這邊掃了掃。

人家上一秒水剛喝完，下一秒就送來了，這可真是及時雨啊，比宋江還及時。妳們這股認真能不能用在學習上？能不能！

林語驚把頭扭到一邊，假裝在聽宋志明他們說話，餘光偷偷地掃過去。

她看見沈倦抬起手接過來。

「謝謝。」

還他媽非常有禮貌地道了聲謝。

他聲線本來就比較低，現在剛運動過，呼吸比平時重一些，嗓子還帶著一點啞，非常勾人。

那幾個女孩臉更紅了，送水的那個鼓起勇氣：「我能不能加一下你的ＱＱ？」

沈倦還來不及拒絕，女孩子不知道是怕他真的拒絕還是不好意思，直接把一張紙條塞進他手裡：「這個是我的帳號，沈同學加油。」

幾個女生說完，同手同腳地飛快跑開了，剛跑出去幾步就聽見她們壓抑不住的說話聲：「近看更帥！而且也不怎麼凶啊，他還說了謝謝！」

「我應該把我的帳號也給他的，他會加妳嗎？」

「不論加不加，反正妳也塞給他了。」

「……」

嘩啦啦的塑膠聲響起，林語驚把自己手裡的礦泉水瓶捏扁了。水從瓶口溢出一點，濕了一手，滴答滴答地落在地板上。

看見了嗎？

男人，比賽前還在跟她女朋友來女朋友去的，現在就和別的小女生勾搭上了。

林語驚深吸一口氣，轉身走出球場。

沈倦側頭看著少女走出籃球館，背影氣勢洶洶，看起來像是要去幹架的。

他皺了皺眉，然後抬腳踹了旁邊的王一揚屁股一腳，王一揚條件反射似的跳著走過來，低頭：「怎麼了，倦爺？」

沈倦揚了揚下巴，壓著聲：「去把剛剛那瓶水的錢還給她們。」

王一揚「喔」了一聲，二話不說就往那幾個小女生那邊跑，邊跑邊喊：「噯，姊姊！姊姊們等一下——」

「回來。」沈倦又叫了他一聲。

王一揚回過頭來。

「你能不能低調一點？」沈倦說，「安靜地過去把人叫下來，私下給，然後跟人家道個歉。」

於鵬飛在旁邊一臉呆滯：「沈老闆，一瓶水也沒兩塊，你怎麼還要還錢給人家呢？」

沈倦沒說話，彎腰撿起旁邊的校服外套，起身往外走。

旁邊的聞紫慧看出來了，女孩子對這些事情總是敏銳且細膩的，她扭頭看向於鵬飛：「你快閉嘴吧，你懂個錘子。」

李林也看向於鵬飛：「就是，你懂個錘子。」

宋志明喝了兩口水：「你他媽懂個錘子。」他說完，又對沈倦喊，「倦爺！再十分鐘就開始了，快去快回啊！」

沈倦背對著他揮了揮手。

林語驚一走出籃球館就忍不住打了個顫。

籃球館裡人多，而且剛剛蹦蹦跳跳地亂喊，也不覺得冷，體育館裡的冷風穿堂而過，溫度低了很多。林語驚身上還只穿著T恤球衣和短褲裙，腿和手臂都露在外面，冷得牙齒直打顫。

她縮著肩膀站在原地跳了兩下，回頭看了一眼緊閉的籃球場大門，隱約能聽見裡面的喧鬧聲。

林語驚轉身，往洗手間那邊走。

剛走出去一段，轉了個彎，她聽見身後有腳步聲傳來，然後一件校服外套就罩到身上。

林語驚的腳步頓了頓。都不用回頭，聞衣服的味道就知道是誰了。

她完全不想理他，肩膀往後一抖，大大的校服外套落在地上，輕輕一聲。

林語驚連頭都沒回，像沒發生任何事一樣徑直往前走。

她聽見沈倦在她後面很低地笑了一聲。

這個人，竟然，還，在，笑。

林語驚閉上眼睛磨了磨牙，走進女廁，背影看起來淡定又平靜。

她推開廁所門，然後關上，裡面有幾個小女生圍在一起，嘰嘰喳喳地笑著聊天。

林語驚冷漠地走到最後一個隔間，關上了隔間門。

然後，上一秒的淡定不復存在，她站在隔間裡開始無聲地狂甩腦袋。

煩，電視劇和小說裡都不是這樣演的啊。

小說裡的校草打球，都是一幫女生來送水給他，然後他一瓶都不要，在所有人的注視下走到喜歡的女孩子面前，一臉邪魅狂狷的表情地問她：「妳沒有水要給我嗎？」

雖然林語驚確實沒有水給他，但是這個不是重點，重點是現實裡的男性生物只會接過長得好看的妹子遞來的水，然後有禮貌地說一聲謝謝。

男人都是騙子。

林語驚撇撇嘴，整理好情緒，打開門從隔間裡走出來，去洗手檯前洗了個手，轉身出門。

沈倦靠在女廁所的牆邊，聽見聲音抬起頭來，林語驚正面無表情地看著他。

沈倦抬手，把手裡的校服遞過來：「冷不冷？」

林語驚沒接下：「不冷。」

沈倦揚眉：「妳連聲音都在抖。」

林語驚徑自走人，語氣不善：「關你屁事。」

沈倦又笑了一聲。

她本來就還冒著火氣，偏偏這個人一直在笑，林語驚心裡的火被他一把一把地添柴。

她扭過頭來：「你腳邊的椅子下面有一整箱水不夠你喝，小女生送水給你，你心情還很好，是吧？沈同學，你能不能修正一下態度？這裡在比賽呢。」她表情平靜，語氣也沒起伏，「你不是想要女朋友幫你加油嗎？現在你有滿場的女朋友了，開心吧？」

沈倦沒說話，有耐心地再次把校服外套披在她身上。

林語驚這次沒抖掉，就這麼瞪著他。瞪著瞪著，她又開始心虛起來。就好像是，自己把自己的什麼祕密說出去了一樣。

林語驚一直覺得自己是個很冷靜的人，但是面對沈倦的時候，她好像總是會不太像林語驚。

她會衝動，會很直接，會累了就想哭，煩就想發洩，不開心就想發脾氣。

會有以前從來沒有過的任性。

她別開眼，試圖挽救一下：「我的意思是，你打完球再分這個心思也可以，跑這麼偏，小心影響發揮，你有點團體榮譽感……」

沈倦看著她。

他當時確實沒多想，沈倦不太喜歡讓女孩子丟臉，以前有這種人，他也不會當著很多人的面直接拒絕。

但是現在不一樣了，他多了個林語驚，而她給的反應讓他覺得非常意外並且愉快。

沈倦勾起唇角，拉著校服領子往前拉了拉，蓋住她的肩頭：「我也不是什麼事情都有把握。」

他這句話說得沒頭沒尾，林語驚沒聽懂。

沈倦的手指捏住校服領子的兩邊，輕輕地把她往前拉：「有些事情我也沒有把握，也需要確認一下自己是不是自作多情，是不是可以開始準備下一步了。」

這下，就算是傻子也聽出來他是什麼意思了。

林語驚的心猛地跳了一下，她有點慌：「那你確定了……？」

沈倦又開始笑：「好像確定了，」他笑著鬆開手，後退了一步，垂眸看她，「所以我現在準備追妳。」

‡

林語驚和沈倦是準時回去的，大家看到他們一起回來，沒有人有任何疑問或者異議，宋志明打著哈哈過來：「倦啊！倦！快點，快來，喝口水換我們上了！」

聞紫慧一臉笑咪咪地看著林語驚，林語驚還沒從剛剛的恍惚裡回過神來，輕輕咳了兩聲，走到她旁邊站好。

兩班人重新上場，十班全都隊還是這五個，七班換成那個叫寧遠的。

寧遠是十三號，個子很高，速度飛快，開場是十班拿球，宋志明把球傳給沈倦，寧遠像一道火箭飛快回防，直接衝過來。

沈倦不出意外，被寧遠和對方中鋒兩個人圍著跳貼身舞。寧遠和沈倦個子相當，兩個人像是兩堵牆貼著他，從遠處看，三個人竟然還很和諧友愛。

沈倦持球，被堵得嚴嚴實實，投籃是投不出去了。他迅速掃了一眼隊友站位，準備把球傳給旁邊的於鵬飛。

他抬起手來，一瞬間，寧遠忽然插過來，湊到他耳邊低聲地說：「洛清河現在怎麼樣，快死了吧？」

沈倦整個人僵住了。

他還保持著抬起手的動作，寧遠的手肘飛快地往他胃上狠狠一撞，籃球落地，下一秒，被他伸出手臂撈過來。

所有人都沒看清楚發生了什麼，林語驚只看見沈倦手裡的球被撈走，他捂著肚子並蹲下去。

宋志明他們都愣了愣，王一揚離得最近，想都沒想就直接朝他跑過來：「沈倦！！」

裁判沒吹哨，七班直接開始往籃下壓。

「靠……」沈倦單手撐著地面，咬著牙擠出一聲髒話。

他抬起頭，看向王一揚，冷汗順著額角淌下來，吼了一聲：「回防！」

七班進攻的速度很快，沈倦這一聲吼出來，對面五個人飛快地壓到三秒區，王一揚咆哮著爆了個粗口，扭頭往籃下狂奔。

時間來不及，寧遠這顆球進得很漂亮，對面看臺上傳來一陣熱烈的歡呼，七班啦啦隊的小美人魚們上躥下跳。

比分在第三小節一上場就被追平，十班叫了暫停。

沈倦此時已經站起來了，除了臉色看起來不太好以外，沒有什麼不對勁的地方，王一揚第一個衝到他面前，弓著身擰眉看著他：「怎麼樣？」

沈倦抬手揉了一下胃：「沒事。」

王一揚點點頭，直起身來，朝對面衝過去了，一副要幹架的架勢。

沈倦一把拉住他的手臂：「幹什麼，球不打了？」

王一揚陰沉著臉，轉過頭來：「那個十三號是什麼東西，誰都他媽敢動？」

「寧遠。」宋志明說，「我之前跟他打過一次球，這個人下手很黑，剛剛我就在跟你們說要注意他一點，誰知道你們當時在聽什麼。」

王一揚「呸」了一聲：「誰知道他是什麼雜碎。」

他看起來完全處於暴怒狀態，比林語驚之前看到開學前在便利商店門口那次還要生氣。

宋志明正在旁邊跟沈倦說話，林語驚猶豫了一下，沒過去，安靜地站在旁邊看著他。

看了幾秒，沈倦忽然回過頭來。

兩個人的視線對上，林語驚愣了愣，沒說話，劉福江已經從旁邊繞過來了，手搭在沈倦的肩膀上：「怎麼樣？要不要換人？」

「不用。」

沈倦視線移開，看向對面。

寧遠正看著他。

寧遠人如其名，長了一張看起來非常溫和的臉，不過剛剛那一下，沈倦已經體會到了這個人下手有多狠。

其實也並不是完全沒事，沈倦的胃現在還在抽痛，當時挨了那一肘，他差點沒吐出來。照宋志明的話來看，寧遠也不是特意針對他的，他就是習慣性的打球喜歡下黑手，提到洛清河大概也只是為了分散他的注意力，讓他出現漏洞。

但關鍵是，他為什麼知道洛清河？

沈倦冷靜下來，努力在記憶裡搜尋了一遍寧遠這個人。他的長相，或者任何一個姓寧的人，都沒有任何結果。

他確實不認識這個人。

大概是注意到了他的視線，寧遠也轉過頭來，看著他，溫溫和和地笑了笑。

如果忽略掉他那個讓人不舒服的眼神，確實很容易讓人覺得他是個好人。

暫停時間過去，重新上場時宋志明還在旁邊不停地囑咐：「注意寧遠，別讓他再有機會下手，這個混帳很會找死角。」

「我是真心實意地不明白，」於鵬飛表示了很不解，「他為什麼要這樣啊，他是想贏嗎？」

「你是不是弱智？」宋志明看了他一眼，「肯定想贏啊，誰不想贏？我他媽也想贏，揚哥，你說他是不是白目？」

王一揚沉默地走在旁邊，一言不發。

林語鶩覺得有點不太妙。

果然，一開場，王一揚就像一隻暴躁的小怪獸，一臉克制不住的憤怒，從頭到尾都緊緊盯著寧遠，只要這個人靠近沈倦一公尺範圍內，他肯定會衝過去。

中途沈倦叫了他好幾聲，王一揚像沒聽見一樣。

這是林語鶩第一次見到他無視沈倦。

他像一個上弦過了頭的機器人，拿到球後飛躍中線，連過兩個人，踩進三分線裡被寧遠防住。

兩個人遠遠地看是貼在一起，火紅色的球衣和夜空藍，寧遠背對著林語鶩，背上那個大大的黃色阿拉伯數字13有些刺眼。

林語鶩沒緣由地慌了一下，她往旁邊跑了兩步，想要看見王一揚的表情，站定的下一秒，她看見王一揚捂著膝蓋摔在地上。

宋志明還在和許傑跳貼面舞，大概過了兩三秒才反應過來，回過頭咆哮了一聲：「王一揚！」

李林從座位上跳起來：「沒吹哨！裁判是瞎的嗎？裁判！！」

劉福江急忙叫了暫停，十班這邊所有人都跳起來了，看臺上一片罵聲。

於鵬飛架著王一揚走過來，每個人都沉著臉，壓抑著不同程度的火氣。沈倦走在最後，垂著眼睫，下顎線條緊緊繃著。

王一揚在旁邊坐下，劉福江蹲下去檢查他的膝蓋，宋志明則回過頭來，在替補選手中掃視了一圈，還沒說話，李林已經跳起來了：「我上。」

劉福江的手指按在他的膝蓋側面，王一揚呲牙咧嘴地探頭過來：「我還能——」

「你能個屁！」宋志明一巴掌拍在他腦袋上，「我剛剛是怎麼跟你說的？你跟寧遠硬幹什麼？你是能對他下黑手還是怎麼樣？趕緊去校醫室！」

宋志明回頭，艱難地在替補的幾個歪瓜裂棗裡掃視了一圈，最後一臉痛苦地看著李林說：「兄弟……」

李林一顫一顫地站在那裡，一臉英勇就義的戰士模樣拍了拍自己的胸口，緊張得已經開始結巴了：「放心，交交交給我！」

宋志明：「……」

林語驚嘆了口氣：「隊長，我來吧。」

宋志明點點頭：「行，妳來，我們比賽可以輸，獎狀不要了，不爭饅頭爭——」他頓住了，轉過頭來看著她，「妳來幹嘛？」

「替補。」林語驚言簡意賅。

所有人都看著她，聞紫慧的嘴巴張得大大的，於鵬飛還滿臉呆滯，一副雲遊天外的樣子。

宋志明回過神來：「林老闆，妳要打球啊？妳會打球？」

林語驚回過頭來：「你們還有別人嗎？就李林那個蝸牛速度，三分線一路狂奔到籃下得花三分鐘吧？」

李林已經不在意林語驚瘋狂羞辱他了，他委婉地說：「可是妳一個女生……」

「你們這是男子籃球賽？女的不能參加？」林語驚問。

「不是……」李林呆滯地說，「我就是……我就是amazing……」

林語鷥沒再搭理他，將手裡印著十班全都隊精心設計的隊標小彩旗丟在地上，抬手拉掉有點鬆的髮圈，咬在嘴巴裡，抓了抓頭髮，重新紮起來：

「七班的中鋒防守不錯，他那個個子往那裡一站就像個擎天柱，不過他進攻好像不太行，動作慢，看起來笨死了。那個八號，跳球那個，叫什麼？許傑？他就是個竄天猴，除了彈跳能力好，沒什麼用，算是低配版的王一揚吧。」

「……」

王一揚此時竟然還有了一點驕傲的優越感。

林語鷥在對面的人裡掃了一圈，繼續道：「他們的控球後衛雖然看起來沒什麼存在感，但是他們班幾個比較提升士氣的進球都是他主導的。」她轉過頭來，看向宋志明，「看看人家的後衛，再看看你，用腦子打球行不行？冷靜點，有點隊長的樣子。」

「我本來也不是打後衛的好嗎！還不是因為沒人打後衛！」宋志明已經徹底轉不過來了，「林妹妹，不是，小林姊姊，我最後確認一下啊，妳要上場嗎？」

林語鷥看著他：「我看起來像在跟你開玩笑的嗎？」

宋志明說：「不像。」

林語鷥點點頭，平靜地說：「你可能沒看出來，不過我現在還滿生氣的，我這個人脾氣一直都不太好。」

少女睫毛長長，狐狸眼微翹，大眼睛眨啊眨，聲音輕軟和緩。

宋志明心想，我確實沒怎麼看出來。

沈倦笑了一聲。

王一揚最先反應過來，一把拉過林語驚的手腕，將自己的護腕遞給她：「林妹，傳承。」

林語驚其實是有點嫌棄的，但是現在也顧不得嫌棄不嫌棄了，她接過來道了聲謝，還沒套上就被沈倦拎走了。

沈倦摘下自己的護腕丟給她，套上了王一揚的，一邊戴一邊垂眸看著她：「四號隊員林同學？」

林語驚才想起他們都是4號的事。

她「咦」了一聲，繞著他走一圈：「那你換一個吧，一會兒去找裁判解釋一下，說一聲？」

「行吧，」沈倦說著就去拉球衣衣襬，脫下衣服，「幫我拿一件三號。」

聞紫慧連忙應聲，拉過大包包，在裡面翻：「三號啊……我找找，二號行不行啊？」

「不行。」沈倦說。

「為什麼非得是三號？」老高實在地問，「這是個吉祥數字嗎？」

宋志明無語地看著他：「你是怎麼長到這麼大的？因為艾倫艾弗森是三號。」

「喔……」李林故意做恍然大悟狀，賤兮兮地說，「艾倫艾弗森是誰？」

宋志明說：「就是那個NBA的那個球星，打得分後衛的那個。」

李林道：「啊，他啊，嗳，我記得我們班有哪個小姊姊是他的小迷妹？」

宋志明說：「嗳，我也忘了，叫什麼？剛剛好像還說了呢。」

林語驚：「……」

兩個人就在那裡一唱一和地騷了好半天，直到比賽重新開始，聞紫慧終於找到了三號球衣，沈倦套上後，幾個人上場。

剛開始的時候所有人都沒反應過來，直到他們看見場上站了一個長頭髮的。

長頭髮的，還綁馬尾！！！

籃球館裡像是悶著滿滿一壺的開水壺，壺蓋被頂得咕咚咕咚冒泡，看臺上的聲音嘈雜。

十班旁邊不知道哪個班的人笑得很大聲：「什麼情況啊，十班怎麼找了個女生上去？他們班是真的沒人了嗎？」

「他們班放棄了吧。」

「我服了，女的，女的會打個屁球。」

聞紫慧轉過頭，隨手拿了空礦泉水瓶丟過去，從劉福江的頭頂飛過去，單手扠腰，氣勢洶洶地罵道：「男的現在都會嚼舌根了，女的怎麼不會打籃球啊！」

劉福江嚇了一跳。

聞紫慧氣呼呼地轉過頭來，一邊對他說：「劉老師，您別聽他們的，我們要相信林語驚。」

雖然她這麼說，其實心裡也沒什麼底氣，林語驚看起來細細一條，站在上面，腿還沒對面那個高個子的手臂粗……

「……」

劉福江無比自豪：「那當然，沒有人比我更相信自己班的同學了。」

聞紫慧覺得那也行吧，樂觀是好事。

七班送走了一個王一揚，現在看起來激情澎湃，許傑十分對得起他的外號，囂張得差點要竄到天上去了：「噯，你們班沒替補了？要不要我們班借你們一個啊？」

「他看起來真的像個竄天猴。」宋志明從沈倦身邊跑過去的時候說。

沈倦勾了勾唇。

王一揚打小前鋒，林語驚替補他的位置。比賽開始，寧遠拿到球，傳給竄天猴許傑。

他大概也是看到這邊前鋒派了個女孩子，無所顧忌地運球衝過來。

十班回防，沈倦被兩個人貼著，於鵬飛和宋志明一人分了一個，宋志明連頭都沒回：「老高！」

竄天猴的走位看起來自信又飄逸，跳著運球跑到籃下，踩進限制區的時候還側頭看了一眼，找尋十班那位美人前鋒的身影。

下一秒，林語驚擦著他的肩膀一閃而過，低聲說了一句：「別看我了，看球。」

許傑愣了半秒，手下一空，林語驚已經帶著球跑出三分線了。

許傑：「啊？」

宋志明也愣住：「嗯？」

許傑甚至都沒反應過來這顆球是什麼時候被抄走的，他沒看見這個人什麼時候跑過來，所有人都沒想到這個球會被抄，就連宋志明都把唯一的希望寄託在老高身上。

七班人愣了一秒，寧遠喊了一聲，反應過來開始回防，七班的中鋒整個人撲在林語驚面前。

兩個人身形差距巨大，一個像山，一個像種在山腳下的一根飄飄搖搖的小樹苗，看起來毫無抵抗力。

但是宋志明忽然想起剛剛林語驚說的話，她是怎麼說的？

七班那個中鋒動作慢，笨死了。

他回過頭往那邊跑，看見小樹苗已經越過了那個中鋒，她面前是寧遠。

宋志明心裡發緊，吼了一聲：「林妹！」

林語驚運著球，舔了舔唇，身子重心側移。

寧遠專注地盯著她。

她速度很快，運球過人都很熟練，看起來是會打的。但畢竟是一個女孩子，她不曉得會到什麼程度。如果她很會，那現在這個會不會是假動作？如果不是假動作，她也沒那麼會，就是往這邊去了吧？就算真的是個假動作，她能反應過來嗎？

半秒鐘的時間，寧遠來不及仔細考慮那麼多，他的身體迅速向左傾了傾。

下一秒，林語驚帶著球從右邊衝出去了。

還真的就是個假動作！

寧遠罵了一聲，反應過來轉頭往回跑，林語驚已經速度飛快地衝到了籃下。寧遠不敢再掉以輕心，他迅速貼上去，然後他看見她回頭，掃了一眼沈倦的位置。

所有人都迅速明白了林語驚的意思，她想用老辦法傳球給沈倦，拿個三分，激起大家的士氣。

沈倦配合著她，人已經迅速退出三分線外，抬著手，火紅的球衣上印著一個大大的三。

這一招，上半場他已經和王一揚配合過無數次了。現在看來，換一個人來配合也絲毫沒問題。

沒有個屁！

問題在於妳跟王一揚的身高差了不止一點啊，姊姊！妳看看妳身後像史前巨怪一樣的中鋒！

這個球傳出去，飛不到三毫米就會被利利索索地截走。

林語驚眼睛掃過去的瞬間，寧遠和對面的中鋒同時抬手，將她傳球的路斷得乾乾淨淨。

宋志明已經絕望了，他側身準備等著對面拿球，然後斷球或者回防。他餘光瞥了一眼計時器，還剩幾秒第三小節就結束了。這個傳球就算被截斷，對方也來不及組織進攻，這一小節結束前不會再得分，宋志明鬆了口氣。

下一秒，林語驚跳起來，沒人想到她會直接投籃，她的手在空中下壓，然後猛地往前一帶，球以一個刁鑽的角度被投出去，「匡噹」一聲落進籃框。

與此同時，裁判哨聲響起。

整個籃球館裡一片安靜，然後下一秒，氣氛再次被點燃。

宋志明的頭皮都炸起來了。

老實說，宋志明並沒有對林語驚抱有多大期望，他基本上已經默認這場比賽輸定了。

林語驚之前漂亮的截球及假動作已經讓他欣喜若狂加意外了，他根本沒想過一個女生能打到這種程度，而且更意外的還在後面。

這個跳投居然進了。

壓哨球！

林語驚聽見了似乎比沈倦那個囂張的三分球投進時，還要熱烈的尖叫和歡呼聲。

聞紫慧的聲音彷彿能夠穿透宇宙，帶著哭腔，尖叫地喊著什麼東西，沒聽清楚。

劉福江的聲音倒是前所未有的清晰，林語驚從來不知道連上課都溫聲溫語的劉老師，能爆發出這麼驚人的洪亮嗓音：「多好的孩子啊！」劉福江說，「看到了嗎！王老師！那是我們班的林語驚！我們班的！林語驚！」

她轉過身來，馬尾甩在旁邊的寧遠下巴上。

寧遠側過頭，林語驚笑咪咪地看著他：「打個賭吧。」

另一邊，宋志明他們一臉興奮地朝她衝過來，於鵬飛還一路喊著「啊啊啊」：「林妹！女王大人啊！」

寧遠問：「賭什麼？」

「你們贏了隨便你，你們輸了就繞著籃球場裸奔十圈，然後當著大家的面搧自己兩巴掌，喔，你的話還得加一條，」林語驚頓了頓，朝王一揚那邊揚了揚下巴，「我們偉大的瘸腿負傷小前鋒，你就叫他一聲爸爸，然後伺候到他活蹦亂跳為止吧。」

寧遠沉默了幾秒，忽然笑了一下，側頭看向沈倦說：「你們十班是怎麼回事？一堆男的站在這裡，卻沒人出頭，讓一個女生來跟我打賭？」

沈倦的下巴微抬，漠然地睨著他，也勾唇笑了：「我們家是女生做主，一切都聽女王大人的。」

林語驚是和陸嘉珩、程軼混到大的，從小玩的東西就跟別的女孩不一樣，男生玩的她都跟著一起玩，籃球當然也會打。

她的準頭不太好，一開始經常被虐得連媽都不認得，但她的性格本來就好強，再加上陸嘉珩極其拿手又非常幼稚，卻唯獨對林語驚十分有效的激將法，林語驚屢敗屢戰，屢戰屢敗，從來不知道放棄兩個字怎麼寫。

這個東西就像打架一樣，被虐著虐著，就虐出了經驗和技巧，日積月累也就可以虐別人了。跟性別一點關係都沒有，沒有規定說女孩就不能會打球，只不過是校際籃球賽從來沒有小女生上場過而已。

和男生比起來，林語驚個子矮，力量不太行，籃板之類的她搶不到，所以乾脆不會去搶，直接交給隊友。但是她的速度、反應都很快，截斷非常厲害，腦子也聰明。沈倦之前就發現她很會揚長避短，擅長利用所有她有優勢的地方。

包括她這張人畜無害的臉。

打球的時候假動作信手拈來，你防左邊，她帶球從右邊過去，跳投的架勢都擺好了，下一秒手一沉，又是一個傳球。每一個眼神和小動作都像是引導，判斷不出到底哪次是真，哪次是假。

這種靈活偏詭異的邪道打法在第四節開始的時候，確實讓七班亂了好一會兒，雖然有很大一部分的原因是因為始料未及。

連隊友都猜不到她下一步的動作，吃力地配合，在三分鐘內連續拿下幾球。

這時七班叫了暫停。

大概是還有僅剩的良心，面對女孩子，寧遠收斂了很多，沒再有什麼過分的舉動，這時的十班領先了九分。

已經是第四節了，如果能把分數差距拉開到兩位數，那對方會開始非常著急，心態就在崩潰的邊緣大鵬展翅了。

劉福江還在隔壁那個看臺和王老師吹牛，有點虛胖的慈祥老臉笑成了一朵燦爛的菊花，眼睛裡閃爍著感動的淚光：「我們班的學生都太優秀了啊，王老師！」

王老師的表情從剛開始的配合，到現在笑容逐漸僵硬，已經非常勉強了。

劉福江也不在意，自顧自開心地跟他聊天，並沒有注意到這邊的動靜。

「等等他們會分一個人來盯我，八成是竄天猴。」打球非常消耗體力，林語驚的體力不太好，只打了這麼一下子就開始覺得累了。她喝了兩口水，快速調整呼吸，看向沈倦，「對面一個人防不住你吧？」

沈倦看了她一眼：「不一定，要看是誰。」

林語驚皺了一下眉：「誰？」

沈倦平淡地道：「妳，站在那裡不動就能防死我。」

林語驚：「……」

宋志明：「……」

於鵬飛：「……」

宋志明佯裝憤怒地把自己手裡的水瓶摔在地上，「砰」的一聲，還很響，聽起來氣勢逼人。

他轉身就要走：「這球我不打了。」

李林非常配合，撲過去一把摟住他的腰：「隊長！隊長，你冷靜點！隊長，十班全都隊不能沒有你啊，你再考慮考慮！」

兩人在旁邊興高采烈地表演了起來，然而沒有人理他們，於鵬飛有點困惑地轉向老高：「這兩個人有什麼事是我們錯過的嗎？我怎麼感覺兩個小時前，沈老闆好像還沒有這麼明目張膽……」要騷呢……？

老高始終非常天然呆，對這個問題更茫然了：「啊？」

宋志明回過身來，憤恨地撿起水瓶：「錯過什麼？還能錯過什麼？猜都能猜出來了，你們自己問問中場休息時他追出去幹嘛不就知道了？」

聞紫慧覺得這幾個人打個球好像要上天了：「你們現在膽子是真的肥了，是真實清醒的嗎？知道自己現在調侃的人是誰吧？」

十班這邊的氣氛還算輕鬆，大家都不想給隊友太大的壓力，臨上場前，沈倦走在林語驚身邊，低聲問：「下那麼大的注，輸了怎麼辦？」

「要賴啊，」林語驚想也沒想，「我一個女孩子跟他們打的賭，跟我們班一點關係都沒有，小女生耍賴怎麼了？那還能怎麼樣，對這種不知道是打球還是打人的無賴講什麼道理啊。」

沈倦被她理所當然的態度震住了，片刻勾唇，低聲說：「算了吧，妳要賴跟撒嬌似的，想當著我的面勾引誰？」

林語驚：「……」

這個人從剛剛跟她挑明了以後，好像自顧自地默認了自己的地位，直球一個接著一個來，撩撥得絲毫不避諱。

林語驚忍無可忍：「沈同學，我們還是純潔的同桌關係，你說話注意一點，怎麼回事啊？」

沈倦笑了一聲，抬手蓋在她腦袋上揉了一把：「行吧，同桌帶妳贏。」

「啊，」林語驚側身面無表情，毫無誠意地鼓了鼓掌，誇獎他：「倦爺厲害，倦爺什麼都會。」

沈倦頓了頓，忽然停下腳步轉過身來。

林語驚也跟著頓了一下，抬眼看他。

沈倦面對著她，一邊倒退走一邊看著她，將食指和中指併攏抬起，指尖輕點了一下眉梢，而後向上揚了揚。

籃球館裡的場燈明亮，少年穿著鮮豔的火紅球衣，身形長而挺拔，耀眼又奪目。

他懶洋洋地笑了笑，神情散漫張揚：「倦爺無所不能。」

林語驚承認這一瞬間，她確實有被沈倦帥到，撩得她差點狼狽地逃離現場。

第四節，沈倦徹底將自己「八中喬丹」、「十班三井壽」的名號落實，對面分人來盯林語驚，一個人根本防不住他。

這個人的三分球像是長了眼睛，橘紅色的籃球從各個角度橫跨球場和籃框親密接觸，比賽剩下最後幾分鐘，沈倦一連進了三顆球。

輕輕鬆鬆就把比分追到了十五分以上。

最後比分固定在了五十九比四十一上，十班淘汰了七班，成功捍衛了運動會接力賽獎狀的所有權。

雖然大家都已經忘記這件事了，現在舊帳過去，新帳是寧遠打球手太髒，惹了不該惹的人。

雖然沈倦從開學到現在低調得不行，還真的沒人見過他惹事打架，甚至和誰發生過衝突，但是倦爺不在江湖，江湖仍然留有他的傳說，確實沒人敢，也沒人想和沈倦搞出一點不愉快。

但是寧遠顯然不怕他。

沈倦也始終壓著火，裁判最後一聲哨聲響完，他直接三步併兩步走到寧遠面前，劈頭蓋臉問：「你認識我？」

寧遠輸了比賽，臉色有些難看，乾巴巴地說：「大名鼎鼎，誰不認識。」

「你跟聶星河是什麼關係？」沈倦低聲問。

寧遠終於定了定神，抬眼：「真不簡單，你還能記得他的名字。」

沈倦的唇線繃得很緊，眼神發沉：「我不管你是誰，你認識誰，你知道什麼，我現在給你兩個選擇，道歉，」沈倦頓了頓，朝王一揚的方向揚了一下下巴，「或者我回禮，讓你也變成他那樣。」

他們站在籃球架下，聲音很低，周圍沒人，也沒人注意到這邊的動靜。

七班的人氣得發狂，對面的十班全都連蹦帶跳地抱在一起。

「沈倦，你現在每天晚上睡得著嗎？」寧遠看著他，輕聲問，「你都不會作夢嗎？你怕不怕哪天洛清河真的——」

「劉老師！」一道女孩子的聲音打斷了他的話，「劉老師！寧遠同學剛剛跟沈倦說自己打了王一揚，心裡特別愧疚，想要跟我們道歉，還想鞠躬說對不起！！」

林語驚不知道什麼時候跑到他們旁邊，一手指著寧遠高聲喊道。

「……」

寧遠側頭。

她的聲音很大，穿過半個球場。十班的人都回過頭來，劉福江也顧不上高興了，小短腿急忙小跑過來，神情是難得的嚴肅：「怎麼回事？」

沈倦和寧遠都轉過頭來。寧遠張了張嘴，還沒等他發出聲音，林語驚搶先道：

「剛剛寧遠同學跟沈同學道歉了，承認自己在比賽途中打了他和王一揚同學的無恥行徑，之所以在這裡偷偷道歉，是因為他當時有點興奮過頭，現在回想一下也覺得自己罪孽深重，實在是沒臉跟大家承認錯誤。」

林語驚的表情認真，看起來可信度非常高：「但是，寧遠同學覺得做錯了就是做錯了，所以他想繞著體育館裸奔十圈，然後和王一揚同學和沈倦同學鞠躬道歉，因為他心裡也是很悔恨的。」

「……？」

寧遠一臉錯愕。

劉福江也錯愕，他覺得現在的小孩玩的花樣還真多：「裸、裸奔十圈？」

林語驚特別善解人意：「劉老師，雖然寧遠同學贖罪心切，但是我覺得裸奔有點不合適，要不然就讓他這樣跑十圈吧。」

寧遠的臉色非常難看，剛要說話時，林語驚側過頭，視線偏向他身後。

寧遠回過頭去，看見跑過來的許傑。

他忽然覺得有點不妙。

許傑就是一個成分簡單的竄天猴，一個單純、一點就著，沒什麼心眼的幼稚中二少年，覺得自己能上天下地，並且非常夠義氣。

他看到這邊好幾個人圍著寧遠，以為是自己班的同學被欺負了，二話不說就直接跑過來，到旁邊站好，準備幫他撐腰，表情看起來非常有氣勢：「怎麼了？」

寧遠又來不及說話，林語驚再次搶先問道：「許傑同學，你跟寧遠是不是同伴，你們是一夥的嗎？」

許傑想也沒想，一挺胸，把寧遠往身後擋，擲地有聲：「我當然是了！」

「……」

寧遠絕望地閉上了眼睛。

林語驚快速轉向劉福江：「老師，你看，他們承認了，他們就是有預謀的，就是欺負我們班同學老實。」

許傑：「……啊？」

劉福江也沉默了。

他是非常護自家孩子的，平時跟學生嘻嘻哈哈也好，要寬容隨和也可以，但是一旦涉及到自己班的孩子被欺負，他會非常憤怒。尤其是王一揚膝蓋確實受傷了，而沈倦……

他側頭看了沈倦一眼。

沈倦忽然單手搭上林語驚的肩膀，另一隻手捂著胃，上半身彎了下去。

「沈同學，你是不是哪裡不舒服？」林語驚關切地問。

「胃有點不舒服……本來以為忍到比賽結束就會好了。」沈倦悶聲說。

「……」

許傑聽到這裡終於反應過來了，也愣然了，他從來沒見過這種操作。

劉老師，沈倦騙人！！！

沈倦剛剛比賽時投完三分球，挑釁地看著他的表情，舒服得像剛做完按摩！！！

許傑轉過頭來想解釋，劉福江忽然大喝了一聲：「誰讓你見到老師不問好的！我就站在這裡，你沒看見？你們老師平時就是這麼教你的？你們今天做的這種事非常惡劣！重傷我們班同學！為了勝利！不折手段！！」

劉福江非常憤怒，憤怒到捲舌都不分了，「這四什麼行為？這四什麼風氣？把你們班導師叫來，現在！找來！馬上找來！我必須要跟他說一說思想品德教育的問題！！」

七班的班導師不太重視除了學習以外的事，是個出了名的學習狂魔，每天都沉浸在把自己班的幾個優等生培養得更頂尖的事業中，所以這個籃球賽她根本就沒來。

劉福江打定了主意要幫自己班的學生做主。家長把孩子交到學校來，交到他手裡，他就要負起責任，林語驚這孩子從來不會說謊，既然她都這麼說了，劉福江就相信了七八成，而且後來許傑也跑過來親口承認了。

七班的班導師來了以後，劉福江深吸了一口氣，調整一下波動的情緒，儘量心平氣和地跟她說明了一下事情的起因經過。

許傑平時就不怎麼讓人放心，三兩天闖一次禍，因為他，學年主任已經找她不知道多少次了，七班班導師其實也相信了一半，不過寧遠平時還是算省心，所以她還是得問一下自己的學生：

「許傑、寧遠，是這樣嗎？」

「姜老師，他剛才親口向我承認了。」劉福江說道。

姜老師轉過頭來，神情嚴肅：「真的有這種回事？你真的打了十班的同學？」

許傑要瘋了，他真的沒打人，雖然他看見了，但是他沒動手啊！

這從天而降的一口黑鍋扣下來，看起來還沒有洗白的機會，他下意識就想解釋，想都沒想就脫口而出，焦急地道：「老師我沒有，不是老師，真的不是我打的，我就在旁邊看——」

寧遠飛快地看了他一眼。

許傑也反應過來，聲音戛然而止。

說溜嘴了。

林語驚的唇角彎了一瞬：「姜老師，確實不是許傑，是寧遠動手的，寧遠同學剛剛也跟我們承認了。」她迅速道：「他說他是一時衝動，他太想贏了，想為班級爭取榮譽，現在也很後悔，特別想當著大家的面鄭重地向我們班同學道個歉，您就原諒他吧。」

小女生聲音溫軟，眼睛漆黑澄澈，乖乖巧巧地站在那裡，說出來的話也特別善解人意。

沈倦單手搭在她肩頭，另一隻手還按著胃，弓著身低下頭，肩膀一抖一抖的。

姜老師最喜歡的就是成績好的孩子，她之前無數次惋惜，為什麼林語驚這種成績好又討人喜歡的女孩子不在她們班，而且她最擅長的科目是英語，姜老師就是教英語的，再加上她是學年第二，再看看旁邊的沈倦，喲，學年第一。

胃都抽痛了。

姜老師嘆了口氣，轉頭看向劉福江：「劉老師，真是不好意思，我也沒在現場，沒想到我們班的學生會闖這麼大的禍。這樣吧，我讓他們跟你們班的孩子道個歉，回去我肯定好好念他們，他們肯定也是一時衝動，您給他們一次機會，行嗎？」

寧遠：「……」

許傑：「……」

第十五章
不為人知的祕密

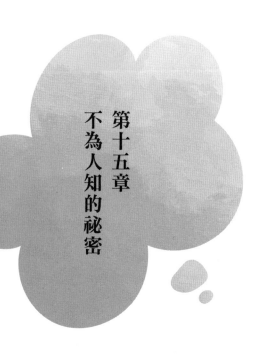

晚上六點半，學校旁邊那家十幾坪的豪華燒烤店裡。

宋志明高舉雙手，一手抓著一串羊肉串，發表演講：

「我，宋志明，沒想到有生之年能有一天和沈倦打球，」他將右手的羊肉串舉到嘴邊，當麥克風用，「而且還贏了，謝謝大家，謝謝大家幫助我完成了這個夢想，你們都是我一輩子的朋友。」

於鵬飛手裡的杯子「匡噹」一聲放在桌上：「我太爽了，我還想看一遍許傑他們站在那裡向我們鞠躬道歉。」

「加跑體育館。」李林補充道。

他們當時都站得很遠，也沒聽清楚林語驚她們具體是怎麼說的，反正之後七班班導被叫過來，又是一頓交涉，最後寧遠和許傑過來向他們鞠躬道了歉。

寧遠沒什麼表情，許傑則是氣到臉白，像抹了奶油的蛋糕。

兩人道完歉就跑下樓，繞著體育館跑。

他們打完這場，下午還有兩場，十班這幾個人也不看了，就蹲在體育館大門前，看著他們一圈一圈跑。

李林非常賤，站在體育館臺階上為他們做技術指導：「噯，許老闆！擺手臂啊！怎麼跑步還不會擺手臂呢！你不擺手臂不行啊，動作不標準！再說跑十圈多累啊。」

許傑這個火爆脾氣肯定忍不下。他在門口站定，大口大口喘著氣，怒視李林，剛準備來一段非常有素質的國罵，旁邊的林語驚不緊不慢地捧著一杯熱奶茶走過來：「李林，你能不能不要再欺負許同學了？你就非得逗他嗎？老師說了，他們要是在跑步過程中多說一句話，就得加一圈。」

林語鷥看了看錶，善解人意地說：「都幾點了，十圈呢，現在才跑了三圈。」

許傑：「……」

許傑覺得自己的喉間鯁著一口老血，一口氣沒上來，差點把自己憋死。

竄天猴今天獲得了成長，他明白了兩個道理：只要功課好，在老師眼裡，你放個屁都是彩虹口味的，以及——千萬不能被女生的外表迷惑。

已經被貼上危險人物標籤的林語鷥本人渾然不知，正坐在燒烤店裡夾著烤雞翅慢條斯理地啃。

這家店她之前從來沒來過，因為中午午休時間有限，而且想想看，學校旁邊應該也沒什麼人在大中午吃燒烤。

林語鷥本來一直覺得這家店快倒閉了，可能改賣蓋飯什麼的會更賺一點。結果今天進來，發現人竟然很多，小小的一個店面，兩邊靠牆擺著六七張方桌，一家店被塞得滿滿的，客人也不光是學生。

味道確實很好，蜜汁烤翅一串一個，色澤飽滿油亮，外酥裡嫩，上面刷了一層大概是他們家特製的蜜汁醬，甜香不膩口，林語鷥已經幹掉三串了。

她打了一場球，雖然只有半場，但她體力很差，半場就已經拚掉她半條老命了，腿現在還累得發軟，如果不是宋志明太熱情，她可能直接回寢室洗澡睡覺了。

結果一進來這間燒烤店，聞到燒烤的香味才覺得肚子餓得不行。

林語鷥此時正在跟第四串蜜汁烤翅做鬥爭——右手拿著串燒，左手的筷子刺進烤雞翅的兩根骨頭中間，將整個雞翅從鐵籤上拉下來。

前面三個都滿順利的，就只有這一串特別緊。筷子刺進雞翅裡，都把兩根骨頭剖開了，雞翅還沒成功從鐵籤上下來。

林語驚有點無奈，把雞翅按在碗裡拔出筷子。刺得很緊，動作看起來很豪邁。

宋志明看到這一幕，忍不住說：「林妹，吃個雞翅不用這麼血腥暴力吧，妳就直接用手拉下來咬吧，跟我們吃飯不用注意形象。」

「不是，」林語驚頓了頓，「也不是因為形象，我就是懶得洗手。」

她很討厭用手吃東西，手指會弄髒，此時也沒有濕巾紙，用紙巾根本擦不掉那個味道。

林語驚把手裡的串燒轉了一圈，正準備跟這個雞翅奮鬥到底的時候，沈倦伸手把她手裡的串燒抽走，並從牆邊的筷子桶裡抽了一雙乾淨的筷子，橫夾著雞翅，從鐵籤上拉下來，放在她碗裡：「這雞翅被妳折磨死了。」

林語驚愣了愣，一時間有點猶豫。要是之前，她肯定會毫不猶豫地直接吃了，現在就多了點莫名的不自在。

之前因為球賽，暫時拋之腦後的問題開始一股腦地往上湧。

可是不吃也太矯情了。

她低聲說了句謝謝，默默地夾起雞翅來咬了一口。

沈倦微揚了一下眉，看起來對她這一句謝謝不是很滿意。

一桌的人安靜了一瞬，李林和聞紫慧對視兩秒，李林就清了清嗓子，岔開話題，大家又重新聊了起來。

籃球賽雖然占了下午的課，晚自習還是要上的，但十班的人實在太興奮了，有班上第一、二名帶頭，一半的人都翹掉了晚自習。劉福江心裡也很高興，想到是特殊情況，也就睜一隻眼閉一隻眼隨他們去了。

林語驚他們連吃飯帶聊天，吃完時將近九點。

她是第一次跟班上的同學出來吃飯，她發現宋志明和李林真的非常愛耍嘴皮子，時時刻刻都在講相聲。

他們點了酒，到後面，宋志明明顯有點醉了，他端起杯子舉向沈倦：「倦爺——我聽你朋友都這樣叫你，我覺得聽起來非常屌，所以我也這麼叫吧，倦爺——真沒想到你會來打球，你可能現在不把我當成一回事，這個我不在乎，但是從今天開始，我就把你當兄弟了，你要是想要我跟王一揚一樣叫你一聲爸爸都行。」

沈倦的手臂搭在椅背上，另一隻手端起杯子笑了笑：「客氣，爸爸就不用了，認那麼多兒子，我養不起。」

宋志明又乾了一杯，看起來已經有點神志不清了：「倦爺，我既然都叫你一聲爺爺！你就當得起！」

林語驚撐著腦袋嘆了口氣。

老高看了一眼時間，再看看差不多了的宋志明：「撤吧，九點了，女生早點回去。」

這個時間剛好是晚自習結束的放學時間，校門開著，他們回去得很順利，宋志明一個酒鬼混跡在人群中，沒人發現。

沈倦不住校，林語驚本來以為他會直接回去，結果這個人一直跟著他們進了校門，繞過花園、主幹道、圖書館、校醫室，走到了宿舍區。

李林他們不知道是有意還是無意，走得很快，把他們遠遠甩在後面。眼看就要走到宿舍了，林語驚終於忍不住側過頭：「你今天不回去了嗎？」

「要啊，」沈倦說，「先把妳送回去。」

林語驚張了張嘴：「就這麼一點路，我跟聞紫慧他們一起走就行了。」

沈倦的手揣在口袋裡，腳步頓了頓：「我想多跟妳待在一起一會兒。」

「……」

林語驚差點被自己的口水嗆到。

她僵了一下，默默垂下頭，不說話了。

心跳又開始怦怦怦地加快。

怎麼回事？妳能不能有點出息，林語驚？人家說什麼了嗎？沒有啊，只說想多跟妳待在一起一會兒，這又怎麼了？不是滿正常的嗎？

……好吧……好像也不是很正常……

林語驚小聲地嘆了口氣，又開始思考今天下午沈倦的話。

什麼叫好像確定了？確定什麼了？打算追妳就是告白了的意思？

追妳可以等於喜歡嗎？

林語驚沒收過這樣的表白，她回憶了一下那些天天堵陸嘉珩，遞情書、寫小紙條給他的女生。

一般都是：陸嘉珩同學，我喜歡你。

好像也沒有：陸嘉珩，通知你一聲，老娘現在準備開始追你了——這種說法的。

校霸追女生都是這麼狂霸炫酷跩的嗎？

她一邊僵硬地往前走，腦子裡的想法已經翻了十萬八千里遠。正在神遊的時候，又被沈倦的聲音重新拉回來了：「下午，我跟寧遠說話的時候，妳一直都在？」

「啊？」林語驚抬起頭來，回過神，「喔，我看到你過去，我就過去了。你現在在學校裡，旁邊都是老師，還能跟他打一架嗎？特殊情況需要特殊對待。」

兩個人走到兩棟宿舍中間，沈倦忽然停下腳步：「妳聽見什麼了？」

他的聲音有點啞。

林語驚愣了愣，也停下腳步，抬起頭來。

沈倦垂眼看著她，黑眸被夜色浸泡著，有點深。

「兩個名字，這個河那個河的，」林語驚實話實說，「還有作夢什麼的，不過你們說得亂糟糟的，我也沒聽懂。」

確實沒聽懂，只是當時沈倦的眼神陰沉可怕到，林語驚覺得他下一秒可能會忍不住把寧遠按進地底，所以她猶豫了一下，還是打斷了。

沈倦沒說話，沉默地盯著她。薄唇抿著，嘴角繃得平而直。

就在林語驚懷疑他是不是在思考要不要殺人滅口的時候，沈倦忽然笑了。

少年的笑聲飄散在夜色裡，低低的一聲，有些沉：「其中一個河，妳也見過，就是妳差點以為我會把他打死的那個。」

林語驚回憶了兩秒，想起了這個人。

瘦瘦小小的一個少年，被沈倦拽著領子按到牆上，弱得連掙扎都沒辦法，腳尖都碰不到地面。

「他是你的那個……植物人同桌？」林語驚問。

沈倦「嗯」了一聲，語氣很淡，聽不出什麼情緒，「他是我舅舅的……徒弟。」

林語驚沒說話，腦子裡飛速整理了一下現在的已知資訊。

沈倦曾經說過，他的工作室是他舅舅的，而他那個差點被打死的同桌，其中一個河——其實她有聽到，是洛清河或者聶星河是他舅舅的徒弟。那麼至少，沈倦跟他以前應該很熟，甚至可能關係很好。現在結了仇，只可能是因為沈倦的舅舅。

舅舅不在工作室，是去哪裡了，另一個河是誰？洛清河和聶星河……

——不是，這兩個人就非得都叫河嗎？

還取得這麼像！

這個世界上有這麼多字可以用來取名字，就不能就換個字嗎！多容易搞混啊！

林語驚心累地嘆了口氣，又想起寧遠的話。

——你晚上睡得著嗎？你都不會作夢嗎？

——你怕不怕哪天洛清河真的——

無論是真的怎麼樣，聽起來好像沈倦才是那個應該要心虛的反派角色。

林語驚還記得他說這番話時，沈倦的眼神陰沉冰冷，帶著一點點幾乎察覺不到的茫然和無措。

她忽然什麼都不想知道了。

沈倦能做什麼？不可能的。

她的同桌是個在街上約架時還惦記著補作業，連第二次見面的女孩子都會習慣性護一下的人。是看見她的飯團掉了，會買一個新的給她的人。

——沈倦明明溫柔得連一隻螞蟻都捨不得傷害！！

林語驚清了清嗓子，轉移話題：「這算是校霸祕史嗎？不為人知的祕密。」

沈倦揚了一下眉：「算吧。」

「啊，」林語驚點點頭，「那我還是不問了，一般電視劇或小說裡，知道了老大祕密的人都活不過三集。」

沈倦又開始笑，笑聲迴盪開來：「那怎麼辦？交換吧，妳拿點東西做抵押。」

晚自習結束有一會兒了，學生該回寢室的回寢室，該回家的回家，此時人已經走得差不多了，偶爾還有結束晚自習的女孩子站在門口說話，或者往宿舍裡走，掃見這邊站著兩個人以後，湊在一起笑著進去。

林語驚比較慶幸現在很晚了，站在外面看不太清楚人長什麼樣子，大概只能看出是一男一女。

不過她還是覺得有些不自在，拉著沈倦的袖口把他往裡面拉，拉到兩棟宿舍中間的縫隙裡，避開其他人的視線。

沈倦任由她拉著，跟著她走過去。

兩人站進一公尺寬的一塊陰影裡，昏黃而暗的光線被遮住了一大半。

「我是很想有東西給你抵押，」林語驚抬起頭來，繼續剛剛的對話，「但是怎麼辦？我真的沒什麼祕密，不像你，你們荷葉村的人心可真是複雜，你是一個有故事的沈鐵柱。」

「我不想要祕密，」沈倦往前走了一步，低頭看著她，「抵一點別的？」

林語驚此時背對著宿舍的牆壁，沈倦就站在她面前，兩個人離得有點近，少年的氣息帶著一點侵略性，覆蓋過來。

她下意識想要後退，腳無聲地往後挪了一點，鞋跟碰到牆角，發出輕微的聲響。

再往後就是冰冷的牆壁，林語驚有點窘迫地抬起眼，沈倦發現了她的小動作，似笑非笑地看著她，臉上寫著六個字——我看妳往哪裡躲。

林語驚別開眼，勉勉強強地接話：「校霸的祕密價值千金，用別的抵不合適……」

「我覺得合適，」沈倦傾身靠近，看著她低聲說，「比如說，牽個手可以抵一個祕密，擁抱再換一個。」

他頓了頓，俯身垂頭，唇湊到她耳邊，聲音輕而緩：「親一口就全都告訴妳。」

少年喝了點酒，吐息間都像在醺人，距離太近，林語驚覺得他唇瓣湊近的那邊耳朵開始發燙，然後熱度順著往上攀，燒遍了全身。

沈倦這個人，太要命了。

他的進攻性太強，攻勢實在過於猛烈，一個接著一個，讓人連喘息的時間都沒有。

林語驚被他撩得腦子有點發麻，但是她也不想讓自己看起來太弱勢。人家像個老司機一樣過來一撩，妳就耳朵通紅、滿臉嬌羞了，這也太沒面子了。

林語驚努力想要看起來和他勢均力敵一點。

她沒躲開，側身靠在牆面上，甚至偏頭把距離拉近了一些：「親一口就全告訴我了，那如果我要多抵一點東西，你要怎麼辦？」

女孩的聲音柔軟，在夜色中像是曖昧的蠱惑。

沈倦的下頦到頸線繃得有些緊。

他微揚了一下眉，側著頭後傾了一點，抬手抵著她下巴往上抬了抬。

林語驚沒想到他會直接動手，被迫仰著腦袋，一臉錯愕。

她這個身高在女孩子裡算很高了，站在他面前簡直不值一提，人比他小了一圈，像是老鷹和小雞。

沈倦低垂著眼，眸光被烏壓壓的黑睫覆蓋，光線昏暗，看不出情緒，手指輕緩摩擦她下巴尖細膩的皮膚。指尖每蹭一下，都能感受到她顫一下，連睫毛都在抖。

沈倦勾起唇角，垂頭靠近，聲音已經帶上了一些啞：「這麼好奇，試試？」

林語驚整個人都僵住了。

少年長腿微曲，將她圈在自己面前，極具侵略性的氣息鋪天蓋地地壓下來。

他像是故意的，動作放得很慢很慢，人一點一點地靠近，兩個人拉近到前所未有的親近距離，恍惚間鼻尖好像碰到了。

林語驚忍無可忍，猛地別過頭去，紅著臉，聲音裡全是氣急敗壞和惱羞成怒的慌亂：「沈倦，你能不能做個人？」

氣息和聲音都軟得一塌糊塗。

沈倦停下動作，靜了兩秒，忽然垂下手，頭偏了偏，將腦袋抵在她肩頭。

他開始笑。

沉沉的，低低的笑聲溢出來，他的頭靠在她肩膀上，笑得停不下來。

「……」

林語驚此時也回過神來了，他就是故意在逗她，想看她什麼時候忍不住。行為十分畜生，手段特別流氓，讓人很想直接揍他一頓。

她強忍著在學校裡施暴的衝動，深吸了口氣：「你別笑了。」

不說還好，這一說，沈倦笑得更大聲了，止都止不住，肩膀一抖一抖的。

林語驚：「……」

這個人是不是有點欠教育？

她面無表情地在心裡默默倒數，數了十秒，這個人還在笑。

「沈倦。」林語驚平靜地叫了他一聲。

沈倦笑著抬起頭來：「嗯？」

還沒等他反應過來，林語驚的爪子就招呼上去了，光線有點暗，她沒看清楚，反正是打到了。

沈倦的反應很快，兩手抓著她的手腕。林語驚的手翻了一圈，想反手去抓他，被直接拉開、扣死。他力氣很大，林語驚的手被限制住了，想都沒想就直接抬腿，提起膝蓋就要踢上去。

沈倦立刻察覺到她的意圖，長腿往前一別，壓在她腿上，下一秒整個人貼過來，將她死死壓在牆上。

兩人扭曲地纏繞在一起，沈倦的腿壓著她的，手扣著她的手，讓她一動都動不了。

明明想打架，卻不知道為什麼，怎麼樣都不對勁。而這個人還在笑：「小妹妹，有些地方不能隨便踢，知不知道？」

男生和女生在力量上有絕對的差距，林語驚本來也沒多專業，靠著小聰明和一點小技巧，平時虐虐菜還行，但遇到沈倦這種就是會被壓制得死死的。

林語驚快炸了，火氣和彆扭、羞恥以及一些不知道該怎麼形容的亂七八糟情緒混在一起，一股腦地往上竄，她想也沒想就仰著脖子，狠狠一口咬在他下巴上。

沈倦長長地「嘶」了一聲。

林語驚僵住了，她甚至還叼著他的下巴呆了兩秒才回過神來，鬆了口。

沈倦放開她，後退半步，拉開一點距離：「這麼凶？」

「我……」林語驚還站在原地，張了張嘴又垂下頭，小聲說，「對不起……」

沈倦沒說話。

林語驚是有點心虛的，她咬得其實還滿重的，應該破皮了。

但是這能怪誰？你乖乖讓我揍一拳，不按著我的話，我還會咬你嗎？

「誰叫你先耍流氓。」林語驚補充道。

沈倦抬手，拇指碰了碰被她咬過的地方，是濕的。

他的大拇指和食指撚在一起，蹭了蹭：「妳這一口，比我流氓多了。」

「……」

林語驚無言反駁，也不說話了。

近十點，宿舍準備鎖門，舍監阿姨催著幾個還站在門口聊天的女生。沈倦從口袋裡抽出手機，看了一眼時間：「要鎖門了，進去吧。」

林語驚沒動，偷偷瞥了一眼他的下巴，光線有點暗，看不清楚是不是真的破皮了。

沈倦笑了笑，抬手揉了一把她的腦袋：「晚安，小同桌。」

林語驚這一整晚沒怎麼睡好，因為在臨睡前接到了林芷的電話。

自從上次林芷打電話過來，兩個人很久沒再說過話，除了每個月一次或者有時候匯了幾次錢之外，沒有其他交流，所以林語驚在洗好澡出來，坐在床上看到這通電話的時候有點發愣。

響了兩聲，她接起來：「媽媽。」

林芷的聲音一如既往，因為過於平靜而有些冷淡：『期中考成績出來了嗎？』

這是她說的第一句話，和以前也都一樣，沒任何變化。

林語驚早就習慣了，應了一聲：「嗯。」

林芷問：『多少名？』

林語驚頓了頓：「第二。」

林芷沉默了一下，然後平靜地說：『八中在A市也不算是頂尖的重點學校，妳現在連第一都考不了嗎？』

林語鶯安靜了一下，才說：「八中也滿好的。」

林芷不說話了。

兩人之間長久地沉默過後，林芷忽然很輕地嘆了一口氣：『小語，我不知道是不是新的環境對妳有一些影響，雖然我和妳爸分開了，但是我畢竟是妳媽媽，我不希望這些事情影響到妳的成績，妳應該無論在哪裡都是第一名。』

林語鶯靠著牆坐在床上，漠然地看著雪白的牆壁。

宿舍是單人床，比較窄，她的小腿一半懸空搭在床邊，腳背上還掛著沒擦乾的水珠。

深秋，她覺得有點涼，腳趾蜷了蜷，曲腿踩在床面上。

林芷沒等到她的回應，聲音放軟了一點：『我下個月會去那邊出差，妳要出來和我吃個飯嗎？』

林語鶯愣住了。

妳要和我出來吃個飯嗎？

這種詢問她意見的問句，以前幾乎不會出現在林芷口中，她永遠都是絕對命令的。

林語鶯清了一下嗓子：「妳問我的意思，就是說我可以拒絕嗎？」

林芷沉默了一下：『我希望妳不要拒絕。』

「好，」林語鶯吸了口氣，直起身，「妳到的時候打電話給我吧。」

林芷又說了兩句話就掛了電話。

林語鶯對著黑屏的手機看了兩秒，爬到床頭插好充電線，放在桌邊，回到床上拉起被子，閉上眼睛。

她確實很累，今天一天發生了太多事情，腦子裡不停地湧進新的資訊，所有事情一個個片段在腦海裡過了一遍。

迷迷糊糊睡著之前的最後一個鏡頭，竟然是沈倦的臉。

‡

李林這天晚上睡得很好，前一天贏了比賽，心情舒爽得酣暢淋漓，甚至想起自己的物理作業還沒寫都不見絲毫慌亂。

他覺得這一個星期，不，至少這一個月，都是他的幸運日。

畢竟他們打贏了七班，是命運的寵兒。

雖然這個勝利跟他根本沒什麼關係，不過不要緊，兄弟的實力就是自己的實力，兄弟的運氣也可以是他的運氣。

李林住校，早上他特地放棄了食堂，去學校對面的早餐車買了早餐吃，還碰到了不住校的宋志明。

宋志明看起來精神也不錯，正哼著歌等早餐車的阿婆煎魚餅，李林看見他，跟他打了個招呼：「好久不見啊，隊長！想我了嗎？」

「想你啊兄弟！」宋志明熱情地回應他，「我今天帶了豬骨湯味的濃湯寶，你帶菊花茶了嗎？」

李林笑著罵了他一頓。

他點了一份生煎包，又拿了袋豆漿，宋志明等了他一會兒，一起往學校裡走。

「昨天你們都沒事嗎？我靠，我半夜睡起來，頭痛死我了。」宋志明咬著魚餅，「我媽起來幫我煮了湯，還滿管用的，就是不怎麼好喝。」

兩個人一邊聊天一邊走，走到一半，李林想起自己出來的時候太開心，書包都沒拿，又回了一趟寢室。

宋志明跟他一塊回去，結果兩個人剛走進大樓，迎面撞上了從裡面出來的沈倦。

沈倦是不住校的，所以李林看見他的時候還愣了一下，停下腳步。

宋志明也愣了愣：「沈老闆，早啊。」

沈倦明顯沒睡醒，無精打采地掀了掀眼皮：「早。」

不僅沒睡醒，他看起來還像是跟人打了一架，並且掛了彩，鼻梁上破了一點皮，下巴上還有個圓圓的小牙印。

……嗯？牙印？

宋志明和李林對視了一眼，在對方眼裡看到了不同程度的驚恐和驚嚇。

宋志明覺得這個事情好像有一點點複雜。

他仰頭看了一眼男生宿舍，又迅速回頭，看了一眼女生宿舍那邊，扭過頭來：「沈老闆，我記得你之前是不住校的啊？」

沈倦垂著眼皮，聲音困倦沙啞：「嗯，昨天太晚了，沒回去。」

昨天太晚了。

太晚了。

晚了。

他們昨天晚上不到九點就回來了，剛好是平時結束晚自習的時候，這個「太晚了」的時間肯定不是他們回來的時間。

宋志明又看了一眼老大下巴上的牙印，還沒說話，何松南就從食堂那邊走過來，站在前面不遠的地方喊了他一聲：「倦爺！」

沈倦打著哈欠朝他走過去。

宋志明在樓下等了一會兒，李林拎著書包下來後，宋志明轉過頭來：「你看見沈老闆下巴上的那個牙印了沒？」

「我又沒瞎！」李林叼著生煎包，聲音含糊，「不知道誰這麼猛，連老大都敢咬。」

「……」宋志明轉過頭來，納悶地看著他：「你是沒瞎，但是你怎麼會是個傻子呢？」

「你這就沒什麼意思了啊。」李林說，「你覺得罵我能顯得你智商高？」

「我智商高不高我是不知道，我只知道你這個問題真的很弱智。」宋志明說，「我們學校裡，你覺得還有誰敢咬。」

「我們學校啊，」李林吃掉了最後一個生煎包，想了一下，「我覺得除了林妹，沒別人了吧。」

李林的聲音戛然而止，宋志明沒說話，看著他。

李林嘴裡的半個生煎包差點沒掉出來：「我靠？真的假的啊？」

宋志明嘆了口氣：「你覺得沈老闆如果是去跟人打架，有可能讓人咬著他下巴嗎？」

「雖然我一直覺得他們……但是，倦爺不是那個、那個……」李林有點難以說出口，低聲說，「之前不是有個貼文嗎？就是他和高三何松南的照片，倦爺把人家霸道地按在那裡，那篇貼文被我們學校的女生蓋了一千多層呢，什麼CP什麼的。」

「說不定是把人家霸道地按在那裡揍了一頓呢。」宋志明是個筆直的小少年，他只相信自己眼睛看到的，「我覺得事情的轉折就是昨天，昨天球賽中場回來以後，倦爺就開始不當人了。」

「……」李林啞然了，喝掉最後一口豆漿，嘆了一口氣，「我們倦爺自從決定不當人之後，腰不痠了，腿也不痛了，可能還渾身上下全是牙印。」

沈倦對於他的同班同學們擅自幫他加了這麼多戲的事毫不知情，他昨天晚上確實是因為時間有點晚，懶得再回去，就直接去何松南的寢室睡了一宿。

早上洗澡的時候洗了把臉，下巴和鼻梁還隱隱有點痛。

下手還真重。

沈倦照著鏡子，仰起下巴，看了一眼上面那一小圈發紅的牙印，然後他垂下頭，雙手撐著洗手台開始笑。

雖然林語驚這一口是因為打了他一下以後兩隻手都被他抓住了，氣急時想都沒想，就直接咬上來的，但是這不是重點。

重點是，他現在還能回憶起少女柔軟的唇瓣貼上來時的觸感，雖然下一秒就被疼痛取代了。

疼一點也無所謂了。

沈倦忽然覺得自己真的像個變態。

他到教室的時候林語驚已經在了，看起來心情不太好，撐著腦袋看英語課本。

沈倦拎著兩個奶黃包，放在她桌上。

林語驚抬起頭來，看見他，站起身讓位給他。

沈倦坐進去，看了她一眼。

她也正看著他，歪著頭，身子往下低，盯著他的下巴。

沈倦揚了一下眉，大大方方地任由她盯著。

看了一會兒，她皺眉，指著他下巴上的那個牙印，低聲說：「這個印子還有點明顯，你怎麼沒貼個OK繃啊？」

「沒有。」沈倦說。

林語驚嘆了一口氣，把書包拉出來，從裡面的側格摸出一包扁扁的OK繃，打開撕了一條遞給他：「喏。」

沈倦沒接下。

林語驚舉了一會兒，抬起頭來：「給你啊。」

「我，不知道它在哪裡，看不見。」沈倦指了指下巴說，「不應該是始作俑者負責善後嗎？」

「……」

林語驚四下看了一圈。早自習，同學們該抄作業的抄作業，該聊天的聊天，她又一偏頭，對上了李林熱烈的視線。

也不知道他為什麼這麼熱烈。

林語鶯淡定地轉過頭去，趴在桌邊看著沈倦，小聲說：「好多人呢，我怎麼幫你貼……」

如果是半個月，甚至一週前，林語鶯一定半點歪心思都不會有，二話不說直接撕了，幫他「啪嘰」一下貼上。

但是現在，好像不行。

他們的同桌關係，變得有點不是那麼——純潔了。

不知道為什麼，她忽然有種物是人非的感覺，有淡淡的憂傷。

她又嘆了口氣，再一抬頭，看見沈倦正在脫衣服。

林語鶯：「……？」

沈倦把校服脫下來，裡面還是昨天那件衛衣，他把校服抖一下，蓋在頭上，抓著兩邊撐起來，人在校服下面看著她：「進來。」

林語鶯：「……」

林語鶯有點沒反應過來：「沈同學，你現在是在教室裡，已經忍不住不想當人了？」

沈倦淡定道：「不是怕看到嗎？進來貼，他們就看不到了。」

林語鶯：「……」

這可是個絕妙的好辦法啊！沈同學！您真是個鬼才！這個方法簡直完全一點都不明顯！

林語鶯都服了，翻了個白眼，從小紙包裡把所有ＯＫ繃都抽出來放到他桌上：「你自己貼，不知道在哪裡就全貼上，貼一排，反正擋住就行了。」

沈倦還撐著校服，看著她：「我是不是需要提醒妳一下這個牙印是誰咬出來的？」

「……」

好吧。

林語鶩捏了一個ＯＫ繃撕開，露出膠帶的部分，然後再次抬起頭，轉圈看了一圈，確定大家都在忙自己的，沒有一個人在看著他們這邊。

林語鶩飛速鑽進去，幾乎同時，沈倦無聲勾起唇角，拽著校服外套衣襬的手往前伸了伸，把兩個人都蓋在裡面。

光線從下面透上來，隱約能看見他下巴上的那個牙印。

被校服外套罩起來的小小空間裡，沈倦的氣息和存在感被無限放大，偏偏他還垂著眼，看著她低聲問：「看得清楚嗎？」

林語鶩沒說話，沈倦忍不住舔了一下唇角，笑：「要不要我……」

「不要，」林語鶩飛速打斷他，「你能不能閉嘴？」

她耳朵又開始發燙，一手拉著ＯＫ繃的一端，抬起手貼在他下巴的那個小小牙印上。

冰涼的指尖刮到他下顎的骨骼，兩個人都頓了頓。

不知道是不是錯覺，她感覺整個教室好像都安靜了。

林語鶩的手一抖，「啪嘰」往ＯＫ繃上重重地拍了拍，貼牢了。

大概是力氣有點大，沈倦輕輕地「嘶」了一聲，低聲說：「輕一點……」

林語鶩待不下去了，抬手拉開他的校服，腦袋鑽出來，瞥見桌邊站著一個人。

她下意識抬起頭來，僵住了。

沈倦在旁邊不緊不慢，慢條斯理地把校服拉下來，也抬起頭。

劉福江揹著手，彎著腰，站在兩人桌前，和藹地看著他們：「你們在幹什麼？」

沈倦前一秒心裡還滿得意的。

林語驚當然知道他是故意的，但是她還是鑽進來了，說明她已經不自覺地慢慢對他妥協了。

林語驚逃命似的爭分奪秒地鑽出去，沈倦的校服外套還蓋在腦袋上，他也不急，一個人沉浸在黑暗裡悠哉地回味了一會兒，又抬手摸了摸下巴上的那個ＯＫ繃，才把校服外套從腦袋上抓下來。

然後就對上了一臉慈祥地看著他們的劉福江。

整個教室裡一片寂靜，所有人都在看著這邊。

林語驚連眼珠都不會動了，看起來嚇瘋了，但是她的反應向來很快。

「我們……」沈倦剛開口要說話，就看見林語驚迅速回神，身子往前靠，手飛快地伸進抽屜，把手機掏出來，然後只略垂眸瞥了一眼，指尖在螢幕上唰唰滑動，點開了一個遊戲。

「啪嗒」一聲，手機掉在了教室大理石的地面上，很清脆、清晰的一聲。

劉福江後退半步，垂頭看了一眼。

那支手機正正好好掉在林語驚和沈倦中間，螢幕朝上，剛被她點開的那個遊戲已經載入完畢，進入到遊戲介面。

林語驚抬起頭來，一臉愧疚：「老師，對不起，我們不應該在早自習的時候偷偷玩遊戲。」

「……」

沈倦看得嘆為觀止，如果不是因為此時條件實在不允許，他甚至想幫她鼓鼓掌。

真是一個可靠的同桌。為什麼她會覺得早自習玩手機，罪名會比貼個ＯＫ繃輕一點？

劉福江也愣住了，他確實也知道這個年紀的小孩都愛玩遊戲，有一次，他午休的時候看見李林他們正在打遊戲，還特地從後門偷偷摸摸地溜進來，跟他們聊了五分鐘這遊戲的戰術問題。

劉福江覺得遊戲也是學習生活中一種合適的紓壓手段，適當合理地玩一玩也沒什麼問題。但是他沒想到沈倦和林語驚也會偷偷玩，還躲在校服裡。

這代表什麼問題？代表這兩個孩子的學習壓力是多麼巨大！

學年第一、第二當然不是那麼好考的！優秀一定使他們身上的壓力和責任感比別的同學沉重了不知道多少倍，因為作為好學生的代表，他們覺得自己要為同學們做個好榜樣，甚至不能跟李林他們一樣在午休光明正大地玩遊戲，只能躲在校服裡偷偷摸摸地玩！

劉福江覺得自己這個班導師做得太失職了，他竟然絲毫沒有察覺到，沒能及時幫他們紓解心理壓力，這也是一個班導師的責任。

劉福江不想讓別的同學看出端倪，面上不露，蹲下來撿起地上的手機，把兩個人叫出來。

林語驚心裡其實是有點慌的，她不確定劉福江把他們叫出來是因為早自習玩遊戲，還是看出了他們在說謊了。雖然他們真的什麼都沒幹，只是在衣服裡貼了ＯＫ繃。

但是林語驚實在不知道該怎麼解釋為什麼貼個ＯＫ繃，也要躲在外套裡。

老師，我們只是在裡面貼了ＯＫ繃——林語驚覺得有些絕望。

她現在無比後悔，剛剛怎麼就腦子一熱，順了沈倦的心意鑽進去了。

兩個人進了教師辦公室，劉福江把門關上，關上之前，還往走廊看了兩眼。

然後他走回來，拉了兩把椅子到辦公桌前，又把剛剛撿起來的林語鶯的手機放到桌上。

手機螢幕上還是剛剛她胡亂點開的那個遊戲介面，左上角能看見小貓咪的頭像，遊戲ＩＤ——您的慈父。

劉福江沉默了。

林語鶯低垂著腦袋，無比乖巧，認錯態度看起來非常誠懇。

劉福江嘆了口氣：「玩吧。」

林語鶯：「……？」

她抬起頭來。

劉福江看看她，又看看沈倦，再嘆：「平時學習壓力是不是滿大的？你們這個年紀，本來就愛玩，老師也能理解，我看你們平時也不怎麼玩遊戲，天天都刻苦地讀書，偶爾忍不住玩一下還是很正常的。」

「……」

林語鶯有一瞬間的茫然，她忍不住偏頭看了一眼旁邊的沈倦。

天天睡覺睡得更刻苦的沈同學，對這番話接受得特別理所當然，絲毫不心虛。

「所以玩吧，老師幫你們放哨。」劉福江輕拍了一下桌面，繼續說，「今天這節早自習，你們哪裡也別去了，就坐這裡玩遊戲。」

沈倦：「……」

林語驚：「……」

林語驚震驚到說不出話了。

不知道為什麼，她忽然想到幾個月前，剛開學的第一天，劉福江笑容滿面地站在講臺上對他們說「面向你的同桌」。那時候她就覺得這個班導師很不一般，風格很野，應該不會按套路出牌。

現在來看，林語驚覺得自己之前還是太低估劉福江了。

這一個早自習過得很痛苦。

雖然劉福江讓他們哪裡也別去，就坐這裡玩遊戲，如果不是因為有前面的劇情做鋪墊，林語驚甚至會以為他是在發火。

但是他們也不能真的就坐在那裡開始玩啊。

於是三個人就這麼大眼瞪小眼地坐了半個小時，期間還得忍受劉福江時不時的疑問——「你們別不好意思啊！」「你們別就這樣坐這裡啊！」「你們玩啊！」

半個小時後，上課鐘聲響起，林語驚長長地鬆了口氣。

她從來沒有聽過這麼悅耳的上課鐘聲。

他們離開辦公室，站在門口。

林語驚扭過頭來，看向沈倦，沈倦也看著她。

林語驚瞪著他，沒說話，但是眼裡的譴責很明顯。

沈倦的手放在校服外套口袋裡，因為出來的時候剛套上，他的校服拉鍊沒拉，看起來吊兒郎當的。帥還是帥，只是下巴上斜斜地貼著一個ＯＫ繃，天藍色的，上面印著彩色的懶懶熊。鼻梁上還有一塊破皮的地方，有一點點發青，應該是昨天她打的。

造型看起來非常有創意。

林語驚忽然有點想笑。

她忍了幾秒，還是沒忍住，靠在牆上笑著舉起手機，打開手機自備的相機，趁他還沒有反應過來，幫他拍了張照。

他身後是空無一人的學校走廊，教室門緊閉，窗外藍天高闊，清晨的薄陽灌進教學大樓裡，風都帶著朝氣。

鏡頭裡的少年來不及反應，神情有一點點茫然。他看起來昨天沒睡好，眼皮垂著，無精打采、懶懶散散的，就這樣被定格在鏡頭裡。

像青春電影裡某一幀的男主角，甚至連濾鏡都不需要，就已經是歲月能保留下來的最好模樣。

只是這份美好沒持續太久就被打破了。

王恐龍的腦袋從走廊盡頭的十班教室門口探出來，遠遠地看著他們，怒吼聲響徹整個樓層：「上課了，少爺、小姐！上課鐘聲打這麼久了，沒聽見？還站在那裡種蘑菇啊！等我推著輪椅過去接你們嗎？」

接下來的幾天，沈倦非常自覺地收斂了很多。

雖然早餐這種東西還是每天都有，林語驚住校，沈倦知道她喜歡吃工作室旁邊的那家粢飯團，就天天幫她買，還天天都是三個鹹蛋黃的。

林語驚剛開始還會把錢轉給他裝裝樣子，後來就麻木了，但是想想沈倦的家庭狀況，麻木了一天，隔天還是一起匯過去了，畢竟是一個生活費都得自己賺的半工半讀艱苦少年。

雖然兩人期中考以後搶獎學金時說的那番話，對方大概都沒相信，但林語驚覺得，沈倦當時估計說得真假參半，而她手裡是多多少少有些錢。

沈倦就不一樣了，沈倦他是真的窮！

都窮成這樣了，還堅持不懈地想談戀愛！這是多麼偉大的愛情！

林語驚嘆了口氣。

沈倦這個人，他想讓你喜歡上他並展開攻勢的時候，其實讓人很難掙扎。

她一方面對和他相處，甚至親密一點的肢體接觸都是喜歡的，另一方面理性上又很排斥。

異性這種生物，一旦確定了某種關係就會變得不一樣，他們之間會產生一種虛無縹緲的連接，多變且十分脆弱，非常不堪一擊。一旦產生異常狀況，會是危險性高，並且影響深遠，簡直百害而無一利。

她明明一直在自己的小世界裡待得好好的，控制情緒這種事情她向來擅長，不知不覺間對他產生的那點依賴……好吧，喜歡，她也能控制得很好。

但是沈倦非要來招惹她。

你都這麼窮了，你好好讀書不行嗎！學人家談什麼戀愛！

此時是週五的倒數第二節自習課。週五沒晚自習，還有兩節課就直接放學，大家的心都飛了，教室裡該睡的睡，該玩的玩。

林語驚轉過頭來，沈倦正在寫數學考卷。

這個人寫題目的時候看起來有點漫不經心，懶散地靠在牆上，轉著筆，看題目很快，幾乎是眼睛掃過去，答案就出來了。有些簡單的大題都懶得寫，直接在題目上畫出重要資訊，得出答案，但是其實很認真。

林語驚就這樣看著他三四分鐘他才感覺到，抬起頭來看了她一眼，側身靠近：「怎麼了？」

他說完，重新垂下頭去，眼睛還盯著最後一道大題。

這套考卷林語驚在中午寫完了，最後一道題有點難度，她想了好半天要怎麼畫輔助線。

她沒說話，沈倦也沒說話，就這樣偏著身子靠著她，筆尖在紙上點了點，大概過了兩三分鐘他抬筆，俐落地畫了幾道輔助線，在旁邊開始寫。

少年微垂著頭，修長漂亮的手指握著筆，一行行地寫在紙上。每一行寫到最後，筆尖習慣性地抬起，神情專注又淡漠。

林語驚偏過頭去，不再看他，心裡再次默默地嘆了口氣。

男生在專注於某件事情的時候，周身像籠罩著某種氣場，確實耀眼得有些犯規。

連小動作都讓人覺得帥。

她以前為什麼會覺得這個人是需要用黃色小廣告勾引才會學習的學渣？明明渾身上下都散發著學霸的光芒。

沈倦用三兩分鐘把最後一道題寫完，放下筆。

他還側著身子，手臂幾乎貼著她，半靠不靠的樣子轉過頭來：「妳剛剛想說什麼？」

「沒什麼……」林語驚站起來，小聲說，「我去個洗手間。」

沈倦揚了揚眉，笑了：「不錯啊，現在去洗手間都知道要跟我報告了？」

「寫你的考卷吧。」林語驚隨手抓了一張考卷拍在他臉上，走出教室。

深秋天短，這時候已經能隱約窺見黃昏的影子了，走廊裡很靜，沒人。

林語驚抽出手機看了一眼，八中對這個管得不是特別嚴。要是以前在附中，她前一秒手機剛抽出來，下一秒就會被沒收。

林芷在三個小時前傳了一條訊息給她，說她下週會來A市，另一條來自傅明修，林語驚一邊往洗手間走一邊點開，傅少爺言簡意賅：這週會不會回來吃柳丁？

林語驚轉進女廁，飛速回了一條：怎麼，妹妹不在，你現在感覺到不適應了嗎？

三分鐘後，她從隔間裡出來洗了個手，翻出手機，傅明修回覆了：……我是不是閒閒沒事，非要跟妳說話？再見。

林語驚覺得好笑，正在思考要不要回個什麼，走出洗手間一抬頭，看見對面牆邊站著一個人。

她愣了一下，拿著手機眨眨眼：「你堵錯了吧？這裡是女廁，而且沈倦現在在班上。」

寧遠靠著牆站，看著她：「我不找他。」

林語驚點點頭：「你找我。我就覺得你不會就這麼算了，被我算計了，還乖乖跑步，一聲不吭。」她揚了揚下巴，「寧遠同學，願賭服輸，我跟你打賭的時候你也答應了。」

寧遠笑了笑：「願賭服輸，而且就跑個十圈，我也不至於一直跟一個女生計較，找妳主要是因為我很喜歡妳，想跟妳聊聊天。」

林語鶯雞皮疙瘩都快嚇起來了。

他明明長得很無害，笑起來是溫和的，卻沒緣由地讓人覺得特別不舒服，讓她本能地想避開。

「那怎麼辦？我不是很想跟你聊，我們也沒什麼好聊的。」她說完朝他擺了擺手，還很有禮貌地微笑了一下，「你打了我們班同學，我讓你跑了十圈加道歉，我們扯平，寧同學，有緣再見。」

寧遠沒動，站在原地說：「我想跟妳聊聊沈倦。」

林語鶯的腳步一頓。

她側過頭來，好奇地看著他：「你跟沈倦有仇嗎？」

「有吧……」寧遠想了想，「也不能算是有，那就沒有吧。」

「有就有，沒有就沒有，那既然沒有，你就別找事做了。」林語鶯有點不耐煩，也不想裝了，「球賽的事情是你們有錯在先吧，你為什麼非得死咬著沈倦不放？而且這跟我有什麼關係？你是塊什麼膏藥嗎？」

寧遠也不生氣，笑著看著她：「妳真的不好奇嗎？他好像還滿喜歡妳的，看妳的反應，妳應該也是喜歡他的，你們在談戀愛？」

林語鶯靠在牆上，眼神一點一點地冷下來：「你是不是有病？」

「小女生別這麼暴躁，因為我碰巧參與了一點他以前的事情。也不算參與吧，算了解一些。」寧遠把手臂搭在窗臺上，側頭看了一眼窗外，「我是想好心提醒妳一下，妳小心點，他上一個還滿喜歡的人——」

他的話停住，側過頭，視線頓了頓，忽然又笑了。

林語驚也跟著轉頭看過去。

這棟教學大樓裡，洗手間都在一樓，大門開著，穿堂風呼呼地灌進來，很陰冷。一樓有幾個班級，隱約能聽見盡頭的教室裡傳來老師講課的聲音。

沈倦從樓梯上下來，直直地往這邊走，腳步很快。

林語驚愣了愣，看到他走過來，想都沒想就直起身來，要迎上去。

她不想聽了。

不僅僅只是她自己不想聽，她更不想讓沈倦聽見，無論這個人準備說什麼。

寧遠像沒看見，或者一瞬間就明白了她的意圖。他重新轉過頭來，笑著看著她，聲音輕而慢，卻在安靜的環境下清晰地，一字一字傳到三人的耳裡：「他上一個還滿喜歡的人因為他，現在還躺在醫院裡，這輩子都醒不過來了。」

林語驚停下腳步，人有點僵硬。

沈倦已經走到他們面前，幾乎沒有停頓就一拳砸在他的鼻梁上，力氣很大。寧遠整個人趔趄著往後退了半步，他抬手捂住鼻子，血從指縫裡滲出來。

沈倦伸手把寧遠的衣領扯過來，垂眼看著他，聲音壓著，低而啞，聽不出情緒：「你找死嗎？」

第十六章

想當我男朋友嗎？

沈倦六歲時第一次見到洛清河，那年他剛上小學。

那天洛清河從香港回來，沈倦第一次聽沈母說起他這個小舅舅的事情。

大概就是十幾歲的時候年輕叛逆，喜歡的東西家人都不支持，他也不想放棄，大吵了一架以後第二天捲舖蓋走人，自己跑到香港去，一走就是十年。

小沈倦在見到洛清河的時候其實有些意外，覺得他這個簡短又叛逆的人生軌跡簡介，和他的長相、氣質都不太相符。這個小舅舅跟他的名字一樣，是一個如沐春風的溫柔男人。

事實上也確實是。

沈倦從小就倦懶，別的小孩玩什麼他都不太感興趣，倒是很喜歡玩彈弓，每天一放學就縮在他的房間裡擺弄那些小彈弓。偏偏別的小朋友還特別聽他的話，喜歡跟著他的屁股後面跑，天天叫他出去玩泥巴，他也不願意理人家，嫌同齡的小孩幼稚。

沈父和沈母其實很煩惱，自己家的小孩跟別人家的一比，一點也不陽光，好像還有點孤僻，這讓他們操碎了心，覺得是不是名字取錯了。當初就不應該叫什麼倦，這是誰取的破名字？對我兒子的性格影響太大了！

沈母曾經試圖幫他改名字，叫沈活潑、沈開朗什麼的。雖然難聽了點，但是寓意好，如果能讓他從此活潑地和他那些同學一起玩泥巴，那就再值得不過了。

但是那時候的小沈倦已經很有主見了，他不願意，沈母也沒辦法，名字就這樣了。

這種現象在洛清河回來以後得到了緩解。洛清河住回洛家的老房子，小巷子裡的一棟，他這些年也賺了不少錢，把隔壁也買下來，弄了個工作室。

小沈倦終於知道洛清河是幹什麼的了，他在別人身上畫畫，還是洗不掉的那種。

小沈倦不太能理解他這個小舅舅。你喜歡畫畫，為什麼不能在紙上畫？也可以在牆上畫啊，為什麼要在人的身上畫？還擦不掉，要是以後不喜歡了怎麼辦？畫錯了怎麼辦？後悔了怎麼辦？也沒有橡皮擦可以擦掉。

他雖然不太能理解，但是這種事很新鮮。

新鮮新奇的事物多多少少會吸引小朋友的注意力，再加上沈父沈母的工作很忙，沈倦又小，以前洛清河沒回來的時候，家裡就請了好幾個阿姨照顧他，現在洛清河回來了，小沈倦就成天待在他這裡。

洛清河送他上下學、照顧他的吃穿、教他畫畫、講道理給他聽，也跟他聊自己在外面這些年有趣的事。

他是非常溫柔且細膩的人，沈倦在人生觀逐漸樹立成型的那幾年，跟舅舅待在一起的時間比和父母在一起多上許多，很多為人處世之道和小習慣，都是受到他潛移默化的影響。

直到有一天，洛清河帶了個小朋友回來。

那小孩看起來和沈倦的年齡相仿，整個人瘦瘦小小的，身上髒兮兮，露在外面的皮膚全是青紫傷痕，看起來觸目驚心。

沈倦皺著眉去裡面拿了醫藥箱出來，又去廚房倒了杯溫水給他。

洛清河幫那個小孩處理傷口，神情專注又溫和：「你叫聶星河是嗎？」

小孩吸了吸鼻子，低低地「嗯」了一聲。

「你看，我們連名字都差不多，」洛清河笑著說，「我們多有緣。」

……有個屁緣。

深秋黃昏的教學大樓走廊上，窗開在背陰面，常年見不到陽光，陰冷潮濕。

沈倦下手很重，看起來還沒有停下來的打算，林語驚迅速回過神來，叫了他一聲。他像沒聽見似的，拉著寧遠的衣領猛地往下一沉，又是一拳，寧遠被他拉扯著，歪著身子，指縫間的血淅哩嘩啦地往外淌，滴在校服外套上。

林語驚又喊了他一聲，有些著急：「沈倦！」

沈倦的動作終於停了，沒回過頭，依然垂著眼。

林語驚走過去拉著他的手腕晃了晃，低聲說：「學校裡都有監視器，你想再休學一年？」

沈倦鬆開手。

三人現在圍在一塊，林語驚還是沒忍住掃了一眼監視器的位置，側身找了個死角，一腳踢在寧遠的關鍵部位。

她放輕了一點力氣，寧遠還是悶哼了一聲，趔趄著後退半步，靠著牆往下滑。

林語驚垂頭：「寧同學，統一一下口供，今天你堵我堵到女廁門口，並且對我進行了語言上的騷擾和精神上的攻擊，是沈倦路過，隨手幫了個忙，沒錯吧？」

寧遠白著臉抬起頭來，僵硬又難以置信地看著她，冷汗滑過鬢角，說不出話來。

林語驚繼續說：「你不說話，我就當作你默認同意了，我們就當作什麼都沒發生過。當然，你不同意也得同意，因為這件事我想讓它是黑的，它就是黑的，我想讓它是白的，它就是白的，你肯定說不過我，到時候倒楣的還是你自己，這點你相信吧？」

寧遠靠著牆坐在地上看著她：「妳倒是一點都沒動搖，就這麼喜歡他？」

林語鷲抓著沈倦手腕的手指緊了緊。

寧遠勉強扯起嘴角：「好像也不是一點都沒有啊。」

林語鷲不想再聽他說話，拽著沈倦往外走。

教學大樓外的操場上沒什麼人，只有遠處的室外籃球場最旁邊有幾個男生在打球。林語鷲拉著他走到另一邊的籃球架下。

沈倦全程沒說話，任由她拉著往前走，她停下腳步，他也跟著停下來。

林語鷲抬頭看著他，火莫名就竄起來了：「你是不是休學一年沒休夠？還想買一送一，等明年再來當我學弟？」

「啊，」沈倦沉默了好一會兒，啞著嗓子，「啊，對不起。」

林語鷲瞪著他，不知道要說什麼了，當時也沒想這麼多，沈倦的反應太失控，她只是覺得不能讓他待在那裡。

林語鷲幾乎沒怎麼見過沈倦這樣，上次還是在街上，他遇到他那個前同桌時。

她自己當時都有點控制不住。

什麼上一個滿喜歡的人這輩子都醒不過來了，說真的，不想動搖、不受影響是假的，沈倦的反應明明白白地告訴她，寧遠雖然嘴賤還欠揍，但是他說的話真實性恐怕超過一半。

他似乎很了解沈倦，講的話句句像刀子，一刀一刀地往死穴上戳。

林語驚忽然有些茫然。這是他的過去，還是他不願意被人探查到的那部分，她其實連被動搖或者被影響的立場都沒有。

兩個人都沒說話，沉默了幾分鐘後，沈倦嘆了口氣，側身靠在籃球架上：「妳有沒有問題——」

下課鐘聲響起，沈倦的話說到一半，被打斷了。

過了一兩分鐘左右，學生陸陸續續從教學大樓裡出來，操場瞬間被占走了一半。

沈倦沒再開口，兩人沉默地進了教學大樓，走到樓梯口的時候林語驚往洗手間那邊看了一眼，寧遠已經不在了。

最後一堂班會課被王恐龍和數學老師輪流霸占，數學老師上半節，王恐龍下半節，講解之前隨堂的考卷。

王恐龍的語速很快，講解的知識點也比較密集，林語驚就沒再和沈倦說話，聽課聽得很專心。雖然在這種事情剛發生以後，要集中注意力是有點困難的事情。

下課鐘聲響起，王恐龍晚了幾分鐘下課，把整張考卷講完，最後還澎湃激昂地提醒他們期末考近在眼前了。

王恐龍和劉福江雖然性格分踞、正負兩極，但是有一點是一樣的，他們都對十班學生的學習成績充滿了激情，堅定地認為下一次考試就是他們猛然醒悟，開始努力學習飛升的開始。

等他終於走了，林語驚的電話剛好響起。

她剛接起來，傅明修那邊劈頭蓋臉地問：『妳放學了沒啊？』

聲音很大，沈倦側了側頭。

「放了，您有什麼指教？」林語驚說。

『我現在在妳學校門口，還是之前那個街口。』傅明修說，『我希望五分鐘後能見到妳的人。』

林語驚把物理課本塞進書包的動作頓住了：「啊？我還得回寢室拿行李啊。」

傅明修把電話掛了。

林語驚：「……」

這個人到底懂不懂禮貌？電話說掛就掛的嗎？

她看了一眼時間，把發下來的作業、考卷疊好塞進書包裡，起身往教室外走。

沈倦始終沉默地看著她。

他是聽見了剛才電話裡的聲音，雖然聽不清楚說什麼，但是隱約聽得見是個男人的聲音。

如果是平時，他大概會問……不是大概，他一定會問。

林語驚走到教室門口，腳步頓了頓，轉過頭來，不放心地看他：「你等等會直接回去，對嗎？」

沈倦坐在位置上：「嗯。」

「你不會再去找寧遠了，是吧？」她再三確認。

「嗯，」沈倦看著她，聲音還有點啞，眼神沉沉的，看起來很沒精神，「我都聽妳的。」

林語驚說不出話來，覺得心裡有哪一塊忽然一下就軟了。

她抿了抿唇，沒再說什麼，轉頭走出了教室。

林語鶯不喜歡接送的車直接停在學校門口。傅明修送過她兩次，也知道她這個臭毛病，對於這點，他倒是給了她基本的尊重和照顧。

林語鶯提著箱子上車已經是十五分鐘後了，傅少爺一臉不耐煩地坐在駕駛座上，側頭看了她一眼：「我正在算時間，妳如果再晚出現一分鐘，我就開車走人了。」

林語鶯平靜地說：「學校這邊有地鐵直達，只要走十分鐘的路吧。」

「……」傅明修指著她：「妳別說話了，我怕我真的把妳丟下車。」

林語鶯很乖地靠回座位裡，安靜地看著車窗外，沒再說話了。

途中，傅明修從後視鏡看了她好幾眼，今天這丫頭有點沒精神。

他打方向盤上了橋，隨口問：「妳被人甩了？」

林語鶯愣了愣，側過頭來：「啊？」

「妳現在的樣子，就像是被人甩了。」傅明修嘲笑她，「怎麼，妳喜歡的男生有喜歡的人了？」

「……」

匡噹！一顆大石頭從天而降，重重地壓在林語鶯身上，把她砸得幾乎吐血。

林語鶯一言難盡地瞪著他，瞪了差不多有半分鐘，眼睛都痠了。她眨眨眼，嘆了口氣。

傅明修看著她的反應，確實很意外：「真的被甩了？」

「控制一下你幸災樂禍的表情吧，嘴角都快裂到頭頂了。」林語鶯無精打采地說。

「我只是沒想到妳真的會被甩，」傅明修繼續嘲笑她，「沒親眼見到還滿遺憾的，下次有這種好戲，妳提前跟我打個招呼吧。」

「首先，我沒被人甩，我連男朋友都沒有，也不打算談戀愛。」林語鶯說。

傅明修等了幾秒，沒聽見後文：「其次呢？」

「沒其次了，其次我還沒想好。」林語鶯把腦袋靠在車窗上，忽然道，「哥。」

傅明修握著方向盤的手一抖，警惕地瞥了她一眼：「妳又想幹什麼？」

「……什麼叫又想幹什麼？」

傅明修道：「妳這個小丫頭一肚子壞主意，每次這樣叫我都沒好事。」

「……」林語鶯決定不跟他計較，頓了頓，有些艱難地問道：「你們男人——男生，白月光是不是那種這輩子都忘不掉的存在？」

「也沒那麼絕對，哪有什麼感情是這輩子都忘不掉的，遇到更合適的人還不是說忘就忘了。」傅明修說，「而且也要分情況，看這個白月光是為什麼變成白月光。」

「這個白月光為了你躺在醫院裡，這輩子都醒不過來的那種呢？」林語鶯試探性問道。

傅明修沉默了幾秒，真心實意地問道：「這輩子都醒不過來了，還躺在醫院裡，那到底是死了還是沒死？」

林語鶯又嘆了口氣：「我怎麼知道？」

傅明修又看了她一眼：「如果是這種白月光，我建議妳放棄，一輩子都忘不掉。」

林語鶯把腦袋靠在車窗上，沒再說話。

傅明修開車比老李快一些，到家的時候，關向梅和孟偉國都在家，林語鶯換了一套衣服，下樓吃晚飯。

闞向梅照舊熱情地和她說話，林語驚全程能簡則簡，半點興趣都提不起來，相安無事地吃完晚飯就上樓了。

八中的週末作業量不多不少，她看了眼時間，從書包裡把考卷都抽出來，先挑對她來說最簡單的英語開始做，沒有聽力，最後寫完作文用了不到一個小時。

然後她抽出物理，一邊審題，一邊用筆蓋戳著下巴。

以前喜歡的人，也不一定就是女孩子啊。之前學校裡還在傳沈倦把他前同桌打得半死呢，在街上遇見的時候，林語驚看他也沒缺手少腿的。

傳聞不可信，別人說的話哪能當真，而且又是個那麼討厭的人。

林語驚想起幾個小時前，少年的那句「我都聽妳的」。

聲音很輕，尾字咬得有點軟。

她把筆往桌上一拍，看了一眼只寫了一半的物理考卷，又看了一眼時間。

八點鐘，也不算太晚。

她推著桌邊站起身，隨手抓起手機和鑰匙走出房間，下樓。

客廳裡沒人，廚房裡的燈亮著，應該是張姨在整理。林語驚輕聲輕腳地貼著牆邊走到門口，開門出去。

這種事一回生二回熟，這次一連串的行動甚至都不需要經過大腦，身體就自動操作了。

她去便利商店買了兩打啤酒和一袋零食，往沈倦的工作室走。

她忘了打電話給他，也沒傳訊息，就這樣提著一袋很沉的東西像夢遊一樣，一直走到工作室門口。隔著鐵門看到裡面漆黑一片，半點燈光都透不出來的時候，才有點茫然地回過神來。

是啊，萬一這個人不在呢？

可是他不就住在這裡嗎？

林語驚猶豫了一下，抬手，指尖抵著黑色鐵門，輕輕一推。

門沒鎖，推開了。

小院子裡一片寂靜，門燈沒開，窗簾是拉開的，屋子裡面漆黑一片。

她走到門口，抬手推開了門。

這扇門也沒鎖。

如果沈倦真的不在家，那這哥兒們也太大意了，回來後估計會被人搬光房子。

林語驚推門進去，一隻腳剛踩進去，差點沒被熏出來。

滿屋的二手菸前仆後繼地往外湧，就著外面黯淡的月光和光線，隱約能看清楚屋裡雲霧繚繞，給人一種身處仙境的錯覺。

她抬手拍開了燈，四下掃了一圈，最後定在坐在沙發旁的人身上。

沈倦背靠著沙發坐在地上，咬著菸抬起頭，因為長久沉浸在黑暗中，還沒適應突如其來的光線，他瞇了瞇眼。

茶几上，造型別致的水泥菸灰缸裡塞滿了菸蒂，旁邊還橫七豎八地堆著幾個酒瓶。

標準的電視劇、小說裡的頹廢青年日常。

林語驚甚至想幫他提一句詞——誰能告訴我，寂寞在唱什麼歌，還是火星文那種的。

她站在門口開著門，放了一會兒煙，大概過了十幾秒，沈倦終於適應了光線，看見她後明顯愣了愣。

林語驚把袋子放在茶几上，走到他面前，垂眼看著他：「你在走什麼頹廢人設？」

沈倦反應過來，把菸熄滅了：「妳怎麼……」

他的聲音沙啞，說到一半就停住了。

林語驚從袋子裡抽了一瓶礦泉水遞給他，沈倦接過來擰開，灌了半瓶下去又清了清嗓子：「妳怎麼來了？」

林語驚在他面前蹲下，數了數他身邊的空酒瓶：「你還清醒著嗎？」

「嗯，醒著。」

林語驚幫他鼓掌：「沈同學酒量不錯啊。」

沈倦垂著頭，舔了一下嘴唇，竟然還笑了。

他笑著往後靠，抬起頭來看著她，又問了一遍：「妳怎麼來了？」

林語驚抿了抿唇：「我仔細想了一下，還是有問題想問你。」

沈倦看著她，沒說話。

林語驚忽然又覺得心底沒頭緒了：「我就是覺得不太——所以就過來了，不過，如果你不太想說……」

「想，」沈倦打斷她，「我想，妳想知道什麼，我都告訴妳。」

林語驚眨了一下眼，沉默幾秒，乾巴巴地「啊」了一聲：「那——」

沈倦忽然直起身子，傾身靠過來，伸手將她攬進懷裡。

林語驚猝不及防，整個人往前栽，看起來像是倒進了他懷裡。

她的話戛然而止，人有點僵。

沈倦一隻手橫在她腰間，另一隻手扣在腦後，頭埋進頸窩，呼吸比平時的重了一點，很溫熱，熨燙著她脖頸處的皮膚。

林語驚任由他抱著，幾秒後緩過神來，手臂輕輕動了動。

他大概以為她是要推開他，手臂收緊了一點，兩個人之間的距離被擠壓為零，她能隔著衣服感受到他此時有點過高的體溫。

林語驚把下巴放在他肩膀上，小聲叫他：「沈倦……」

「讓我抱一會兒，行嗎？」沈倦啞聲說，「就一會兒。」

第一次和異性擁抱是什麼感覺？是有點難受的感覺。

林語驚蹲在沈倦面前，他抬手一攬，她就直挺挺地往前倒，整個人重心都靠在他身上，堪堪保持平衡。說實話，不是特別舒服，偏偏這個人還不讓她動。

直到林語驚覺得自己的腿好像抽筋了，沈倦都沒放開她。

林語驚猶豫了一下，還是開口：「沈倦。」

沈倦把腦袋埋在她頸間，輕輕晃動了一下。

林語驚「唰」地一下就麻了。

你剛剛是蹭了一下嗎？是不是蹭了一下？是不是是不是！

林語驚覺得有點撐不下去了，清清嗓子：「你抱夠了嗎？」

沈倦悶悶地笑了一聲：「我以為妳不問了。」

「……我不問，你就會一直抱下去嗎？」

「嗯，」沈倦鬆開手臂放開她，抬起頭來，身子往後靠，「妳不問，我就一直這麼抱下去。」

沈倦頓了頓：「畢竟機會只有一次。」

林語驚不知道該說什麼，她的腳已經麻了，一屁股坐在地板上。

沈倦抬手從沙發上拉了個抱枕丟過來：「地板上涼。」

她接過來，墊在屁股底下，彎著腿，悄悄揉了揉腳踝。

沈倦注意到她的小動作：「怎麼了？」

「您剛剛的姿勢真是好有創意，」林語驚翻了個白眼，「我腳麻了。」

沈倦愣了愣，癱在那裡笑：「我幫妳揉揉？」

林語驚縮起腳，馬上拒絕了：「您休息吧，我緩一緩。」

「那妳緩。」沈倦抓了把頭髮，他身上全是菸酒味混在一起，不是特別好聞。他長腿屈起，手撐著地板站起來，「我去洗個澡，等我。」

「……」

可能是因為他們的同桌關係已經沒那麼純潔了，導致這個臺詞讓林語驚有一瞬間的想入非非。

沈倦起身進了臥室，幾分鐘後，裡面隱隱約約傳出水聲，嘩啦啦。

秋天夜裡的冷風灌進來，屋子裡的煙放得差不多了，林語驚等了一會兒，腳不麻了，她就起身將那一堆菸蒂、空酒瓶之類的垃圾收進塑膠袋裡，丟在門口，關上了門。

垃圾丟完，沙發上還亂七八糟地散著一堆東西，她嘆了口氣，彎腰整理，一邊整理一邊忍不住開始誇獎自己。

林語驚，妳可太賢慧了。沈倦是上輩子拯救宇宙了吧，居然能碰見妳這麼好的……同桌。

她把沒喝的酒放在一起，扭頭看見旁邊還攤著一本薄薄的相冊。

林語驚頓了頓，視線落在剛翻開的那頁上面。

沈倦看起來不像是喜歡拍照、回憶過去的人，這本相冊應該也不是他的，攤開來的那頁有兩張照片，一張是一堆小朋友的合影，大概是秋遊什麼的，每個小朋友頭上都戴著一頂黃色的小草帽，最後一排老師舉著牌子——一年二班。

林語驚一眼就看見當年的小沈倦，是最可愛的那個。這小朋友肉肉的小手裡拿著一把小彈弓站在第一排最旁邊，個子意外地很矮。

下面那張是兩個人的合照，沈倦還是穿秋遊的那套衣服，戴著黃色的小帽子，他旁邊蹲著一個男人，看起來英俊而溫柔。

照片角落的天空上寫了一行字：阿倦第一次秋遊。

六歲的小沈倦臉上還帶著嬰兒肥，眼睛黑漆漆的，眼型和現在不太一樣，圓溜溜，眼尾倒是始終挑著。他抿著紅紅的嘴唇，一臉面無表情的厭世倦，稚嫩的小臉上寫滿了「好無聊」。

林語驚愣了愣，忽然反應過來。

這個時候沈倦小學一年級，六歲。

她心算很快，照片上都有年月日，剛剛隨意掃了一眼，就很自然地算出來了，也沒怎麼意識到這個。

她還記得沈倦之前叫她小妹妹，說自己大了她兩年。

去掉休學一年，還有一年，林語驚本來以為是因為他七歲讀小學，比她晚一年讀書，就剛好大兩歲，結果不是，他也是六歲讀書的。

那他中間空白的那一年，去哪裡了？

十分鐘後，沈倦從臥室裡出來，他換了一套衣服，頭髮半乾不乾的，腦袋上還頂著一塊毛巾。

屋裡的燈都開著，光線很足，林語驚盤腿坐在沙發上，直勾勾地盯著他。

沈倦被盯得有點發毛，抓著毛巾揉腦袋的手頓了頓：「怎麼了？」

林語驚幽幽地說：「你真是個神祕的沈同學。」

沈倦：「……」

神祕的沈同學有些茫然，沒說話，走過來拉了一把椅子坐下。

林語驚已經把房間整理乾淨了，酒瓶一排排地擺在牆邊，菸灰缸裡乾乾淨淨，沙發靠墊整整齊齊地擺在沙發上。

沈倦的視線落在茶几上的相冊上，停了一瞬。

林語驚本來帶了酒來，她主要是怕自己問不出口，或者氣氛尷尬。打探別人的祕密什麼的，她特別不拿手，也不愛多管閒事，畢竟誰都有不願意說的事。

但是沈倦這個白月光，她確實放不太下。

倒不是因為什麼他喜歡的人醒不過來了的智障發言，林語驚不在意這個，主要還是在意上一個喜歡的人本身。

兩個人一個坐在沙發上，一個坐在椅子上，都安靜了一會兒，沒說話。

林語驚把自己買的那袋子零食拉過來：「你晚飯吃了嗎？」

沈倦將濕毛巾搭在椅子上，撥弄著半乾的頭髮：「吃了。」

他看起來沒什麼異常，恢復成了平時散漫冷淡的老子無敵，十幾分鐘前頹廢求抱抱的樣子半點都不在了，林語驚都不知道是不是要誇他一句恢復力好強。

她仰頭，看了一眼明亮的頂燈：「那要關燈嗎？就開個地燈吧，暗一點。」

沈倦撥弄頭髮的動作一頓，手指插在髮絲裡，掀起眼皮看著她，忽然勾唇：「關燈幹什麼？我沒醉，也不是那種人。」

林語驚：「……」

「不過如果妳意願很強烈，我也可以配合。」沈倦說。

「沈倦，第一百次提醒你，做個人，」林語驚說，「我只是想製造一點講故事的氣氛。」

沈倦垂頭笑了一聲，站起身來走到門口，「啪」一下把頂燈關了。

屋子裡瞬間陷入一片昏暗，林語驚看見他黑漆漆的一條人影走來，走到沙發前，再到她面前。

然後單手撐著沙發靠背，俯身，垂頭，靠近。

林語驚：……？

她坐在沙發上，而他站在她面前，手臂穿過她耳邊，抵在沙發上，距離靠得很近，半濕的髮梢掃過來，身上帶著剛沐浴過的味道。

林語驚情急之下，窘迫地問了一個非常二百五的問題：「你要幹什麼？」

你別過來！！你再過來我要叫了！！

她說完，差點沒把自己的舌頭咬掉，覺得自己就是個二百五。

沈倦壓著聲音，氣息細細縷縷地包裹過來，他頭偏了偏，鼻尖擦著她臉側過去：「我要……」

黑暗裡，所有觸覺和聽覺都變得很敏感。林語驚感覺到他另一隻手從自己的腰側伸過去，貼著沙發靠背向下探，帶起布料摩擦輕響的聲音。

酒精作用下，能感覺到他掌心的溫度比平時高一點。

——我？靠？我還是太低估了你的畜生程度嗎……？

林語驚如遭雷擊，渾身僵硬。

就在林語驚覺得自己下一秒就會直接把這個人掀翻過去的時候，沈倦抽手，手指指節擦著她腰窩，從她身後抽出一個東西來，同時地燈昏黃的光線亮起。

沈倦直起身，手裡拿著小遙控器，居高臨下地看著她挑眉：「拿個遙控器。」

林語驚：「……」

「妳以為我要幹什麼？」他坐回椅子，笑著說，「耳朵又紅了。」

「……」

林語驚不知道別的流氓是不是也像他一樣，有這種拿個遙控器也要騷一下，搞得像要幹點什麼似的技能，因為這種程度的流氓，她還沒接觸過他之外的第二人。

什麼樣的騷在沈倦面前都黯然失色，學霸的技能點實在太全了。

沈倦見好就收，靠進椅子裡，長腿向前伸，手臂搭在扶手上：「妳想聽什麼？」

他忽然進入正題，林語驚頓了一下：「啊，我不知道從哪裡問起……」

她不知道直接問會不會太敏感直接，可是現在擺在面前的疑問，好像也沒有不直接敏感的問題。

林語驚心一橫，直接問道：「你那個白月光、不是，上一個喜歡的人，是男的女的？」

「男的，」沈倦看著她的眼神有點奇異，「也不是妳想的那樣。」

林語驚有一瞬間的心虛：「我想的哪樣……」

「是我舅舅。」沈倦說。

林語驚愣了一下，想起寧遠的話：「因為……」她說不出來了。

「嗯，」沈倦知道她想問什麼，沉默了幾秒，「因為我。我小時候父母的工作很忙，六歲的時候我舅舅從香港回來，我算是他手把手帶大的。這個工作室，」他的指尖輕輕敲了敲扶手，「是他的。我畫畫什麼的都是他教的。」

他抬眼，「妳第一次來問我的那個畫，是我小時候畫的，第一張。」

「我其實覺得你畫得滿好的，有點像那個……哆啦美。」林語驚趕緊說。

沈倦笑了一下，手指把玩著遙控器：

「我舅舅是個……好人，那時候隔壁有個小孩，天天被他爸打，經常到這裡來，他就幫他處理傷口，也教他紋身什麼的，收他做了徒弟。那小孩家裡沒錢，我舅舅資助他讀書。那個小孩叫聶星河，就是妳之前在街上見過的那個。

我不記得我那時候多大了，反正從那以後就是我上哪個學校他就上哪個，我們一直同一班，一起上學，放學就一起回工作室。不過那時候我就已經開始不太喜歡他了，年紀小，說不清為什麼，但是也不至於討厭，因為我舅舅喜歡他，他們的名字很像，都有個河字，發音也像。

我舅舅沒女朋友，他是不準備談戀愛結婚生子的，他希望以後把這個工作室交給我，但我……那時候體校射擊隊到我們那個國中去選人，我就去了。」

沈倦側過頭，視線落在牆上掛著的那個黑色鏢盤上：「我從小就對這方面的東西比較感興趣，也有點天分。」

林語驚沒說話，心想他把這個稱為有點天分實在是謙虛。

「他應該不太高興，但是沒說，他說我想做什麼就去做。我在體校一年，要住宿，就不怎麼常回來了，他就每天都和聶星河待在一起。

後來就越來越不對了，聶星河就是個瘋子。他從小被他爸虐待，心裡已經不太正常了，而他藏得很好。但是這種不正常會傳染，他自己不正常，也想不讓別人好過。我走了，他沒了顧慮，他可以無所顧忌。」

林語驚覺得有點發冷，忽然不太想聽下去了。

不想，或者不敢。

「等我回來、意識到的時候，我舅舅已經不太對了。他開始焦慮、厭世，我後來才知道，他在香港的時候曾經有過抑鬱症病史，看過一段時間的心理醫生。」

沈倦當時幾乎沒往這方面想過，那麼溫和又細膩的一個人，他的神經是不是也是纖細脆弱的。

「我不知道的事，聶星河卻都知道，他勾出了他所有極端的一面，我卻什麼都不知道，以為他就是……代替我陪著他。

我媽後來幫我舅舅找了個心理醫生，他去看了幾次。後來，我不知道聶星河跟他說了什麼，他不肯再去了，除非我回來。他想要我回來，和他一起在這裡，他不想讓我再回體校了，我就邊哄他看醫生邊訓練，就這麼斷斷續續地堅持了一年，省隊教練來找我。我……」

沈倦閉了閉眼睛，「我不可能拒絕。我們一直瞞著他，但他還是知道了，他不同意，他覺得我之前都是在騙他，我背叛他了，他大概是把我當成……希望寄託，或者夢想的延續什麼的。我進省隊的前一天他來找我，想帶我回去，我沒答應。」

沈倦垂著眼，「回去以後，他自殺了。」

林語驚的腦子空白了好幾秒，寒意順著脊椎一路往上竄：「什麼……？」

「他自殺了，」沈倦平淡地重複道，「這樣我就走不掉了，我一輩子都得在這裡。」

「沈倦……」林語驚聽見自己的聲音在抖，不知道是因為他說的這些話，還是他說這些話時平靜到寂靜的語氣。

「他沒死成，到現在就這麼躺著。」沈倦繼續說，「我回來重新讀書，上了八中，過了很久，我才意識到聶星河在這中間扮演了什麼樣的角色，他很得意，他藏不住了。」

聶星河這個人擁有讓人相信他的所有特質，弱小溫和，靦腆無害。

沈倦後來找到他，問他為什麼，聶星河說他嫉妒。

為了讓洛清河滿意，他努力做好了一切。他生在一個畸形的家庭，洛清河是第一個讓他感覺到溫暖的人。洛清河生病是他在照顧，他開心難過，都是他第一個察覺的。他把所有對父親、家人的愛傾注在洛清河身上，他甚至覺得洛清河就是他父親，他們才應該是世界上最親密的人。

但是洛清河心裡想著的永遠都是沈倦，他把自己擁有的都留給了沈倦，即使沈倦後來幾個月都沒出現過一次，即使沈倦根本不會要這個工作室，洛清河依然想留給他。

『明明我就站在他旁邊，他卻看不見我，他背叛我了。他對我好，然後又不要我。我也想讓他嘗嘗被最疼愛的外甥背叛是什麼滋味，他現在醒不過來了也沒關係，我也會一直照顧他的，他終於看不到你了。』

幽暗深長的小巷子裡，瘦小的少年被他抵在牆上，笑著輕聲說：

『沈倦，你後不後悔？這一切都是你造成的，全都是因為你。』

林語驚曾經看過幾本這方面的書和類似的相關電影。

反社會型人格障礙在電影和書裡作為反派的例子很多，比如《福爾摩斯探案》裡的莫里亞蒂，比如《沉默的羔羊》中大名鼎鼎的漢尼拔醫生。

情感扭曲，行為完全跟從欲望和本能走，無同情心，無負罪感，對自己的人格缺陷缺乏覺知。大多開始於十四歲以前，會在幼年初見端倪，是受到基因左右，也受家庭影響。具有高度的衝動性和攻擊性，非常善於用謊言和偽裝操縱別人的情緒，獲得滿足的方式正常人無法理解。

原來現實生活中真的有這樣的人，太可怕了。

普通人都可能會被潛移默化地影響了，一個神經敏感細膩的抑鬱症患者跟這種人朝夕相處，會發生什麼樣的事情？

這跟瘋子什麼的完全不一樣，高智商的反社會型人格看起來溫和無害，他會讓你喜歡他、信任他，然後利用你的善意和信任肆意妄為，並且絲毫不受良心的譴責，他不會覺得自己做的事情是錯的。

他可能覺得直接或者間接性殺人，就跟抽根菸一樣簡單。

聶星河和那種典型的反社會人格有不同之處，按照沈倦所說，他沒有直接的攻擊性行為。

林語驚想起街上的那個少年，看起來沒有她高，瘦瘦小小、輕飄飄的，很難對他人造成直接傷害，所以可能是別的精神問題，或者他就是單純的變態，他把沈倦的舅舅當成救贖或唯一的依靠，他沒感受過親情，所以洛清河也不能有。

他不能接受自己在對方心裡的地位是不對等的。

看電影的時候會被這些反派製造出來的緊張、刺激的劇情吸引，對他們又愛又恨，現實中真的遇到疑似有類似問題的人時，林語驚只覺得森冷。

那種毛骨悚然的感覺讓人渾身的汗毛一瞬間炸起來，像寒冬臘月在雪地裡有一桶冰水當頭潑下。

聶星河和沈倦年齡相仿，事情發生的時候，他最多也就十四五歲，和現在的她差不多大。

沈倦，也才這麼大。

沈倦說完以後沒人說話，房子裡一片安靜，林語驚在意識到的時候，發現自己已經不知道在什麼時候站起來了。

她站在沙發前半天都沒動，不知道自己現在是什麼表情，腦子裡塞滿了各種東西，茫然、恐懼和無法理解揉成一團。

沈倦其實很多話都是一句帶過，他不想細說，即使這樣，訊息量也過於巨大，她得一點一點抽出來整理，感覺到自己連手指都在抖。

沈倦一動不動地坐在那裡看著她，半晌，他嘆了一口氣，將手裡的遙控器丟在茶几上，站起來走到她面前，抬手輕輕拍了拍她的背。

林語驚回過神來。

「不怕，」沈倦的動作很輕，一下一下地在她背上輕撫，垂著眼，聲音很低，「不怕了，倦爺保護妳。」

林語驚的眼睛一下就紅了：「我不怕，而且你是不是說反了？」

沈倦「嗯」了一聲。

他這種全程都過於平靜的態度讓人有點不安。

林語驚深吸一口氣，竭力控制聲音裡的情緒：

「沈倦，雖然我……說這些話可能不太合適，但是這件事情你沒有錯。」她仰起頭來，「不是你的錯，這個結果也不是你造成的，你不需要為此犧牲什麼，我的意思你明白嗎……？」

「明白，」沈倦垂手，稍微後退了一點，拉開距離，「我明白，我不覺得這件事是我的錯，也沒有隨便揹鍋的習慣，我就是——覺得我有責任。洛清河從香港回來以後也一直在吃藥，但是我始終沒發現，他看起來和健康的人沒什麼不一樣。」

沈倦移開視線，緩慢地說：「我不能理解他為什麼要這樣做，但是有時候也會想，如果我早一點發現他在吃藥，他就會早一點去接受治療了，會不會就不會發生這種事情了。

我第一次跟他說要去體校，他讓我想做什麼就去做的時候，如果我發現他其實不太開心，是不是聶星河就不會有機會了，我很後悔。我小時候，可能剛上國中吧，他問過我，以後這個工作室他就交給我了，我也答應了，他覺得我也喜歡這個。」沈倦說。

林語驚的腳有點發軟，她重新坐回到沙發裡：「那你喜歡嗎？」

「不知道，」沈倦走過來坐在她旁邊，「我當時就是習慣了，沒什麼喜歡或者討厭的感覺。」他的身子靠進靠墊裡，腦袋仰起來頂著牆面，盯著天花板上的畫：「我們家裡沒有一個人支持他做這個，刺青師這玩意太抽象了。只有我，他覺得我也喜歡，我懂他，我能繼承他——」沈倦笑了笑，抬手拍拍沙發墊，「繼承他這個理想之地。」

「所以，」林語驚緩慢地整理，「你後來走了，你反悔了，他覺得你背信棄義。」

沈倦頓了頓，轉過頭來：「妳覺得背信棄義這個詞會不會太重了？」

林語驚聽出他想逗她笑，所以她非常給面子地笑了，雖然她現在不怎麼笑得出來。有種短時間內，自己都不會快樂了的感覺。

「可是你那時候還是小朋友。」林語驚說，「一個國中生說的話，我小時候還想當太空人呢。」

沈倦重新扭過頭去，聲音低低的：「他可能覺得，連唯一理解他、支持他的親人都不要他了。」

林語驚想起之前看過的一個新聞。一個單親媽媽，因為女兒大學想去外地讀書就自殺了。

她沒有感受過這麼濃烈又偏執的親情，也不知道抑鬱症患者或者有抑鬱傾向的人思維是怎麼樣的，但她現在有點不受控制地忍不住怨洛清河。

即使明白他也是受害者，但是她有點控制不了。

他還不如就一輩子在香港，別回來了。

沈倦太無辜了，完全就是飛來橫禍，倒了八輩子的霉才會遇到這種事情。

她甚至能想像到他當時的樣子，意氣風發，張揚又驕傲，那麼耀眼的少年。

他是怎麼處理掉這件事、怎麼放棄當時的選擇，又是怎麼重新回到這裡，然後做著自己不喜歡也不討厭的事情。

沈倦永遠都不會說，林語驚也根本不想知道。

她安靜地坐在沙發裡，沒說話，不知道說什麼好，現在說什麼都不合適。

她有點後悔，她就不應該問這問題。

什麼白月光、黑月光，她，無敵理智的林語驚同學，竟然會被一個神經病惡意誤導的幾句挑撥離間弄得心神不寧，簡直是恥辱。

她沒精神地坐在沙發裡，長長地嘆了口氣。

沈倦在旁邊，也嘆了一口氣：「林語驚。」

林語驚轉過頭去。

沈倦看著她：「這件事情過去就過去了，發生過的事情沒辦法逆轉，生活也不可能一輩子沒有變數，我現在在省隊也好，回來繼續讀書也好，對我來說其實沒有太大的影響。」

她抿著唇看著他，眼睛、眉毛都垂著，看起來沒什麼精神：「你騙人。」

「沒騙人。」沈倦無奈地抬手揉了揉她的腦袋，低聲說，「我無論在哪裡，無論做什麼都能做得很好，妳別不開心，也別怕，沒人能把我怎麼樣。」

他食指屈起，很輕地在她額頭上敲了一下，笑著說：「倦爺無所不能。」

林語驚愣了愣。

林語驚忽然產生了非常強烈的，想要抱抱他的衝動。

他平靜地講著那些讓人難以接受的事情的時候，他有短暫的幾分鐘有點脆弱、茫然地看著她的時候，林語驚都沒有過這樣的念頭。

直到現在，這個人懶懶散散地靠在沙發裡，笑著說出這句話的現在。

——我無所不能。

我無論做什麼都能做到最好。

沒人能打敗我。

倦爺無所不能。

沒有任何人，任何事能夠熄滅他的光芒。

「倦爺，」林語驚極力壓下心裡蠢蠢欲動，想要做點什麼的念頭，叫了他一聲，「你，每次這麼自稱的時候，我都覺得你好中二啊，你能不能像一個成年人一樣，成熟一點？」

沈倦看著她，真心實意地好奇：「妳的膽子為什麼能這麼肥？上一個說我中二的人，現在已經不在這個世界上了。」

林語驚對他的威脅視若無睹：「人家都是哥字輩的，怎麼就你是爺字輩的？」

「他們都這樣叫，我就習慣了。」沈倦想了想，「可能是因為倦哥不怎麼好聽？」

林語驚把兩個稱呼都默念了一遍，發現好像確實是爺字輩順口一點。

她現在心情好了不少，拉過茶几上的袋子，從裡面抽了瓶啤酒出來，又翻了兩個三明治出來，把其中一個遞給他，兩個人一人一個。

沈倦看著她踢掉了鞋子，盤腿坐在沙發上拉開了啤酒拉環，灌了幾大口，然後拆開三明治的包裝。

「好吧。」

他知道她酒量還可以，一瓶應該沒什麼問題，也就沒阻止了：「餓了？」

「有點，」林語驚看了一眼時鐘，快十點了，「我晚飯沒怎麼吃，沒什麼胃口。」

沈倦也看了一眼時鐘：「今天還要回去嗎？」

林語驚咀嚼的動作停住，轉過頭來看向他。

沈倦直勾勾地看著她，眼眸漆黑，地燈昏黃的光線像暖色的濾鏡，勾勒出曖昧的溫柔。

她鼓著腮幫子，表情有點呆，三明治還塞在嘴巴裡，嗓子下意識地空咽了一下。

沈倦勾起唇角，傾身靠近了一點，垂眼看著她：「嗯？要走嗎？」

林語驚回過神來：「你這是什麼……犯罪邀請嗎？」

「我這是禮貌詢問。」沈倦掃了一眼她放在茶几上的袋子，看見裡面的兩打酒，「天天半夜就跑到我這裡來喝酒，就這麼放心？」

林語驚不知道話題為什麼忽然轉到了這種不清不楚的午夜劇場，雖然今天談這種事可能不太合適，但是擇日不如撞日，破罐子破摔吧。

她把嘴巴裡的食物咽下去，又把手裡的三明治用塑膠包裝包好，放到茶几上，扭過頭來，很認真地看著他：「沈倦。」

「嗯？」沈倦漫不經心地應了一聲。

「你想當我男朋友嗎？」林語驚問。

沈倦懶洋洋的表情定住了，安靜了至少十秒後問：「什麼？」

「……」林語驚沒什麼表情：「不想就算了。」

她說著，身子往前探就要拿起三明治繼續吃。

沈倦飛快地坐直了身子，抬手直接推開了她放在茶几上的三明治：「想。」

沈倦盯著她，重複道：「我想，沒有不想，妳繼續說。」

林語驚有點想笑。她垂著頭偷偷彎了彎唇角，然後抬起頭來看著他：「然後呢？假如你現在是我男朋友了，你打算做點什麼？」

沈倦：「……」

沈倦有一瞬間的茫然。

他還真的沒有刻意去想過之後要做什麼。沈倦的目的很明確，他自己的心思確定了，林語驚的心思基本上也了解了七八成，他就不想拖拖拉拉的。

很單純地，想在這個人身上刻上他的名字。

他的女孩。

他的，女朋友。

然後呢，擁抱嗎？接著接個吻？

再然後……呢？

林語驚這個問題一問出口，沈倦的腦子裡迅速飄過了一千八百多種想法，以前和蔣寒、何松南他們一起看的那些不能明說的片子，開始在腦子裡飛快地閃過了一遍。

他才意識到原來自己的記憶力那麼好。看的時候也不覺得有認真看啊，怎麼到了用得上時，都這麼積極踴躍？

這種有色思想一旦出現，就開始像培養皿裡的細菌一樣不斷滋生，正值青春躁動十八歲的沈倦同學，開始有些不淡定了。

就在他差點沒忍住，瞥了自己的褲子一眼時，餘光掃見林語驚忽然湊過來。

沈倦抬眸。

林語驚還盤腿坐在沙發上，單手撐著靠墊傾身靠過來，上半身壓著，從下往上看著他：「你是不是忘了，我才十六歲？」

沈倦：「……」

沈倦感覺像是有人按著他的腦袋，把他往雪堆裡壓，瞬間就清醒了。

什麼這個那個的片子，全沒了。

不僅沒了，這片子開始倒帶，連接個吻都退回去，回到了擁抱。

林語驚還往前趴著，換了個姿勢，手肘撐在沙發上，托著臉，歪著腦袋眨著眼看著他，勾起唇角：「哥哥，十六歲能幹什麼？」

……靠。

沈倦的眼皮一跳。

他屏住呼吸兩秒，垂眸看著她，聲音有點啞：「林語驚，妳以後一口酒都別給老子碰。」

林語驚終於忍不住了，倒在沙發上笑。

沈倦看著她在他身旁蜷成一團，笑到止都止不住，忍不住磨了磨牙。

他癱進沙發裡，沉沉地看著她，被她磨得半點脾氣都沒有了：「玩我好玩嗎？」

林語驚終於止住了笑，抬起頭來：「我沒開玩笑，是認真的，我總得了解一下你心裡在想什麼。」她頓了頓，「沈倦，我是不想談戀愛的，我覺得……有點誤事。」

林語驚抬起頭來：「你以後不喜歡我了怎麼辦？」

「不會。」他低聲說。

「那我不喜歡你了呢？」林語驚說，「十六七歲，喜歡能保持多久？」

沈倦沒說話，沉默看著她。

這兩個問題問出來，直接導致氣氛有點凝固。

兩個人之間安靜了好一會兒，林語驚先動了，她跳下沙發，踩上鞋子：「我要回家了。」

沈倦看了一眼時鐘，快十點半。

他深吸了口氣，站起身，抓過沙發上的外套：「我送妳。」

「不用。」林語驚剛剛在沙發上鬧了半天，頭髮有點亂，她抬手重新綁好，「我家很近，我自己回去就行了。」

沈倦轉過身來：「十點半了。」

林語驚對他眨了一下眼，長長的睫毛搧了一下：「我到家時傳個訊息給你？」

沈倦抿著唇看了她兩秒，嘆了口氣，妥協道：「傳個語音。」

「行，語音。」她答應得很爽快，推門走到鐵門口，轉過身。

沈倦也跟著走過來，將手裡的外套遞給她：「穿著，冷。」

林語驚接過來，慢吞吞地套上。

沈倦把手放進口袋裡，也沒說話，就這麼垂眼看著她穿。

外套大了一圈，袖子很長，她抬起手臂來甩了甩，手指從袖口被解放出來。

小女生滿意了，抬起頭來。

風很大，沈倦幫她立起外套領子，遮住裸露在外面的脖頸：「去吧。」

林語驚沒動，站了兩秒，她忽然往前走了一步，抬起手，露出一截白皙的指尖搭在他肩膀上，人靠過來。

沈倦沒反應過來，就感覺到她撐著他的肩踮起腳尖，高度還是不太夠。她抬手拉著他的衣領往下拉，腦袋湊到他耳邊，聲音又輕又軟：「晚安，男朋友。」

她這幾個字說完，沈倦還是保持著那個姿勢站在那裡，半點反應都沒有。

過了差不多五六秒，林語驚能感覺到自己耳根迅速燃燒，火苗竄上耳尖，臉頰跟著有點發燙。

她不知道自己現在臉是不是紅的，但是她剛剛那麼熟練又老司機地撩了一把，現在不能露怯。

林語驚說完以後轉身拔腿就跑，不敢去看沈倦是什麼反應。

這一片地段繁華，走出老巷子就是一片寬闊明亮，她身上套著沈倦的外套靠路邊走，也過了好一會兒才緩過神來。

她偷偷回頭看了一眼，身後沒人，沈倦沒追上來。

他竟然沒有追上來！跟電視劇裡一點都不一樣，怪不得當不了男主角。

嘖。

林語驚是真心實意地不想談戀愛，沒什麼別的原因，她單純覺得什麼喜歡啊、愛啊這種事情不可靠。

買了一件當時很喜歡的衣服，可能吊牌都不會摘，買回來就不喜歡了；買一支覺得巨美的唇膏色號，塗個幾天會覺得也就那樣，追個星還三天兩頭換一次老公。就像結婚很多年的人會說分開就分開，那麼多年的磨合和感情，再加上孩子都無法和相看兩生厭的巨大力量相抗衡。感情是說變就變的，沒人能保證什麼。

更何況是，這麼……青澀懵懂的年紀。

相比來講，現在這個時間點，能抓在手裡、很實在的東西，比如分數什麼的，更能讓她安心一些。

但這個人是沈倦。

林語驚心裡第一千兩百萬次糾結。

她想無視，又做不到那麼灑脫，在心裡念一萬遍關我屁事還是會不受控制地被他影響、被他吸引、被他拉近。

那就試試吧！哪有什麼事是百分之百有把握的？高考還可能會拉肚子失利呢。

不喜歡戀愛，但是喜歡你。

不想相信什麼狗屁愛情故事，但是想要相信你一次。

因為對象是你，所以就算心裡其實很沒底，我也想要試試看。

真是一個勇敢的小女孩。

林語鷩在心裡默默地誇獎了自己一番。

勇敢地！面對！早戀！

……吧。

回去的時候不到十一點，晚上風大，林語鷩走得很快。沈倦的外套滿厚的，但她還是露了一圈腳踝在外面，進門的時候還發著抖。

一進來就覺得哪裡不對。

林語鷩脫了鞋，走進屋，掃了一圈也沒有發現哪裡不對。

地面還是那麼乾淨，燈光還是那麼明亮，巨大的落地鐘指標指向十一，鐘擺無聲地擺動著。

快十一點了，為什麼客廳的燈還亮著？

一般吃完晚飯後，大家就直接各自回房間去了，不太會留在客廳裡交流感情什麼的。

林語鷩的大腦停了半秒，就看見沙發後面緩緩地，伸出了一顆腦袋。

傅明修幽幽地看著她：「回來了？」

林語鷩：「……」

傅明修說：「妳還知道回來？」

「啊，」林語鶯站在原地，有些呆滯，「啊，傅……哥？」

「傅哥？」傅明修看著她，「怎麼，妳還想叫我全名？」

林語鶯回過神來，忽然有種自己剛偷情回來就被抓包的感覺。

我才剛早戀呢！您怎麼這麼準啊！

她不自在地清了清嗓子：「你怎麼還沒睡啊？」

「我覺得我有必要提醒妳一下。」傅明修看著她說，「妳的房間，陽臺是朝向前院的吧？」

林語鶯謹慎地點了點頭：「是。」

傅明修也點點頭：「那我的房間，和妳同一個面向的吧？」

林語鶯：「……」

林語鶯臉色變了。

「沒錯，看來妳是想到了。」傅明修說，「所以，我的陽臺也是朝向前院的，朝著大門，朝著正門口。妳天天半夜往外跑，我以為妳是去找小男朋友了，結果前兩天聽妳說的意思，是妳也還沒追到人家？」

「……」

林語鶯張了張嘴，想要為自己辯解兩句，但是一時間又不知道要說什麼才好。

過了半天，她才吞吞吐吐說：「我也沒天天半夜往外跑……」

傅明修比了三根手指頭：「光是我發現的，就三次。」

「……」

林語驚心想，我他媽一共有出去過三次嗎！

她嘆了口氣：「你想說什麼，說吧。」

林語驚已經做好了傅明修會借此訛她一頓的準備，反正應該不會有什麼好事。

「沒有其他想說的，妳不是我親妹妹，我管不著。」傅明修說，「就是提醒妳一句，妳一個小屁孩，挑男人要慎重。」

林語驚愣了愣，抬起頭來。

傅明修舉了個例子，表情非常不滿：「像這種天天半夜把妳叫出去的，就不能。」

林語驚不知道該怎麼解釋，如果是今天之前，她還可以底氣很足地說一句「不是，我沒有男朋友，就是普通朋友」，為了加深一點真實性，她還可以再加一句「還是個小女生」。

但是今天她有點心虛，所以她點了點頭，乖巧地說：「哥，我覺得你說得對，我明天就跟他分手。」

傅明修：「……」

傅明修感覺自己像個拆散有情人的反派人物，補充道：「我也沒有說要讓你們……」

「你不用說了。」林語驚急著上樓傳訊息給沈倦，不想跟他糾纏下去，掏出手機就上樓，迅速道，「我現在就跟他說分手，哥哥晚安。」

傅明修：「……」

談了半小時戀愛的沈倦並不知道自己現在已經被女朋友單方面分手了，他在凜冽的秋風裡站了可能有一個多小時。

小女生趴在他耳邊說一句男朋友，撩完就飛速跑走了，沈倦都沒反應過來。

一開始的三分鐘，他的腦子裡全都是「剛才發生了什麼？」。

沈倦本來以為他們沒戲唱了，林語驚那兩個問題問出來，空氣都像被凍住了。

他不知道該怎麼回答她，想說點什麼，又覺得這個時候語言什麼的實在太單薄，很多事情只用說的，是沒有辦法讓人相信的。

沈倦不急，他可以慢慢來，等她成年，等她高考，等她畢業。

結果林語驚回頭就是一句男朋友，沈老闆直接傻住了，活了十八年，他感受過不少小女生追人的手段，也沒見過這種路數。

她是什麼意思？就是在一起了……的意思？

這個過程在腦子裡一竄而過，速度很快，反應過來以後，沈倦思考了一下林語驚之前問的「幹點什麼」的問題。

十六歲的小女朋友，臭不要臉的那一系列限制級躁動就不用想了，暫時略過。

十六歲能不能接個吻？

不能的話就輕輕地親一下？會不會被打？

她會不會……不願意？

畢竟自己今天晚上抱了幾分鐘，她都忍得很勉強。既然勉強，那又是為什麼忽然這樣？

林語驚一開始——應該說一直以來，拒絕的態度都很明顯，那這個突如其來的轉變是為什麼？是因為他說了洛清河的事嗎？

這個時間，這一片的人差不多都睡了，路燈離得很遠，昏黃發顫，他身後的小院子裡掛著的燈成了主要的光源。

沈倦沒穿外套，就這樣靠站在門口，覺得寒氣順著指尖往上爬。

他站了一會兒，想起林語驚說到家後會傳訊息給他的事，轉身進了屋子，從沙發墊下面摸出手機，滑開來，看見她的一條語音訊息。

沈倦頓了頓，點開，那邊安安靜靜，空白了兩秒以後，她的聲音傳出來：『我到家了。』

音色很柔，有點輕，撓得人心癢癢。

沈倦沉默了一會兒，回了一個「嗯」過去。

林語驚對於談了戀愛以後的事情也沒有考慮過，主要是她覺得沈倦會考慮。

這個人看起來長了一張身經百戰的臉，又騷套路百出，所以雖然沒有問過，林語驚也很自然地覺得他也許、可能、大概是有過前任的。

結果這個人給她的回應非常冷淡。

林語驚回了房間傳了訊息給他，甚至都已經洗好澡出來了才收到他的一條回覆。

只有一個字。

——嗯。

然後就沒了。

林語鶯本來想跟他多聊兩句，回身吹了個頭髮，躺在床上，拿起手機要說話，看見他又傳了一條過來：早點睡，晚安。

林語鶯眨了眨眼，看了眼時間，本來準備和剛上任男朋友聊天的時間被空出來了，她乾脆爬起來，回到桌前把走之前沒寫完的那套物理考卷寫完了。

期中過去以後還有一次月考，然後眨眼就是期末，作業該寫的要寫完，複習和延伸題也不能落下。而且下週林芷要來了，今天事情太多，她都差點忘了。

這個大概是從小到大的心理陰影之類的，導致她現在想起林芷要來，忽然覺得壓力撲面而來。上次期中考，她後面的那幾個一班實驗班的分數都緊緊咬著她，再這麼鬆懈下去，連第二名都很難了。

林語鶯停了停筆，嘆了口氣。

‡

林語鶯第二天早上是被電話鈴聲吵醒的。

她甚至不記得自己是什麼時候睡著的，趴在床上背英語課文，背著背著就進入了夢鄉，而且還睡得很深，一個夢都沒有做。

醒來的時候，英語課本一半壓在身下，和被子纏在一起，林語鶯閉著眼睛，胡亂摸索手機，摸了好半天才從床角找到。

她的臉埋進枕頭裡，手機貼在耳邊：「喂……」

電話那頭安靜了一會兒，沈倦的聲音傳過來：『起床了，女朋友。』

「……」

林語驚瞬間清醒了。

她一下睜開眼睛，昨晚睡著的時候窗簾一半都沒拉，房間裡的光線充足飽滿。

「啊……」林語驚撐著床面坐起來，聲音還帶著朦朧睡意，黏糊糊的，拖得很長，「啊。」

沈倦那邊笑了一聲：『沒睡醒？』

「醒了，」她打了個哈欠，大大方方地說，「男朋友，早安，你這麼早起的嗎？」

『我在幫妳買粢飯團。』沈倦說，『醒了就過來？』

「……啊？」林語驚頓了頓，「過去嗎……？」

其實這一段時間以來，林語驚天天都在吃他買的粢飯團，現在聽見這三個字有點條件反射地不怎麼有胃口。尤其是三個鹹蛋黃的，她真的吃到快吐了。

然後她就聽見沈倦說：『加了三個鹹蛋黃。』

林語驚：「……」

林語驚有些絕望。

但是她也不想特別直接地拒絕她新上任的男朋友，尤其是沈倦這種工作日一睡就睡到第三節課才醒的人，週末竟然一大清早地起來去幫她買早餐。

一個招牌鹹蛋黃粢飯團，要六塊。多加三個鹹蛋黃，那得多加好幾塊錢，每天早上都這樣，日積月累下來，對沈倦來說應該也是一筆鉅款。

林語驚覺得自己實在不忍心就這樣看她貧窮的男朋友無度地揮霍下去，卻一直坐視不理。

吃個油餅、油條什麼的不是也很好嗎？

她委婉地說：「我覺得每天早上都吃三個鹹蛋黃的粢飯團，對你……不是，對我們來說，有點——」林語驚斟酌了一下措辭：「奢侈。」

沈倦在那邊詭異地沉默了好長一段時間。

他不知道林語驚到底是怎麼想的，是什麼讓她這麼執著又堅定地覺得他窮，還是她只是不想出來跟他吃早飯，找了個藉口？

沈倦靠在粢飯團窗口旁的牆上，瞇了瞇眼，緩聲說：『我昨天晚上沒怎麼睡。』

林語驚怔了怔：「你怎麼沒睡？」

『沒反應過來。』沈倦淡聲說，『沒談過戀愛，就這樣有女朋友了有點愣，我就……』沈倦頓了頓，『打了電話給遠在荷葉村的我爸。』

林語驚：「……？」

沈倦繼續說：『問了一下他跟我媽在一起的時候，都帶什麼吃的給她，我爸說他們在一起的第一天，他親手做了一個祖傳的粢飯團，清晨五點送到我媽家門口。』

「……？？」林語驚已經沒有表情了：「然後呢？」

『然後他們到現在感情也滿好的，每天種種地、餵餵豬什麼的。』沈倦漫不經心地說，『託祖傳粢飯團的福，貧窮但快樂。』

「……」

這可真是……一個動人的愛情故事。

林語驚不知道為什麼沈倦能這麼自然地說出這種一聽就是在放屁的話，最可怕的是，他這個平靜又真實的語氣竟然有一瞬間差點讓她信以為真。

雖然她不知道為什麼不能吃點別的，必須吃飯團，但是男朋友為了讓她吃個飯團，絞盡腦汁成這樣，她實在想不到還有什麼理由能拒絕。

她閉了閉眼睛，儘量克制了一下想到三個鹹蛋黃時，胃裡那種不怎麼舒服的感覺：「我吃，你就在那裡等我吧。」

林語驚艱難地說：「……帶著你的祖傳粢飯團。」

第十七章
校服袖裡手牽手

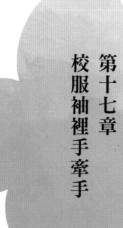

林語驚飛速地洗漱，用她這輩子最快的速度出了門，怕他等到著急，一路跑過去，到那裡也已經是半個小時以後了。

沈倦坐在粢飯團旁邊的早餐粥鋪裡，週六早上，人本來就比工作日的時候少，這個時候吃早餐也比較晚了，粥鋪裡沒什麼客人，沈倦一個人坐在靠牆的那張桌，垂頭按手機。

上午接近九點的陽光和清晨也不同，安靜又熱烈，他一半隱匿在陰影裡，一半在陽光下，眼角和髮梢掛上了一層棕色的絨毛，唇微抿著，神情倦懶，等了半個鐘頭，微有半分不耐。

像是感覺到有人看他，沈倦抬起頭，正對著門外的光瞇了一下眼睛。

林語驚忽然有種恍惚的感覺。

不知道該怎麼形容，就是，沒什麼實感。

她走過去，居高臨下地。

沈倦坐在桌前，肩膀靠著牆，懶洋洋地和她對視：「妳又刷新了一個我這輩子的第一次——等人半小時。」

林語驚忽然雙手撐著桌面，彎下腰來，拉近距離盯著他。

沈倦直起身子：「怎麼了？」

「沒怎麼，看看你。」她的眼睛彎了彎，「看看我男朋友。」

沈倦愣了愣，剛剛那點不耐一掃而空，抬手輕輕捏了一下她的臉：「幹什麼，哄我？」

「不哄不能看嗎？」

「能，看吧。」他低笑了一聲，「怎麼樣，是不是很帥？」

林語鶯在他對面坐下，雙手托著臉看著他：「我本來想坐到你旁邊。」

沈倦就搬著椅子往旁邊挪，拍拍自己旁邊的位置：「過來。」

林語鶯搖了搖頭，沒動：「那樣我就看不到你了。」

沈倦看著她。

她大概是跑過來的，站在那裡的時候呼吸還有些急促，頭髮隨意綁在腦後，有一小綹沒有梳進去，貼著纖細的脖頸，蜿蜒進毛衣領子裡。

柔軟的，可愛的小女朋友。

心裡忽然覺得有點癢。

沈倦不太受得了，小女生什麼都不幹，就這樣坐在對面看著他，現在對他來說都是一種直接且有效的撩撥。

他傾身抬起手，想做點什麼的時候，老闆娘端著兩碗粥走過來了，說了很長的一段方言，然後笑咪咪地看著林語鶯。

沈倦從小在這一片長大，這家粥鋪的老闆娘跟他也很熟，他笑了一下，也回了一句。

林語鶯全程茫然臉。

沈倦看著她有點呆的表情，勾唇：「住在這裡的老一輩，普通話都不怎麼好。」

林語鶯點點頭：「你剛剛說的是謝謝的意思嗎？」

「謝謝，是我女朋友。」沈倦頭也沒抬地幫她翻譯道。

「噯！」林語鶯有些不好意思，壓低了聲音，「你這個人這麼這樣，能不能低調一點？」

「低調怎麼寫？」沈倦把面前的蟹黃包往前推，「吃吧，女朋友。」

兩碗粥，幾碟小菜，加一籠蟹黃灌湯包。

熱騰騰的湯包、發得雪白軟糯的麵皮，一咬，裡面的湯汁四溢，燙著舌尖和味蕾。

林語驚昨晚就有點餓了，三明治咬了兩口就忘在沈倦那裡，一連吃了好幾個包子才想起來還有個飯團。

她嘴裡咬著包子，只咬破了一點皮，往裡面吹氣，開始調侃他：「你的祖傳飯團呢？」

「沒買。」沈倦又夾了灌湯包放在她的小瓷碗裡，「妳不是不想吃嗎？」

「啊，」林語驚說，「你聽出來了啊？」

沈倦抬眼：「我研究了很久。」

「研究什麼？」

「研究妳是不想跟我吃早飯，還是不想吃粢飯團。」

林語驚愣了愣：「你為什麼會覺得我不想和你吃早飯啊？」

因為不知道妳會不會是聽了洛清河的事情以後，出於同情才和我在一起，因為不確定妳喜歡我的程度。

沈倦沒想到自己也會有這麼殫精竭慮的一天……

他嘆了口氣：「妳在電話裡聽起來還沒睡醒。」

林語驚點點頭：「那你最後為什麼得出了我是不想吃飯團的結論？」

沈倦掀了掀眼皮：「因為就算妳不想跟我吃早飯也沒用，必須吃。」

林語驚：「……」

這是什麼霸道總裁愛上我的劇本？

林語驚放下筷子，忍不住問：「不是，男朋友，那你今天早上在電話裡的那一通騷操作是為了什麼啊？」

「先把妳騙出來。」沈倦懶聲道。

林語驚終於笑了起來：「你為什麼覺得我會相信什麼祖傳粢飯團啊？」

沈倦也笑了：「不管相不相信，妳都來了。」

兩個人吃了頓飽飽的早飯，林語驚在這個過程中慢慢地消化了一下自己的新身分，跟著沈倦走出了早餐鋪。

這個時間，小巷子旁邊賣早點的攤位都已經沒人了，林語驚摸了一下肚子，忍不住舒服地打了個哈欠。

她的表情放鬆而舒展，沈倦忍不住盯著看了一會兒。

林語驚察覺到他的視線，抬起頭來：「怎麼了？」

沈倦昨晚其實想了很多一直以來忽略的問題，大概在沙發上坐到了淩晨兩三點。

他其實不是遇到事情，特別喜歡考慮很深的人，主要是因為懶，很少遇見那種他覺得值得他多浪費腦細胞的事，林語驚應該是個例外。

她到底是不是因為同情這件事先放在一邊不提，小女生的年紀確實很小，正是人生最重要的時候，禁不起耽誤和差錯。

沈倦琢磨了一下自己這段時間對她是不是有點過於衝動和不考慮。想來想去沒什麼結果，私欲和理智各執一詞，爭鬥得不相上下，沈倦放棄思考這個問題，直到現在真的見到她了。

小女生一路小跑來到他身邊，明眸皓齒，一雙漂亮的眼睛帶著笑看著他，說那樣我就看不到你了。

坐在他對面，垂著長長的眼睫毛，特別認真又專注地往熱包子裡面吹氣。

吃飽了以後滿足的樣子，像隻在陽光下伸懶腰的貓咪。

沈倦覺得去他媽的，隨便吧，這太他媽可愛了，誰能忍得住？無論林語驚是因為什麼，是同情還是怎麼樣，他也都不在乎了。

這個時間老巷子裡沒什麼人，沈倦忽然道：「林語驚。」

林語驚抬眼：「嗯？」

沈倦往前靠了一步，垂眸：「我說昨天沒怎麼睡是真的，我想了很多。」沈倦說，「我不管妳是因為什麼，反正妳是我的了，我的東西，我的人就永遠都得是我的。」

他的眼睛漆黑，逆著光，看不清情緒。

林語驚愣了愣，張了張嘴，沒說話。

「我現在回答妳昨天晚上的問題。」沈倦俯身靠近過來，垂著頭：「我很喜歡妳，不知道怎麼做才能讓妳覺得更有安全感一點。」

他語速很慢，似乎是怕她沒有辦法理解，一字一句地說：

「我沒想過會喜歡妳多久，沒想過從什麼時候開始又到什麼時候結束，只想過有妳的未來。如果妳現在還沒那麼喜歡我，那妳得努力，因為妳沒機會後悔了，也沒機會逃，是妳自己撞進來的。如果妳哪天發現自己不喜歡我了，我可以允許妳離開一會兒，然後我會把妳抓回來、綁起來，和我綁在一起。」

沈倦靠過來，額頭輕輕蹭了蹭她的，氣息圍繞過來，低聲呢喃，「林語驚，我不會放手的。」

‡

沈倦週末的時候一直都很忙，以前她一直不知道，現在大概能猜到七七八八。

林語驚想起之前在便利商店裡遇到他的時候，他身上那一點似有若無的消毒水味道。

第一次談戀愛，她不知道確定關係的第二天是不是需要約個會，不過她覺得沈倦應該沒什麼時間，而且她今天下午也被聞紫慧約去看電影了。

她在這邊沒什麼認識的人，娛樂生活貧瘠，不過她本來也不是很愛社交的人，沒什麼影響，倒是因為一個籃球賽才真的有了幾個朋友。

女孩子關係好的象徵之一，下課找妳去上廁所，之二，週末一起出去玩。

聞紫慧把林語驚劃分進自己的朋友圈內，兩人也算是不打不相識。林語驚發現這個小女生其實很乾脆俐落，愛憎都分明又簡單，在經歷了一個籃球賽事件後，她覺得她和林語驚已經是死黨了。

聞紫慧是直接在他們那個十班全都隊的群組裡問她的，林語驚自從到A市後就沒看過電影，所以直接答應下來。期間，宋志明他們還在摻和搗亂，被以「閨蜜之間的聚會」拒絕了。

電影一點半開始，是最近新上映的漫威系列。林語驚到的時候是下午一點，她搭手扶梯到頂樓電影院所在的樓層時，聞紫慧已經到了，站在門口朝她揮了揮手。

然後，她就眼睜睜地看著宋志明和李林從她身後竄出來：「來了嗎，來了嗎？讓我來看看我們林妹的便服！」

宋志明一巴掌拍在李林腦袋上：「這是你能隨便看的嗎，兄弟？活著不好嗎？」

林語驚：「不是閨蜜之間的聚會嗎？」

李林覺得沒有毛病：「我難道不是妳最忠實的後桌加閨蜜嗎？」

他這麼一說，林語驚頓時也覺得沒什麼毛病了。

幾個人排隊買了喝的和爆米花，時間差不多剛好，林語驚選了最後一排右邊一點的位置，這是她看電影的習慣，身子也是靠右的，坐起來比較舒服。

聞紫慧的位置在她左邊，右邊一個空著沒人，電影還沒開始，他們坐在最後一排注視著前面的人陸陸續續進來，大概過了五六分鐘，影片才開始。

林語驚把發下來的3D眼鏡戴上，兩邊的人瞬間被擋住了一大半，只剩下眼前的螢幕。

看到小羅勃道尼出來的時候，電影院裡有女孩子小聲說：「鐵罐好帥！」

她看著螢幕裡男人特寫的臉，心想，是滿帥的。

一隻睫毛精。

沈倦的睫毛其實不是很長，但也是這樣密密的，尾睫比前面稍長一點。

林語驚撐著腦袋，側身坐在位置上，一邊漫不經心地想。

她隱約聽見右邊的位置傳來窸窣聲響，應該是旁邊的人到了，她直起歪歪斜斜地靠著的身子，手肘從旁邊的扶手上收回來。

她也沒往那邊看，感覺到旁邊的人坐下，安靜了下來。

大概過了兩三分鐘，那個人忽然動了，手拉著兩人之間的扶手，緩慢地推上去，扣上。

兩個位置之間唯一的遮擋物瞬間沒了。

這是幹嘛？有病嗎？電影院騷擾？還是認錯人了？

林語驚皺著眉轉過頭去，看向那個人。

沈倦也正看著她。

漆黑一片，前面的電影螢幕是唯一的光源，畫面輪轉間，光影打在他臉上，不停切換，明明滅滅。

林語驚愣了兩秒也反應過來了。

就連宋志明和李林都來了，沈倦會來也不奇怪。

她還在疑惑為什麼週六這麼好的時間，電影院的最後一排還會有空的位置。

３Ｄ眼鏡太大了，架不住，只坐在那裡不動還好，動一下就直接往下滑，林語驚不得不往上抬著頭，試圖阻止這個東西掉下去。

沈倦藉著明暗交錯的光線看著她對他仰起頭，微微靠過來了一點。

肩膀貼上，觸感軟軟的。

沈倦有點受不了了。

兩人之間的扶手被他推上去了，中間沒有遮擋，沈倦側著身子，下手臂撐著她的椅背，傾身靠過去，另一隻手的食指抬起，勾著她臉上的3D眼鏡往下拉了拉。

少女一雙漂亮的眼睛從上方露出來。

似乎是沒料到他會直接來勾她的眼鏡，她有點意外地看著他，仰著尖尖白白的下巴，微張著嘴唇，對他眨了眨眼。

沈倦瞇了一下眼：「什麼意思？」他直勾勾地盯著她看，聲音壓得很低，還有點沙啞，「索吻？嗯？」

左邊是專心看電影的聞紫慧，右邊這個人在耍流氓，在公共場合公然說騷話，還是這麼自作多情的騷話。

林語驚過了好幾秒才反應過來他為什麼這麼說，有點慶幸電影院的光線昏暗，又被巨大的3D眼睛遮住了大半張臉，她看起來應該是面無表情的。

所以她淡定地說：「你想得美。」

沈倦一副完全沒被她的平靜表象迷惑的樣子，聲音裡聽得出笑意：「耳朵是不是又紅了？」

「……」

這就像是某種暗示，他這句話說完，林語驚感覺到耳朵真的有點熱。

沈倦又往前湊：「過來，我摸摸燙不燙。」

「……」林語驚往旁邊躲了躲，忍不住急道：「你閉嘴。」

這句聲音有點大，聞紫慧轉過頭來，腦袋往她這邊靠過來：「妳說什麼？」

林語鶯觸電似的猛地轉過身來，把被沈倦勾下來的眼鏡往上抬：「沒什麼，我說鋼鐵人好帥。」

沈倦的下手臂還撐在她的座位靠背上，面對著這邊，好在電影螢幕此時暗下來，隔著一個人，聞紫慧大概是沒看清楚，毫無反應地重新轉過身去：「妳喜歡鋼鐵人啊，我覺得隊長比較帥一點，我比較喜歡這種一本正經的男人。」

林語鶯「啊」了一聲。

黑暗裡，沈倦的身子一點一點地往左靠，兩人的肩膀再次撞在一起。

隔著兩層衣服的布料，能感受到少年的體溫和一點點壓力，林語鶯抿了抿唇，若無其事地看著電影螢幕，伸出一根食指戳在他的肩膀上，輕輕往旁邊推。

沈倦勾唇，笑得無聲。

他抬手，食指勾著她細細的手指往下拉，拉下來以後捏在手裡把玩。

少年的手有點涼，捏著她的食指溫柔地描繪，從指根到關節再到指腹，最後揉了揉指尖。

黑暗裡，觸覺顯得更為敏銳，林語鶯的手指被他捏著，揉撥得渾身不對勁，下意識地縮了縮肩膀，有點坐不住了。

大庭廣眾之下做著如此苟且之事，還有種莫名又刺激的隱祕感，讓人覺得有些羞恥。

羞恥之餘，她竟然還覺得滿有感覺的。

林語鶯，妳能不能矜持一點！

林語鶯覺得自己越來越墮落了，她剛想抽出手，聞紫慧在旁邊拍了拍她的手臂：「是妳家鋼鐵人！快看！」

在那句「妳家鋼鐵人」說出口的下一秒，她感覺到自己的指尖被狠狠掐了一下。
林語驚條件反射：「啊！」
沈倦有控制力道，倒也沒有多痛，就是忽然一下，那種尖銳的輕微痛感突如其來。
聞紫慧又轉過頭來：「怎麼了？」
「沒什麼，」林語驚咬牙，一邊抽手，「好帥。」
沈倦死死拉著她手指，不讓她抽走，聽到那一聲「好帥」的時候又掐了一下她的指尖。
我！靠！沈倦，你不要太過分了！
林語驚轉過頭去，怒視著他，怕再驚動旁邊的聞同學，聲音特別特別小：「放手。」
沈倦偏不要，捏著她的指尖輕輕揉了揉，像是在安撫，動作很溫柔。
她側過身來，小心翼翼地湊到他耳邊，聲音更低：「你能不能注意點，被他們發現了怎麼辦？」
她說的「他們」，指的是李林、聞紫慧他們。
沈倦聞言，抬了抬眼，側頭往李林他們那邊看了一眼。
三顆戴著黑色3D大眼鏡的腦袋排成一橫排坐著，整整齊齊地呈四十五度角傾斜過來，看著他們的方向。
看到他抬頭看過來，這三顆腦袋又整整齊齊地一下全轉回去了，淡定地繼續看著前面的電影螢幕，大家都當沒事。
而側身背對著他們的林語驚，對這一切毫不知情。
沈倦收回視線，面不改色地道：「他們沒發現。」

整場電影兩個多小時看下來，林語驚都不知道電影演了什麼，她完全沉浸在和沈倦的偷情大業之中。

說是偷情，其實也只是捏捏手指。剛開始林語驚還不太想理他，結果這個人大有越玩越起勁的趨勢，也不過分，就懶洋洋地癱在座位裡，捏著她的指尖，緩緩慢慢地揉揉蹭蹭。

最後，林語驚被逗到生氣了，實在忍不住，抽出手指並反手抓住他的手。

男生的手和女生的手差別太大，他的手比她大了一圈，能感受到大概的骨骼輪廓，也不軟，摸起來硬硬的。

林語驚抓著他的手拉過來，湊到唇邊，洩憤似的咬了一口他的中指。

少女的唇瓣柔軟，溫溫的，小門牙咬上去，像幼獸一樣磨了磨，舌尖不經意掃過他的指尖，觸感濕漉漉，酥酥麻麻的癢。

沈倦僵了僵，連呼吸都屏住了一秒，緊接著氣息有點亂。

林語驚叼著他的指尖，用牙齒輕輕磨了一下，然後彷彿大仇得報，冷酷無情地丟開了他的手。

這招取得了驚人的奇效。

沈倦竟然就真的一直安靜下去了，直到電影結束，這個人來也匆匆去也匆匆，連晚飯都沒跟他們一起吃。

‡

休息的日子總是過得比上學的時光快，一個週末一眨眼就過去了。週日晚上，林語驚接到了林芷的電話，說她明天早上到，讓她中午一起吃個飯，林語驚答應下來。

從小到大這麼多年，林芷對成績的重視多多少少讓她產生了一些壓力，她當天晚上就做了個惡夢。

夢裡，林芷和沈倦輪流出鏡，故事背景回到了幾個月前的第一次月考，沈倦拿著她的成績單，一臉跩酷屌的冷漠：「妳才考這麼一點分數？」

林芷表情淡然：「妳反思一下妳為什麼到八中來，反而只能考個學年第二，我看第三名也只比妳低了一兩分。」

沈倦接道：「讀書是真的不行。」

第二天，林語驚頂著兩個黑眼圈來學校，李林多看了她好幾眼：「林妹，沒睡好啊？」

林語驚做了一整晚的夢，現在腦子裡全都是沈倦兩次大考都比她高兩分，還說她只考那麼一點分數，讀書是真的不行。

她麻木地坐在座位上，喃喃道：「沈倦這個王八蛋……」

李林：「……」

王八蛋沈倦在第三節課姍姍來遲，打著哈欠進了教室，手裡拎著一盒手工糖酥，放在林語驚桌上：「早，女朋友。」

林語驚沒睡好，還是有點沒精神，不過經過了三節課的洗禮，已經從夢境中醒過來了，「嗳」了一聲，低聲道：「我第三次提醒你啊，你注意點。」

沈倦揚眉：「注意什麼？」

「沈同學，早戀是很嚴重的情節。」林語驚說，「所以你平時不要這麼囂張，這種事情天知地知、你知我知，我們要稍微注意一點，不要讓班上的同學看出來。」

沈倦沉默了，他不知道該怎麼提醒她現在才開始注意，好像有點晚。

林語驚以為他沒說話是不開心了：「你想被劉福江叫去談話嗎？」

沈倦思考了一下劉福江解決方式的思路。

——我也不是不能理解你們，平時學習壓力太大，談談戀愛也很正常，你們這節早自習也別上了，哪裡都別去，就坐在辦公室裡談戀愛。

妙哉。

他點點頭，配合地說：「行，那這盒糖酥送妳也不太合適——」他說完就要把她桌上的糖酥拿回來。

林語驚在他動手之前飛速地把糖酥拿過來，抱在懷裡：「同桌之間，帶個零食問題不大。」她鄭重道，「我們今天保持距離，就表現出努力維持著這一盒糖酥的同桌情誼。」

沈倦看著她像在護著自家兒子一樣抱著那盒糖酥，眼神戒備地看著他，好像他下一秒就會撲上去搶的樣子，靠在牆上笑得說不出話。

怎麼能這麼可愛？

林語驚說到做到，他們今天保持距離，距離生成愛，距離產生美，他們只是普通而低調的，只有一盒糖酥情誼的廉價同桌關係。

這麼單薄的關係，怎麼能一起吃午飯，不合適。所以中午最後一節下課放學，下課鈴聲一響，沈倦就跟何松南他們走了。

林語驚嘆了口氣，收拾了一下桌上的東西，一走出教學大樓就看見站在門口的林芷。

自從林芷和孟偉國離婚後，林語驚沒再見過她，女人穿一條黑色羊毛長裙，妝容精緻，五官其實是溫淡柔和的，氣質卻有些冷。

比起孟偉國，林語驚的眉眼更像林芷，從小到大，她不知道收到了多少「跟妳媽媽長得一模一樣」的評價。她還記得自己很小的時候每次有人這麼說，她其實都會偷偷開心很久。

那時候林芷還是她的偶像。

那時候她可以跟班上的小朋友驕傲地說「我的媽媽是世界上最漂亮，最厲害的人」。

那時候是多少年以前了？

林語驚早就不記得了。

太久沒見，她有些尷尬，和她相比，林芷簡直若無其事。她吃飯的時候不怎麼喜歡說話，兩個人沉默地吃了個午飯，林芷放下筷子，林語驚的腦子裡有一根神經瞬間繃起來。

她其實一直沒怎麼弄懂，林芷特地來找她吃個飯到底想幹什麼。

「我今天來，見了你們班導師，了解了一下妳現在的學習情況。」林芷終於開口道，「你們學校的學年第一也是你們班的，是嗎？」

林語驚戳著盤子裡的食物，「嗯」了一聲。

林芷問：「他比妳高多少？」

林語鶯嘆了口氣：「……兩分。」

「月考、期中考，第一次我可以理解為妳狀態不太好，一連兩次，」林芷平靜道，「我覺得妳不應該是這個水準。」

林語鶯沒說話，開始覺得有點煩。

「還是上次電話裡和妳提的那個問題，我和妳爸爸的事情，我不希望影響到妳，妳自己心態要調整好，妳突然換了一個新的生活環境——」

林語鶯忽然抬起頭來，看著她：「妳算過嗎？」

「什麼？」

林語鶯平靜說：「妳有多久沒有跟我說過這麼多話了？」

林芷愣了愣。

「媽，我下午還有課，午休時間沒多少，」林語鶯垂眼，淡然道，「妳有什麼話就直說吧。」

教室裡，中午午休時間，李林、宋志明和聞紫慧幾個人縮在角落裡竊竊私語。

他們覺得事情有些不太對勁。

他們班那對每天相親相愛得像連體嬰一樣的學霸同桌，今天有些不太一樣。沈老闆一直以來對林語鶯無微不至的關懷突然消失不見了，一個上午下來，甚至連話都沒怎麼跟她說。林語鶯更不用說，她連瞧都不瞧沈倦一眼了。

兩人中午還沒一起吃飯。

「怎麼回事啊？」聞紫慧費解，「他們是不是吵架了？」

「等等，我確定一下，」宋志明舉起一隻手來，「他們是在交往沒錯吧？」

聞紫慧能理解：「小情侶嘛，平時小打小鬧吵吵架什麼的，還算正常的。」

「小打小鬧吵吵架是很正常，但是我覺得這件事放在沈老闆身上不正常。」宋志明說，「他對林妹，我真的……他們吵得起來？沈老闆真的能對林妹生氣啊？」

聞紫慧腦補了一下沈倦生氣時的場景。

方圓百里，橫屍遍野，一片血海，寸草不生，沒有一個活物。

聞紫慧打了個冷顫。

他們你一句我一句，只有李林始終保持著沉默，沒說話。

他想起林語驚今天早上那句，帶著刻骨仇恨的「沈倦王八蛋」。

他當時沒多想什麼，現在結合林語驚今天的反應來想，他覺得這句話太有深意了。

李林瘋狂腦補了三百部言情小說、電影三角戀的劇情，最終靠著經驗得出了最有可能的結論。

「我覺得，」李林凝重地說，「沈老闆可能劈腿了。」

幽靜的私房菜館，靠窗邊的一桌。

林語驚這句話說出來，沉默的一方變成了林芷。

她看了她一會兒，將手裡的杯子略往前推：「那我直說，」她淡聲說，「我這次來，主要是想了解妳有沒有回來的打算。」

明明是很簡單又好理解的一句話，林語驚聽到卻有一瞬間的茫然。

實實在在的沒聽懂。

「什麼？」

林芷直接道：「我覺得妳有些不太適應，妳現在明顯不習慣這邊的生活，成績也受到了影響，妳想不想跟我一起生活？」

這次她說得清楚明白。

林語驚看著她，微微歪了歪腦袋，依然沒聽懂的樣子：「我記得，」林語驚慢吞吞道，「妳跟我爸離婚的時候，好像不是這麼說的。」

林芷的手指搭在杯口，沿著邊緣輕滑了一下：「我跟孟偉國離婚的時候，沒想過那麼多，我只想要擺脫。」

她目光很淡，「我跟他在一起二十年，相互折磨得夠久了，我一分鐘都不想再耽誤下去。我想把他從我的生命裡抽出去，所有關於他的事情、他的痕跡、他存在過的證據，所有我看到就會想到他的，我都不想留下。」

林語驚輕聲道：「包括我。」

林芷沉默半晌才道：「包括妳。」

林語驚點點頭說：「恭喜妳，妳斬斷了妳和孟偉國之間所有的連接，現在應該一點煩惱都沒有了。」

林芷搖了搖頭：「小語，我和妳之前是斬不斷的。」

「所以，妳現在想要回我了？妳後悔了？」林語驚問。

「妳姓林，」林芷說，「妳永遠都是林家的孩子，林家以後的一切、我擁有的一切，最終都會是妳的。」

林語驚勾唇：「我以為妳本來是打算給我生個小弟弟呢。」

林芷沉默半晌，平靜道：「我以後都不會懷孕。」

林語驚愣了愣：「什麼意思？」

「字面上的意思。」林芷淡淡說，「肌瘤，我最近會空出時間安排手術做切除。」

林語驚的手指有些發涼：「子宮……嗎？」

林芷沒說話。

林語驚自己也明白，她這個問題有多麼多餘。

所以，這是原因，她回來找她，她想要回她，這就是全部的原因。

因為她不能懷孕了，因為她現在是林家唯一的繼承人。

她覺得心裡好像有一團火，從見到林芷的那一刻開始，那團火因為她的話而一點一點往上竄，越燒越旺。

燃料是難過，還有憤怒。

這當中憤怒占了最高比例，她甚至覺得自己藏在桌子下的手開始發抖。

她笑了起來：「我的新哥哥好像是姓傅，我需要改個名字嗎？」

林芷微微皺了一下眉。

林語鷺從來沒這樣跟林芷說過話，她覺得自己是很矛盾的人。有時候，有些事情她倔得要死，就算失敗了一百次，也會毫不猶豫地嘗試第一百零一次，有時候她又很相信命運。

比如，她覺得自己大概是個父母緣很薄的人，也試圖抓緊過，但每次都是徒勞，那就算了吧。

小時候想吃一塊蛋糕，拚了命地想吃，卻怎麼也吃不到。長大以後這塊蛋糕終於擺在面前了，結果忽然就發現，好像已經沒有那麼想吃了。

所有事都是會被習慣的，不被愛也會。

林語鷺了解林芷。或者說，因為她在林芷身上失望太多次了，所以她早就學會了不抱有任何期望。

不想爭執，不想爭取，不想多費口舌。

偶爾一通電話，彙報一下成績，再彙報一下近期表現，跟工作報告似的，不是也滿好的嗎？

但是今天，她有點忍不住。

這種，捧起來以後，又被人重新重重丟下去的感覺。

她的這種態度只讓林芷微微皺了一下眉，表情依然平淡：「妳是我的孩子，我當然是愛妳的。」

腦子裡一聲輕響，理智被燒斷了。她的肩膀垮了垮，人反而放鬆下來。

林語鷺覺得不可思議。

她不知道為什麼她可以在毫不猶豫地傷害了自己的孩子以後，又回過頭來，那麼理所當然地說我還是愛妳的。

我當時不要妳只是因為太衝動，我搞錯了。

讓妳受委屈了吧，沒事，我又打算要妳了，因為我需要一個繼承人。

「那妳是什麼意思呢？」林語驚好笑地看著她，「妳今天來找我就是想說這個嗎？妳想通了，妳不想再鑽牛角尖了，妳忽然醒悟到發現妳對我的愛比厭煩更多一點了，所以妳就跑過來對我揮揮手，然後呢？」

她聲音很輕，無波無瀾，「妳覺得只要妳來找我，我就應該摒棄前嫌，感動得一把鼻涕一把眼淚，乖乖跑到妳懷裡，然後和妳演一場母女情深嗎？因為我不是沒人要的？」

她這一番話過分至極，林芷終於開始不滿，或者是她終於忍不住了，皺起眉來看著她，冷道：「林語驚，妳現在說這是什麼話？妳以前——」

「我以前是什麼樣子妳知道嗎？妳恐怕一直不知道吧，我從小到大，妳有試圖了解我嗎？」

林語驚站起來，椅子摩擦著地板，發出尖銳的一聲。

她吸了口氣，「媽，如果妳特地來找我吃個飯，就是為了問這個，那我也直說。我沒有回去的打算，也不想跟妳一起生活，之前我確實覺得沒辦法適應，但是現在，我開始愛上這個城市了。」林語驚平靜地說：「這裡的人和事我都喜歡，天氣我也喜歡，我還愛上了這裡的柏油路和水溝蓋，這輩子都不打算走了。」

林芷看著她，永遠挺得筆直的背忽然塌下來，她語氣放軟了一點，聲音放得很輕：「小語，妳在怪我，是嗎？」

林語驚沒說話。

火苗劈哩啪啦地燒到了最後，只留下一層一捧灰燼，火星明滅閃爍、苟延殘喘著，然後一顆一顆消失得一乾二淨。

憤怒被燃燒殆盡，最後只剩下空落落的，站都站不穩的茫然。

怪她嗎？肯定怪過，甚至在林語驚剛來A市的時候，很長一段時間裡，尤其是她和孟偉國爭執以後，她都想過林芷忽然出現在這裡，說要帶她回去的畫面。

林語驚低垂著眼，看著面前桌上剩下沒喝掉的湯。

砂鍋盛著的蟲草雞絲湯已經涼透了，爽口的鮮味毀於一旦，上面浮著一層凝固的黃色油脂，看起來膩得讓人有些噁心。

「我現在不怪妳了，媽媽，我對妳的最後一絲期望是被妳親手掐滅的。」林語驚說，「在你們離婚那天，妳說妳什麼都可以不要，包括我的時候。」

林語驚中午回學校的時候，沈倦還沒回來。

她是紅著眼睛進教室的。

早上的事情李林沒有和宋志明他們說，他覺得自己作為祕密的唯一知情人，有義務保密，多好的兄弟都不能說。而且事情還不確定，也許是他想太多了，李林決定暗中再觀察一下。

這一觀察，觀察到中午，李林看著林語驚先回來，神情看起來沒什麼不對勁的地方，再仔細一看，她眼睛還紅著，沒緩過來。

又過了十分鐘，沈倦也回來了。

沈老闆看起來輕鬆愜意，懶散淡定，以及一點點愉悅。

李林腦海裡砸下四個大字。

——春、風、得、意。

李林覺得這完全可以確定了。

兩個人不但中午沒一起吃飯，分開回來以後，一個眼睛通紅，另一個活潑快樂。李林甚至腦補出了這一個中午都發生了什麼，林語驚獨自一人寂寞地吃飯，在某某飯館地門口遇到沈倦和他的新歡，或者劈腿對象——某個不知名小妖精，沈老闆被小妖精哄得無比愉悅，而林語驚在旁邊綠得長毛，忍不住委屈地紅了眼眶。

而沈倦呢？

當然只見新人笑，不聞舊人哭。

怪不得都說帥哥多薄情寡義，都是真理。

李林太生氣了，他想拽著沈倦的領子質問他一句為什麼，像這種情節嚴重的原則性錯誤，就算他現在已經把沈倦當成了自己的兄弟，這種行為也讓人無法容忍。但是他不行，他怕沈倦把他揍成餃子皮，貼在牆上。

李林頭一次恨自己太過弱小。

他二話不說，扭頭就衝出了教室，準備懲罰自己到樓下跑幾圈發洩一下，順便糾結要不要冒死找沈倦談談，了解情況。

他為自己加了一堆戲，並且完全沒有心理負擔，甚至覺得自己這是經驗之談，憑著他看過三百部三角戀的豐富經驗。

這邊，沈倦還不知道自己繼被女朋友分了手以後，還已經劈了腿，他一回來就注意到林語驚不太對勁，雖然她看起來和平時沒什麼區別。

沈倦頓了頓，非常聽女朋友的話，依然沒跟她說話，從外套口袋裡抽出手機玩。

半分鐘後，林語驚感覺到自己抽屜裡的手機震動了一下，她抽出來垂頭看了一眼。

沈倦：中午吃了什麼？

林語驚：「……」

她沒馬上回。

她不知道今天中午這件事情要怎麼說，雖然林芷最後也說只是想問一下，如果林語驚對於現在的生活狀態沒有什麼不滿，那麼她不勉強。

林語驚私心是不太想讓沈倦知道她家裡的複雜關係，但是她也沒有想過要瞞著他。如果有合適的機會能說起這件事，她會講給沈倦聽。

沈倦是相信她的，他什麼都願意跟她說、讓她知道，林語驚也想要至少做到和他一樣。

但是她不知道該怎麼說。

林語驚得承認，在林芷說出她需要做切除的時候，她不知道自己應該是什麼反應。

她對這個手術沒有一個直觀而具體的認識，再加上林芷過於冷靜的語氣和態度，在其它情緒到來之前，林語驚最先感受到的是無邊無際的難過，和爭先恐後的憤怒。

直到她冷靜下來的現在，她才開始後知後覺地想，將一個器官從身體裡摘除出去是什麼概念，這個手術對身體會有多大的危害。

那種身體裡忽然空了一塊的感覺，會有多恐怖。

她有一點點後悔，她剛剛說了一些有點過分的話。無論如何，這個人畢竟是她的媽媽，是孕育她、給她生命的人。

她會不會痛，會不會覺得害怕？

林語驚難受地揉了揉眼睛。

她頓了頓，手指指尖點在鍵盤上，一個字一個字地打，動作有點慢：你為什麼要傳訊息啊？

沈倦：女朋友不讓我跟她說話，我只能和她維持勉強靠一盒零食維持交情的普通同桌關係。

林語驚有點想笑，她把手機往抽屜裡推，抬起頭來，側頭看他。

沈倦也側了側頭。

她看了他一眼，重新垂頭。

兩個人明明近在咫尺，卻一句話不說，坐在一起靠傳訊息聊天。

林語驚想想都覺得有點傻，還是忍不住笑了笑，轉過頭去，腦袋埋下去，再次抽出手機打字：男朋友，有件事想跟你說，你想聽嗎？

沈倦讀完訊息，看了她一眼才繼續回：想，女朋友請講。

林語驚慢吞吞地打字，一條一條傳過去：我剛剛做了一件有點不太好的事情，說了一些自私的話。我當時沒控制住，也沒想到那麼多。我特別難過，特別特別生氣。

林語驚一連傳了好幾條過去，沈倦還沒回，她餘光能夠掃見他盯著手機，手指停下來了，好半天都沒動。

她不想顯得自己太矯情，揉了一下鼻尖，換了個語氣：唉，我，一個沒人疼的小孩。

她還特地傳了個小蘿莉的貼圖過去。

委屈至極.jpg。

沈倦還是沒回，但他動了。

林語驚瞥見他直起身來，就抬頭看過去。

沈倦沒看她，拽著椅子，把位置往她這邊挪了挪，拉近兩人的距離，然後把自己的校服外套拉鍊拉開，拉著外套的一邊往旁邊扯了扯，露出裡面的衛衣。

這個動作有點騷，林語驚看到愣了一下。

下一秒，她感覺到有人順著她校服袖口摸進去，碰了碰她的手指。

沈倦的手指有點涼，掌心卻很溫熱，摸到她的手就拽著手指往外拉，拖出袖口，然後拉進他自己的校服袖子裡，藏進去。

兩件校服外套的袖管相連，林語驚的手被拉進去。空間很寬，夠兩個人的手塞在裡面。

藏好了以後，他在袖子裡輕輕捏了捏她的指尖，然後手指插進她的指縫，屈指扣住。

十指交纏。

他用指腹輕輕地，安撫似的蹭了蹭她手背上的骨骼。

校服外套本來就寬大，被他剛剛一弄，兩個人連在一起的袖子更遮住了一大半。

就算有人一眼看過來，也只會覺得他們坐得有點近。

他們明明只是坐在教室，藏在袖子裡面，偷偷地牽了個手，林語驚卻覺得緊張得不行，心臟怦通怦通地一下一下，跳得激烈又急迫。

耳朵發燙，呼吸也有點不穩。

牽個手而已，林語驚，妳能不能有點出息？

她努力保持著若無其事的樣子，偷偷側頭看了一眼，發現沈倦這個傢伙更會裝，正在垂頭假裝玩手機，指尖還在螢幕上一點一點地單手打字，十分逼真。

她感覺到他的手微微動了動，以為他是要鬆手，於是也鬆了鬆，手往外抽了一下。

結果沈倦的手指收得更緊了，甚至好像還有些不滿，扣著她的手又往裡面拉。

她的手機同時躺在抽屜裡震動了一下。

林語驚一隻手被他抓著，只能用另一隻手拿出手機，單手滑開螢幕鎖，點進去。

沈倦傳過來的一條訊息，四個字。

『倦爺疼妳。』

‡

林語驚跟沈倦說了一下自己家裡的事情。

說得很簡單，三言兩句解釋了大概以後，林語驚發現其實她的家庭情況還滿大眾的。

父母感情不睦，離異重組，小孩有點缺愛，多麼普通又平常的劇本呢。

她也沒說太多，關於她爸入贅什麼的事也忽略不提。沈倦是多聰明的一個人，他從剛開始認識她，幫她簽下「家長孟偉國」這幾個字時，內心就應該有很多種猜測了。他從來沒問過，從來沒提過是他的教養和情商。

現在，林語驚已經說到了這個份上，那些沒說的，估計他也能猜到七七八八。

她說這些的時候是下午自習課，王恐龍來要走了半節，剩下半節劉福江放他們自習。

下午第一節課，這個時間吃飽喝足，本來就是最容易犯睏的時候，整個班的人幾乎都在睡覺，林語驚就和沈倦趴在桌子上說悄悄話。

講到林芷今天這件事的時候，沈倦說了聽故事到現在的第一句話：「妳為什麼覺得自己做了不太好的事？」

林語驚愣了愣，似乎沒有想過他會問這個問題，或者沒有想過這個問題的答案是什麼。

她趴在桌子上，安靜了片刻，皺著眉，說得有點艱難。

「我不知道該怎麼說，我當時就是，因為實在太不開心了，在聽到她生病了以後，第一個想到的也還是自己，我一點都沒想到她生病了、要動手術這件事，我覺得自己有點自私。」她嘆了一口氣，「雖然沒在一起生活了，可能也沒什麼太多感情，但我也不想看到她生病，希望她能過得好，畢竟是我……媽媽。」

沈倦側著頭看著她，沒說話。

唯一的想法就是，太溫柔了。

林語驚這個人，表面上裹了一層，裡頭又藏了一層。

她用柔軟的假象把自己滿身尖銳的棱角和刺偽裝起來，築起牆，架上槍炮，遇到危險或者敵人的時候會毫不猶豫地出擊，也不會讓任何人靠近。結果你鑿開那銅牆鐵壁般的堡壘，掀開她的刺以後會發現，這裡面還是柔軟的。

世界待她不夠好，所以她把自己的溫柔藏起來，不讓世界看見。

她好得應該值得一切。

沈倦沉默地看了她好一會兒，沒說話，林語驚抿了抿唇：「你怎麼不說話了？」

「不想說。」沈倦平靜說，「說話會分散我的注意力，但是現在我得全神貫注地克制自己想抱抱妳的欲望。」

林語驚：「……」

林語驚猝不及防又被撩了一下，愣了一會兒也勾起唇角，小聲說：「我是真的沒看出來你還有這種覺悟啊，男朋友。」

「我當然有。」沈倦的手指在桌子下偷偷伸過去，手指插進她指縫裡握了握，沒幾秒就鬆開收回來，淡定道，「同桌之間，整天摟摟抱抱怎麼行。」

林語驚：「……」

‡

籃球賽這週進行複賽，十班之前作為黑馬險勝七班，進入複賽，勢頭之猛烈讓人大跌眼鏡，所有人都對十班今年的表現充滿了期望，尤其是他們班的替補還是個小女生。

有好奇的人去打聽了一下，於是大家又知道了一個資訊，這個打替補打得很猛的前鋒女生就是那個考了兩次試，全是第二名的萬年第二林語鶩。

和老大同桌的林語鶩。

順便傳了個緋聞的林語鶩。

一個和沈倦老大的命運緊緊捆綁在一起的女人。

結果十班複賽當天，所有人都擠在這邊的籃球場想要一睹黑馬風采的時候，發現不僅是林語鶩不在，連沈倦都沒上場。

十班之前的那幾個人帶著兩個替補。雖然宋志明、於鵬飛他們的球技都不錯，但是擋不住李林太菜。

李林同志臨危受命，不負組織的重託，充分展現了自己菜到摳腳的籃球技巧，成為了十班最簡單，是個人都能突破的突破口，以及敵方球隊的第六個隊友。偏偏他還越打起勁，越菜越熟練，你永遠都想不到他為什麼能做到每一分鐘都比上一分鐘更菜。

到最後，十班以四十二分的微小分差成功敗下陣來，輸給了三班。

好在十班的人其實對這個籃球賽沒有什麼求勝心，他們所有的勝負欲全都在和七班的那場生死決戰中消耗殆盡了。

球賽可以輸，七班必須死。

這場輸得很慘的複賽，最難過的大概還是劉福江，而李林把他的菜歸結於——他現在也是一個有故事的李林了。

他有一個不可告人的小祕密，抑鬱的心情無處紓解，自然會影響到比賽發揮，甚至還影響了他的學習成績！！

上一節課的數學小考，他本來應該能打六十分的！都怪沈倦！他打了五十五！

李林覺得這樣下去不是辦法，他必須找個人分擔一下他的痛苦。

他跟宋志明說了這件事，籃球賽結束後，兩個人蹲在籃球場的角落裡說悄悄話。

宋志明說：「我靠，李林，我發現你很有勇氣啊，你為什麼連這麼大膽的想法都敢有啊？」

李林瞪大了眼：「老子親口聽到、親眼見到的！而且那天中午回來，林妹哭了，哭了你知不知道是什麼概念？」李林的兩隻食指戳著自己的內眼角，一直往下拉，比出兩行清淚，「一雙眼睛都紅了。」

他說得句句情深意切，聽起來十分真實，宋志明也有些動搖了。

兩個人蹲在角落裡長吁短嘆了好半天，最後宋志明道：「這件事跟我們沒關係，先不說是不是誤會，林妹也不是會受欺負的性格。」

李林點點頭：「我就跟你說了，你別告訴別人。」

宋志明也點點頭：「你放心，我就算死了，被釘在棺材裡，我也要用我嘶啞的嗓音大聲吶喊：我什麼也不知道。」

李林：「……」

‡

關於林芷的病，林語鶯晚上放學回寢室以後查了很多資料。

那屬於人體常見的良性腫瘤之一，如果不是懷疑惡化或者病情症狀發展得比較嚴重，一般不太需要把子宮都切除。然而，今天聽林芷的意思，擺明了是她已經準備要做這個手術了。

她的情況已經嚴重到這種程度了。

林語鶯嘆了口氣，一時間覺得心情複雜。

從她有記憶開始，林芷就一直很忙，像一個不需要休息的機器人。

如果她這個病真的已經嚴重到需要做這種手術的程度，那八成也是因為她自己根本沒注意過，或者根本不在意，直到拖到了現在。

她猶豫了很久，考慮要不要打給電話給林芷。

兩人上次見面不歡而散，最後還是林芷退了一步，林語鶯頭一次對她表現出了反抗的情緒。

一連幾天，林語鶯都有些心不在焉。

週五最後一節班會課被劉福江改成自習，她趴在桌子上寫物理考卷，沈倦忽然嘆了一口氣。

林語鶯沒反應，沈倦就伸手，輕輕在她考卷上敲了敲。

她回過神來，抬起頭。

沈倦的指尖點在她的考卷上：「妳這道題目看了五分鐘，別看了，選C。」

沈倦平靜道：「國中生水準電學基礎題。」

林語鶯「啊」了一聲，勾了個C上去，也跟著嘆了口氣。

沈倦看了她一眼：「今天回去？」

林語驚「啊」了一聲。

「一起？」沈倦說。

林語驚愣了愣，忽然意識到她還沒跟他一起回家過。

「啊。」她點點頭，猶豫了一下，掏出手機來準備傳訊息給李叔，看了一眼時間，他應該已經過來了，林語驚思考了一下怎麼說，「我家裡那邊……」

沈倦沒說話，一臉似笑非笑的樣子看著她。

她眨了一下眼：「怎麼了？」

「我的意思是，」沈倦說，「一起回家。」

林語驚愣了幾秒，才反應過來他的意思，面無表情地看著他：「沈同學，請您自重一點，我也沒有想要跟你回家的意思。」

沈倦懶洋洋地往後靠，垂頭笑了起來：「那一起走到校門口吧，我們走後面，不讓別人發現。」

林語驚特別認真地思考了一下，然後嚴肅道：「可以。」

不知道怎麼形容，反正就是透著一股莫名的可愛。

沈倦忍不住想揉一揉她的腦袋，又想起了自己和女朋友脆弱又廉價的普通同桌關係，食指一屈輕敲了一下她的額頭：「寫作業的時候認真一點，別老跟是同桌聊天。」

被他這麼不知是有意還是無意地一打岔，林語驚心情好了不少，注意力重新集中起來，一張考卷寫完剛好放學。

沈倦沒什麼東西要收拾的，隨手將桌上的幾張考卷抓起來塞進書包裡，然後站在旁邊等她。

放學時間，學校裡格外熱鬧，走廊裡熙熙攘攘都是人，他們不緊不慢地走在後面，走出了教學大樓，沈倦等她回寢室拿了行李，然後沿著路邊往校門外走。

兩個人都沒說話，也不覺得尷尬。

八中有錢人很多，校門口停著一排排私家車，門前的馬路上車輛也絡繹不絕，路燈整齊明亮。

他們走到校門口，停下來。

沈倦背對著門口的光線，垂眼看著她。現在校門口鬧哄哄的，每個人都在說笑著往外走，沒人注意到門口的人在幹什麼。

沈倦終於忍不住抬手揉了揉她的腦袋，指尖帶著一點點涼意向下探，輕輕捏了捏軟軟的耳垂。

有點癢，林語驚縮了縮脖子，抬起頭來，視線掃過他身後。

沈倦感覺到面前的人愣了一秒，然後僵住了。他還沒反應過來，林語驚像猛然回過神來，忽然抬手推開他，後退了好幾步。

沈倦錯愕了兩秒，然後抿了抿唇，沒說話，抬腳就往學校裡走。

林語驚站在原地舔了一下嘴唇，若無其事地和他擦肩而過，出了校門。

沈倦往學校裡面走了一段，直到校門口看不到的位置才停下腳步，抽出手機。

他幾乎是在被推開的一瞬間就意識到不對勁的地方，迅速反應過來。

手機在手裡震了震，螢幕亮了一下，沈倦以為是林語驚的訊息，垂頭去看。

何松南的訊息情深意切，令人動容：倦爺，你放心，無論別人怎麼說，我都永遠相信你。

沈倦有一瞬間的茫然，不明白這個傻子為什麼又開始隔三差五地開始抒情了。

他有點在意林語驚那邊，沒什麼心情和他說屁話，皺了皺眉，打算把他當成一條垃圾訊息，剛要退出，何松南又繼續道：我知道，你不是那種拋棄糟糠之妻的人。

沈倦：……？

林語驚一眼就看見了不知道為什麼出現在這裡的林芷，人站在學校門口的人行道旁邊，晚上的能見度很低，隔著這麼一段距離看不清楚表情，只能看見她抱著手臂看著這邊，安靜地站在那裡的輪廓。

她一邊往校門口走，一邊思考了一下假裝沒看見她的可信度有多高。

思考五秒鐘後，她側頭朝林芷的方向看了一眼，發現她似乎在盯著她看。

林語驚放棄了，嘆了口氣走過去。

她本來以為過了這麼多天，林芷應該已經走了。

林芷的表情平淡，直截了當，完全不拖泥帶水：「剛剛那個，是誰？」

林語驚頓了頓：「同桌。」

「同桌？」林芷瞇起眼睛，她這個表情看起來和林語驚特別像，「我看你們是一起出來的，關係很好？」

「是啊。」林語驚佯裝漫不經心，面不改色地說，「他成績也還可以，我們偶爾會討論功課。」

林芷笑了一聲，意味不明。

林語鶯強迫自己努力擺出淡定的樣子，儘量不動聲色，眼神真摯又無辜。

這個屬於她比較擅長的領域，平時她都能做到由內而外的面不改色，但今天和平時不太一樣，她有點心虛。

林芷是何其敏銳的一個人，目光已經有點冷了：「偶爾討論一下？我看不止吧，你們討論的跟學習有關係嗎？」

林語鶯沒說話。

林芷深吸了一口氣，表情很冷：「妳是不是談戀愛了？」

林語鶯有點僵硬，依然沒說話。

否認的話有點說不出口。平時裝一下同桌之間的純潔友誼，和現在——這種嚴肅的氛圍下親口說出這句「沒有」或者「不是」，就好像是她否定了這個人的存在。

她想一想都覺得沈倦很委屈。

林芷的眼神徹底冷了下來，又問：「妳不願意跟我走，是因為這個男孩？」

林語鶯沒由來地慌了一下。

她抬起頭來，深吸了口氣，晚秋的風灌進肺裡，冷意將她整個人浸得通透。

「不是，」林語鶯說，「不是因為他。」

林芷冷笑了一聲：「妳現在不僅沒禮貌，連騙人都學會了。」

林語鶯看著她：「我不想跟妳走只是因為我不想，我不會為了誰決定自己的去留問題。」

林芷露出了一個短暫的嘲諷笑容。

林芷不耐煩地道：「去留的事先不說，妳現在最重要的事情是好好讀書！妳自己看看妳自從到這裡來以後，都幹了什麼！成績下滑、頂嘴，現在書都不打算好好讀了，就去談戀愛？」

林語驚倔強地道：「我也不會影響學習。」

「妳說不影響就能不影響？」林芷終於動怒了，「妳才多大？你懂什麼是愛了？妳現在是最重要的時候，妳自己心裡不知道？林語驚我告訴妳，我絕對不允許。」

林語驚心平氣和地說：「媽，這個世界不是圍著妳轉的，很多事情妳已經做過決定了。事情已經發生了，影響已經造成了，妳不可能說想改，一切就重新回到原點。」

林芷瞪著她，最後還是沒說什麼，兩人就這樣站在學校門口互相保持沉默，沈倦始終沒出來。

直到李叔打電話給林語驚打破了平靜，林語驚轉身回家，林芷則一言不發。

她走到街口的時候回頭看了一眼，人行道旁邊已經沒人了，林芷走了。

沈倦用了十多分鐘的時間才想通何松南的話是什麼意思。

高二週五沒有晚自習，但是高三有，他們放學的時候何松南還在教室裡，奮筆疾書的途中分個心，在不當人的高三生活中忙裡偷閒地傳訊息給他，所以他回覆得特別慢。不僅慢，也不知道是不是學習把腦子學傻了，他的語言表達能力開始急速退化，傳條訊息偏偏要兩個字、兩個字傳，並且因為高三北樓的信號不太好，傳過來的內容顛三倒四，艱澀得像文言文，理解起來難度係數堪比數學考卷的最後一道魔王題。

到後來，沈倦本來就不存在的耐心被消磨得一丁點都沒有了，煩躁得恨不得衝進北樓，拉著何松南的衣領把他從教室裡揪出來，當面說清楚。

簡單來說，八中論壇最近又有個謠傳，根據某位自稱可靠的不知名知情人士透露，八中最近有了一對小情侶。

有了一對不是重點，雖然學校嚴禁這種事情，但是這種事情向來野火燒不盡，春風吹又生。春暖花開，春回大地，萬物都開始復甦了。

重點是這一對男的帥、女的美，不僅顏值好，業務能力還很強，傳說中的優等生，老師的寵兒。當然，這其中的過程很艱辛，這些也不是重點，重點是男的劈腿了。

劈腿對象是他小時候從小一起長大的青梅竹馬，當年兩個人兩小無猜，佳偶天成，奈何女方的父母遠渡重洋，帶她去國外生活了，於是一對天作之合含淚作別，最終成為了對方心目中永遠的白月光。直到十年後，這位小小的白月光回來了，於是故事拉開了序幕。

沈倦了解到這裡，已經面無表情了。

何松南謊稱去廁所，跑下來找他，兩個人倚靠在教學大樓後面的一塊空地，沈倦抽了一支菸：「我？劈腿？」

何松南道：「哥，人家沒說這個男主角是你，只說是一個顏值好，業務能力也很強的優等生。」

沈倦點點頭：「我家，唯一一個跟我從小一起長大的雌性，是我家的狗。」

何松南忙道：「哎呀，倦爺，怎麼還自己罵自己呢？」

沈倦頓了頓，漠然地看著他：「你想死嗎？」

然而何松南並不怕死，非常八卦地湊過來，將下巴往他肩膀上靠：「倦啊，你真的跟女王大人在一起了？」

沈倦沒回答，皺著眉往後仰起身子，伸出一根手指來，嫌棄地推開他的腦袋：「太基了，滾遠一點。」

「我他媽？」何松南覺得自己受到了傷害，「沈倦你現在就這樣嗎？有了媳婦，忘了兄弟？」

沈倦笑著抬頭：「你知道就行，老子是有家室的人，你，這種被全校默認是同志的，別跟我gay裡gay氣的。」

「我……靠！」何松南震驚了，「我他媽也不喜歡男人好嗎！我唯一疑似同志的黑歷史，是為了讓誰不換同桌啊！沈倦你他媽做個人吧！」

‡

林語驚在週末膽戰心驚了兩天。

林芷強勢了幾十年，已經是刻進骨子裡的性格，不是會輕易妥協的人。然而之前兩次，她都沉默得太過輕而易舉，讓人覺得有點不安。

一直到週日中午，林芷都沒什麼聲音，林語驚幾乎已經放下心來的時候，林芷打了電話給她。

『我們談談。』林芷開門見山。

林語驚沒說話。

林芷等了半晌，沒等到回應，她嘆了口氣，語氣比剛剛放軟了一些：『小語，我明天的飛機。』

林語鶯愣了愣：「要回去嗎？」

『嗯。』林芷淡淡道，『走之前，出來吃個飯吧。』

林芷的口味偏清淡，吃東西也偏愛安靜素雅的私房菜館，她經常因為工作各地跑，對於A市的餐廳也很熟悉，這次挑的是家素食餐廳。

林芷吃飯的時候不說話，林語鶯也就閉嘴安靜吃，肚子填得差不多了她才抬起頭，猶豫地看著她：「我之前查了一下，妳這個病問題不算很大，其實也不是一定要……全都切除。」

林芷頓了頓，抬起頭來，表情有些意外：「工作忙，之前拖有一段時間了。」她低垂著頭，吃掉了最後一口豆製魚肉，「而且保守治療復發機率高，麻煩，不如切了。」

林語鶯一時間有些語塞，不知道該說些什麼好。

她說這番話的時候，風輕雲淡的語氣讓人覺得有點冷，林芷就連對自己都是冷漠的。

「啊，這樣啊。」她乾巴巴道。

「這個問題妳不用操心，我今天主要是想跟妳談談妳的問題。」林芷放下筷子，抬起頭，「我這兩天了解了一下情況，那個孩子，叫沈倦是嗎？」

林語鶯抿了抿唇。

無論林芷想要說什麼，她都已經想好要怎麼應對了。

她這兩天思考了一千兩百種說辭，就是為了林芷可能會找她說這件事的那一刻。

林芷看著她良久，忽然道：「之前很多人說過妳像我，性格、樣子都像，我自己從來不覺得，我覺得妳跟孟偉國一模一樣。」

林語鶯愣了愣，一時間沒反應過來。

林芷繼續說：「我第一次見到他的時候是大一新生報到，我到現在還記得那天，記得他穿的是什麼樣子的衣服，記得他跟我說的第一句話。」

這是林芷第一次跟林語鶯說起孟偉國。以前，兩個人就連對話都很少，林芷基本上不會跟她講那些她認為「完全沒有必要」的話。

林語鶯幾乎覺得不可思議。

「我那時候覺得他就是我命中註定的人，我以為我們能在一起一輩子，結果是怎麼樣，妳也看到了。」林芷平靜地看著她，語氣很淡，「小語，很多時候，很多事都不會一直往我們以為的樣子發展，妳才十六歲，無論現在這個人讓妳覺得有多刻骨銘心，你們也不會有以後。」

林芷這個論點打得很偏，並且非常不符合她一貫的強勢風格。

她開始走懷柔路線了，出其不意，搞得林語鶯差點沒反應過來。

她其實不是很想聽林芷說她和孟偉國的感情史，什麼第一次見到他時穿什麼衣服、說什麼話，就算聽起來再美好，現在也已經全是破敗。

將那些回憶放到現在講，聽起來像是滑稽的笑話。

在這個想法出現的一瞬間，她沒由來地慌了一下。

「妳是妳，我是我，」林語鶯說，「妳自己的感情經歷不太愉快，這能說明什麼問題？這個也會遺傳嗎？」

「這跟我自己的感情經歷沒有關係，妳這個年紀，妳自以為所謂的愛情就是很難會有結果，我這個例子只是想告訴妳，當斷則斷，不然拖到最後會有多面目全非。」
林語鶯沒說話，沉默地看著她，眼裡全是不服。
「你們沒有以後，明白我的意思嗎？」林芷說，「妳現在的堅持、付出完全是在浪費時間，沒有結果。」
林語鶯：「很多事在決定做之前都不會知道結果，妳做生意沒有風險性嗎？買支股票還會跌。」
「我當然會把風險控制到最底，」林芷皺起眉，打斷她，「如果我一開始就知道這支股票會跌停，那我為什麼要買？」
林語鶯想都沒想：「妳怎麼知道一定會跌？妳眼光如果真的那麼好，當初怎麼就挑中了孟偉國這支破爛股？」
林芷厲聲道：「林語鶯！」
林語鶯抿了抿唇，垂下頭去：「對不起。」
林芷深吸口氣，迅速冷靜下來：「好，我換一種說法。」她的聲音重新恢復平靜，「妳現在假如是大二不是高二，是十八十九歲，不是十六歲，我都不會管妳，但是現在不是讓妳談戀愛的時候，妳自己應該很清楚。妳不是不懂事的孩子，應該明白什麼時間要做什麼事。」
「媽，妳覺得我懂事，只是因為我沒有不懂事的機會。」林語鶯輕聲說，「現在我遇到能讓我不懂事的人了，我不能任性一次嗎？」
「什麼年齡就該做什麼事情，妳覺得現在是妳可以任性的時候？妳覺得自己現在的行為是對的嗎？學校老師、家長為什麼禁止早戀？因為有很多先例！因為這件事情產生的負面影響遠遠大於正面的！」

林芷的耐心被她的軟硬不吃消耗殆盡，聲音不受控制地往上提：「妳才多大就覺得自己遇見了？林語驚，這件事情我不可能允許。妳這個年紀的男孩有幾個是認真的？妳馬上跟這個男孩說清楚，若妳覺得不好開口，媽媽去替妳說。」

林語驚明白，林芷說得都對。老實說，其實根本不用林芷來說，林語驚自己都想不到她和沈倦的以後。

不是沒想過，而是想不到。

林語驚無法想像她跟任何人的未來是什麼樣的，她甚至根本不覺得這輩子會有一個人能夠永遠陪著她。但是沈倦的存在，讓她第一次想要看看她和這個人的以後。

她想看看。

她想知道，他口中的「有妳的未來」究竟是怎樣的。

沈倦給了她忐忑和期待，給了她幻想和勇氣，讓她有了想要勇敢一點的欲望，既然已經邁出了一步，就沒有退縮的道理。

林語驚不想一而再再而三地退讓，這不符合她的性格。她應該是一往無前的，決定了就去做，不管有沒有路，先往前走，開弓沒有回頭箭。

「我不要。」林語驚說。

林芷將手邊的杯子猛地往前一推。

她是說一不二的性格，習慣了強勢和別人的服從，林語驚長到這麼大，從來沒有違背過她的意思，也沒見到別人違背過。

這麼直接的頂撞和忤逆她，是第一次。

在她的強壓注視下，林語驚開始緊張。

林芷和孟偉國不一樣。她對孟偉國可以完全不在乎，被惹怒了就開始管不住嘴巴，肆無忌憚地想說什麼就說什麼，但對林芷總是做不到。

像是從小到大養成的習慣，或者陰影。

小的時候，林芷每次都會在林語驚覺得她根本不喜歡她的時候，又讓林語驚覺得好像不是這樣的。

她會一連一個星期都不看她一眼，不跟她說超過三句話，也會在某個夜晚以為她睡了以後，悄悄打開她的房間門，從縫隙無聲看她一眼。

會在她考試沒有拿到滿分時冷著臉，劈頭蓋臉地罵她一頓，又在她通宵寫作業的時候跟保姆說自己餓了，要吃個消夜。

這些久遠的記憶被冷漠層層疊疊地覆蓋起來，甚至讓林語驚覺得是當時的自己太缺愛了，所以自作多情，產生的某種錯覺。

餐館很安靜，柔和的純音樂在耳邊迴盪。林芷目光冷厲地看著她，聲音壓低了說「我再說最後一次，妳必須跟他分開，不然到時候受傷的會是妳。」

林語驚重複道：「我不要。」

林芷徹底被激怒了，但她的教養讓她沒辦法在公共場合和林語驚發脾氣。

她靠回椅子裡，竭力壓住呼吸：「由不得妳要不要，妳還未成年，沒得選。」

林語驚緊緊抿著唇：「妳沒有撫養權。」

「我如果想要妳的撫養權，甚至不需要打官司。我之所以沒有這麼做，是因為我想試著尊重妳的想法。」林芷的臉色很差，冷冷道，「我本來是想跟妳好好談談，再給妳一點時間，但是現在看來沒什麼好談的了，我會儘快幫妳辦轉學。」

她說的是實話。如果她直接去跟孟偉國要撫養權，孟偉國大概不會跟她爭，但林芷還是選擇先來問問她的意願。

林語驚閉了閉眼：「我不轉學，我不走，我就在這裡，哪裡也不去。」

林芷像沒聽見似的：「手術我先不做了，我晚上回去退票，明天去找你們班導師——」

她話還沒說完，林語驚就猛地站起來。椅子摩擦著地面，尖銳又刺耳，聲音差點控制不住：「我說了我不走。」她站在桌前，垂著頭，低聲說：「妳憑什麼管我？」

林芷：「什麼？」

「說實話，我真不知道妳憑什麼覺得妳還可以管我。」林語驚穩住呼吸，抬起頭來，「憑什麼妳說回來就回來，說變卦就變卦，說替我做決定就做了，不讓我幹什麼我就不能幹。妳說的話就都要聽，妳想怎麼樣就一定要怎麼樣，妳永遠都活得那麼自我。」

她眼眶發紅，聲音還是平靜的：「是妳先不要我的，是妳放棄我的，我不懂，妳現在到底有什麼立場和資格決定我的人生？」

林芷愣住了。

林語鶯抓起椅背上的外套，轉身就往外走。

這家餐廳是林芷帶她來的，林語鶯從來沒來過這邊，她完全不認識路。穿過長廊，繞過噴泉出了大門，她沿著人行道快步往前走。

她開始覺得發慌。

她知道林芷說到做到，她一直都是這樣的人，只要她想的事情，她就一定要做到。

驚慌、害怕、難過還有憤怒混雜在一起，讓她控制不住自己的情緒，手指都忍不住在抖。

等她猛然回過神來，才意識到自己的牙齒一直在不停打顫，不知道是不是因為臨近初冬，夜裡太冷。

林語鶯一直走了幾條街才敢停下腳步，茫然地站在街角，發了兩分鐘的呆，開始思考接下來要怎麼辦。

林芷會去找劉福江，會去找孟偉國，可能還會去找沈倦。

不知道該怎麼辦。

她強忍著想哭的欲望攔了輛計程車，一直到家門口。

計程車司機從後照鏡裡看了她一眼，說了一串方言，聽著語氣和偶爾幾個熟悉的音，像是在安慰她。

林語鶯說了聲謝謝。

這家餐廳很遠，晚上這個時間點又塞車，下車已經是一個小時以後。林語鶯猶豫了一下，不敢回去取行李，直奔沈倦的工作室。

夜色朦朧，她一路小跑進黑暗的窄巷裡，一直跑到黑色的鐵門前，跑進院子到小小的門口，急切地推門而入。

沈倦抱著畫板，靠著沙發扶手坐在地毯上，聽見聲音抬起頭來。

林語驚大口大口地喘著氣，剛剛跑得太急，上氣不接下氣。

沈倦看見她，愣了一秒，而後詫異地揚眉：「嗯？」

屋子裡很溫暖，暖色的光線柔和，一股熟悉的，沈倦的氣息將她包裹住。

剛剛過來的時候沒有想太多，就只是單純地覺得不安，想看見他，想看著他。現在真的看見他就在眼前了，林語驚剛憋回去的眼淚又開始蠢蠢欲動，她從來不知道自己的淚腺也能這麼發達。

沈倦看著她沒說話，林語驚甚至能感覺到他下一秒就要脫口而出的那句「怎麼了？」，然而他還是沒問。

他這種，不自覺的纖細又敏銳的溫柔，可能連他自己都不曾察覺。

這麼好的沈倦。溫柔、細膩、驕傲肆意、張揚閃耀，是她長這麼大，對她最好的人。

林語驚關上門走過去，走到他旁邊後蹲在他面前，屈腿坐下，垂頭拉過他的手，捏著指頭拉過來，將他整個手臂都抱進懷裡，然後把頭埋進去。

「沈倦。」她聲音發悶。

沈倦反手牽著她，指腹在她的虎口安撫似的輕輕蹭了蹭：「嗯。」

林語驚沒說話，她不知道該怎麼說。

林芷今天說的話不是對她完全沒有影響，她的每一句話都像是一把鋒利的刀，每一刀都割在她心裡最敏感、最在意、最不安的點上，一下一下，試圖割斷她腦子裡那根緊緊繃著的弦。

林語驚幾乎快被說服了，她差點就放棄了。

她不能被影響，不能在現在這個時間點出任何差錯，現階段最重要的事情再清楚不過——她的成績、她的高考，剩下的事情無論是什麼都應該往後面排。

她現在急需一點能讓她堅持下去的東西。

一點，她也不知道是什麼的東西。

林語驚沒抬頭，她固執地用額頭頂著膝蓋，頭深深地埋著，腦袋晃了晃，蹭了蹭鼻尖。

她的聲音啞啞的，帶著一點鼻音，又叫了他一次：「沈倦，你跟我說一句什麼，隨便說一句什麼。」

說一點，能讓我繼續相信的話。

沈倦沒說話。

半晌，林語驚感覺到他鬆開牽著她的手，將手臂從她懷裡抽出來。

她懷裡一空，使她慌了一下，還來不及反應，沈倦的手指抵著她的下巴捏住，抬起她深埋著的頭。

林語驚聽見他嘆了一口氣，將懷裡的畫板放到一旁，傾身靠近，湊過去低下頭，柔軟微涼的唇瓣貼上她的眼睛。

她下意識閉上了眼。

沈倦輕輕親了她薄薄的眼皮，到濕潤的眼角，聲音很低，像嘆息似的：「不哭了，寶貝。」

後來一直過了很久，林語驚每次想起她的高中生涯，想起沈倦這個人，都會不受控制地想到這一天。

入冬，涼意呼呼地順著窗縫、門邊往裡面灌，沒開空調，屋裡陰冷。

沈倦的手指和唇瓣都是涼的，接觸到皮膚，激得人想發抖。另一隻手在她耳後的脖頸處，安撫似的捏了捏。

林語驚整個人都被溫柔包圍著。

她閉著眼睛，迅速調整了一下情緒，感受到他的手指、他的氣息；他的味道混合著消毒水和菸草，有種混沌的清潔感。

她睜開眼睛，沈倦正看著她，身子往後靠並拉開一點距離，手從後頸移開，揉了揉她的頭髮。

他的狀態不太好，眼底有淡淡的青黑，眼皮微垂著，有些疲憊。

她剛剛都沒注意到。

林語驚抬手用手背抹了兩把眼睛，只用了幾分鐘，剛剛那種茫然無措、近乎絕望的狀態就控制得七七八八了。

她清清發啞的嗓子，猶豫片刻，問道：「你去醫院了？舅舅還……」

她說到一半，頓住了。

沈倦抬手摸了摸她還有點紅的眼角：「不太好，我本來都想不到還能變多差了，他躺了很久，免疫力什麼的都比正常還低，身體本身也不太好，所以肺部感染，心臟開始衰竭了。」

林語驚僵硬地坐在原地，張了張嘴說不出話，嘴唇發白，不知道該說什麼好。

沈倦繼續道：「我遇到了聶星河。」

林語驚的後頸汗毛都炸起來了，聶星河這個人的存在完全超出了她所能接受的最大範圍，甚至一聽見這個名字，她都覺得遍體生寒。

「他是不是又打算幹壞事？他跟你說什麼了嗎？」她緊張地去抓他的手，「無論他說什麼，你都別聽，你不要被影響。」

「我不會那麼容易被誰影響，妳別操心這個。」沈倦一隻手揉了一下額角，手指順著她軟軟的頭髮滑下去，纏著她的髮梢，拉來一綹，繞在指尖一圈一圈地纏住把玩，「我跟妳說這些，是因為我想讓妳知道，我什麼都可以告訴妳。」

林語驚愣了愣。

沈倦垂著眼，聲音有點疲憊沙啞：「妳也是，讓妳高興或者不高興的事只要妳跟我說，我都會聽妳說。」

林語驚沒說話。

她根本不可能跟沈倦說，林語驚從小到大都是這樣，她不擅長傾訴，也已經習慣了，不是說變就能變的。

而在沈倦跟她說了這些以後，她更開不了口。

他自己也有很多事，舅舅的、聶星河的，一件一件壓著他，她不想讓他再加上一個她，她自己的事情得自己處理，沒理由也交給他來扛。

更何況，她和林芷之間的矛盾和問題不單單只是因為一個沈倦。

他有他的事情，她也有，就像是一個有刻度的小表格，每一件事的重要性，至少在目前為止，都排在「他們這段關係」的前面。

沒有什麼人能拋棄生活本身，為所欲為地活著，至少現在不能。

林語驚深吸一口氣，站起身來：「我走了。」

沈倦沒說話，直直地看著她，眼睛黑沉沉的。

林語驚抿了抿唇，低聲說：「你早點睡覺，我走了你就要睡，不許熬夜。」

沈倦還是沒說話，從茶几上摸到菸盒，敲出一根來，咬在嘴巴裡。

烏黑的睫毛壓下來，看不清情緒。

林語驚吸了吸鼻子，轉身往外走。

沈倦抬起頭看著她走到門口，拉開門，牙齒咬著菸磨了兩下，又抽掉，丟到一旁。

沈倦氣到直接笑出來了。他覺得自己用盡了這輩子的耐心，一點一點地探入她的世界，還是沒能敲開她的殼。每一次，在他以為自己成功的時候，她就又縮回去了。

「林語驚，」他抬眼，身子往後仰，靠在沙發扶手上，「妳打算就這樣把我往外推一輩子？」

林語驚頓了頓，轉過身來看著他，忽然叫了他一聲：「沈倦，我可能要回家了。」

沈倦瞇了一下眼。

「我要回家了。」林語驚重複了一遍。

沈倦終於意識到了什麼，手指無意識地抬起，坐直了身子，沉沉地盯著她：「什麼意思？」

「意思就是，你可能得換個同桌，然後談一段異地戀，談到畢業。」林語驚想要努力讓自己的聲音聽起來輕快一點，「其實也沒有很久了，最多一年……半嗎？」

沈倦聽懂了。

她之前在學校門口的異常、今天的事情，和她想說的話。

其實他應該早就察覺到了。

沈倦閉了閉眼睛：「我不同意。」

林語驚輕聲說：「男朋友，有些事情不是你能決定的，我也不能。你就當我提前用掉了你給我的機會。我這個人不太勇敢，很多時候都會想逃避，我也不知道我會不會哪天就跑丟了。」林語驚頓了頓，續說：「但是我記得你說過的話。」

沈倦看著她，眼神有些混沌，嗓子發啞：「什麼話？」

「你可以允許我離開一會兒，但是你會把我拉回來。」她眨眨眼，強忍著眼淚不讓它掉下來，「你不能拋棄我，你不會放手的。」

林語驚回去時沒人在，孟偉國和關向梅都不在，傅明修下午就回學校了，她上樓坐在床上，眼神放空。

在見到沈倦的那一刻起，林語驚所有喪失的理智都開始回籠，慢慢地冷靜下來。

林芷的強勢和固執，她比誰都清楚，她不可能贏得過她。

幫她辦個轉學、拿撫養權後帶她走，這種事情對她來說輕而易舉。一個十六歲的小女生能做什麼呢？歇斯底里地反抗嗎？絕食嗎？翹課離家出走嗎？

毫無辦法。

其實冷靜下來一想，事情沒有那麼糟糕。

她現在高二，轉個學，度過了這個高二的下學期，過了高三，最多也只需要一年半的時間。

林語驚不能現在就把林芷惹火。林芷現在的反對只是因為她年紀小，她要求的是她現在必須心無旁騖，無論什麼事情，只要是有可能耽誤到她成績的事情，她都會阻止。

但是一旦跟林芷像這樣魚死網破地鬧下去，不僅不會有任何結果，林芷會不會還開始反對沈倦這個人？

不能意氣用事，她現在必須暫時服軟。

一年半而已，沒什麼大不了的，他們有手機，可以視訊，週末和寒暑假也可以見面。

這些都不是問題，林語驚之所以這麼抗拒的原因，是因為她覺得不安。

一年半的時間，說長不長，說短不短，對她來說，簡直太漫長了。她沒有信心能隔著距離維持這種脆弱的聯繫，她不知道沈倦能不能堅持住，她甚至不知道一年半以後的自己是什麼樣的。

林語驚閉著眼睛，從床上摸起手機，漫無目的地翻了半天才翻到林芷的手機號碼。

她撥過去，林芷接得很快，那邊很安靜，沒什麼聲音。

「我想好了。」林語驚輕聲說，「我也不想跟我爸一起生活，我跟妳回去。」

林芷聽起來有些詫異：『我沒想到妳這麼快就想通了。』

「我有得選嗎？」林語驚平靜地問。

林芷沉默了半晌，低聲道：『小語，妳現在可能會怨我，或者恨我。我承認，這些年做為一個母親，我沒有盡到應盡的責任，但是我畢竟是妳媽媽，我不可能坐視不理。我也年輕過，很多事情都是會淡掉的，妳現在覺得轟轟烈烈的事情，時間久了就會發現沒有什麼忘不了，等妳以後遇到了更好的男孩，妳會發現自己年輕時的堅持有多幼稚。』

林語驚平躺在床上，安靜了片刻。

「嗯，」她說，「我知道了。」

林語驚沒想到林芷的速度這麼快，像是生怕她反悔一樣。

她迅速跟孟偉國說明了自己來的目的，孟偉國起初裝腔作勢，和她大吵了一架，最後當然沒拒絕，於是事情就這麼定下來了。

林語驚像是一個皮球，被人踢過來又踢過去。在想到這個比喻的時候，她甚至還有點想笑，連難過的欲望都沒有。

哭都哭不出來了。

撫養權的手續沒有那麼快下來，林芷先幫她去學校辦了轉學手續。而這全程，林語驚都沒有出面。

林芷在A市有個房子，林芷將她所有的東西都搬過去，門被反鎖、手機沒收，她就這麼與世隔絕地被鎖在家裡兩天。

林語驚不吵不鬧，第二天晚上，她趁林芷洗澡時，從她臥室的衣櫃裡偷偷翻出自己的手機。

家裡沒網路，SIM卡也被卸掉了，但是手機裡面的東西還在。

林語鷺先打開了和沈倦的聊天記錄。他們其實不常聊天，平時在學校都整天待在一起，週末又各自有事情要做，彼此都不是那種很黏的人，頂多在晚上睡覺前會聊上幾句。

林語鷺飛速跑回房間裡，翻出拍立得，將他們的聊天記錄一張一張拍下來，然後打開相冊。

她的照片也不多，最近幾張都是吃的。再往上翻，是她和沈倦被劉福江叫到辦公室裡的那天。

照片裡的少年站在走廊裡，身上穿著白色的校服外套，拉鍊沒拉，有些吊兒郎當，下巴上貼著天藍色的卡通小熊OK繃，懶懶散散地垂著眼皮，神情茫然困倦，微微偏頭看著螢幕。

瞳仁漆黑，眼角稍揚，連睫毛垂下的弧度都很好看。

林語鷺在看到這張照片時，終於崩潰了。她拿著手機蹲在地上，眼眶一點一點地泛紅。

第三天，林語鷺說服了林芷，她可以自己去八中整理自己的東西。

林芷送她到學校門口，下了車，林語鷺沒心思想其他事，她一路從校門口飛奔進教學大樓，迫不及待地三步併兩步跑上四樓，跑到走廊的盡頭。

——想見他，總得見他最後一面。

教室的門開著，裡面鮮少地沒人說話聊天，正在進行物理隨堂小考。

林語鷺站在門口牆邊，忽然有些不敢了。

她深吸一口氣，往前走了兩步，走進教室，輕輕敲了一下門。

王恐龍轉過頭來看著她，點點頭：「去吧。」

林語鷺轉身，朝自己的座位那邊看過去。

沈倦的位置空空的，桌上還是他週五離開時的樣子，隨便放著兩本書、一支筆。

林語鶩想起當時的他，抓著兩張考卷，隨手折起來並塞進書包裡，勾著唇角看著她，笑得有點痞，湊近並低聲問她：「一起回家？」

明明是很近的事，就發生在幾天前，為什麼忽然之間就不一樣了？

林語鶩吸了吸鼻子，咬著嘴唇，竭力控制住想哭的欲望，走到自己的座位旁邊，一本一本慢吞吞地將自己的書整理好。

她翻出之前那本，被他夾過住宿申請單的課本。林語鶩將那本書放在沈倦桌上，然後偷偷抽走了他的那本。

她翻開第一頁，上面大大的兩個字——沈倦。

她還記得沈倦寫這個名字時的樣子，懶洋洋地斜靠在牆上，唰唰唰地提筆寫在紙上，寫字的姿勢不太標準，大拇指的指腹會輕輕扣著食指指尖。

林語鶩將他的那本課本塞進自己的書包裡，翻出放在抽屜最裡面，藏在角落裡，被她忘記了的棒棒糖。

她之前為了哄徐如意買了一大把，全都塞在裡面，沒事的時候就自己叼一根吃，她以為自己全都吃完了，結果不知道怎麼了，原來還是落下了一根。

白色的棍子，玻璃紙包裹著糖球，粉粉嫩嫩的顏色。

水蜜桃口味。

她本來以為沒有水蜜桃口味了。她記得自己每樣只挑了一根，桃子口味的那根她給了沈倦。

林語鶩眨了一下眼，眼淚忽然就跟著一起「啪嗒」地砸在桌面上。

她捏著那根棒棒糖，放在沈倦桌子上。

教室裡一片安靜，初冬的上午，陽光薄而豔，照在身上幾乎感受不到溫度。

她來的時候是九月。

南方夏天長，林語驚踩著夏天的尾巴來到這個陌生的城市，在不安和慌亂中，在炎炎烈日下遇見了一個少年。

懶散肆意，張揚又溫柔的驕傲少年。

他會在看見小朋友在馬路上跑過來時，下意識地稍微彎腰抬起手來，很自然地虛虛護一下，溫柔而細膩。也會站在燈光明亮的籃球館裡，倒退著笑著對她說「倦爺無所不能」，滿身桀驁。

他永遠發光，永遠無往不勝。

他有最堅定的靈魂。

林芷當時跟林語驚說，她以後會遇到更好的人的時候，林語驚沒有開口反駁。

其實她心裡是怎麼想的，她自己知道，林芷也明白。

在短短幾個月的時間裡，沈倦讓她覺得，自己遇到了這輩子最好的風景。她再也遇不到這樣的人了——

不會有比他更好的。

第十八章

養不熟的小野貓

林芷沒有回帝都，她帶著林語鶯去了懷城。

林家的新分公司這幾年在懷城發展，林芷現在主要的重心都放在這邊，她託關係將林語鶯轉進懷城一中，是省理科的考試基地，出了名的監獄式應考教育，升學率非常恐怖，八中的學習氛圍跟這裡肯定不能比，甚至連附中都要遜色一些。

強制住校，每週回家一次，晚自習到晚上十一點，早上六點出操，高二就已經早早進入了高三的學習氛圍。

又是一個新的，陌生的，需要重新適應的環境。

林語鶯自覺自己對新環境的適應性還滿強的，至少表現出來的那一面看起來很自然，但是這麼快又換了一個新的環境，多多少少還是有些不適應。

林語鶯在校長室裡聽著她的新班導師和林芷嚴肅又正經地說這些時，忽然想起自己第一次去八中的那天，她站在劉福江的辦公室裡，那個看起來一點也不適合當班導師的班導師興高采烈地跟她說「妳知道我們學校的升學率有多少嗎！百分之九十八！」。

林語鶯在看到她那一班同學的時候，就覺得劉福江是唬人的。教室裡的人除了讀書，幹什麼的都有，讓她當時有一瞬間覺得這個高中所有沒考上大學的，可能都在他們班了。

‡

沈倦跟劉福江請了三天的假，第三天早上準時去了學校。

他在校門口遇見了啃著早餐，一起往學校走的宋志明和王一揚。王一揚的腿被寧遠撞傷以後，坑了他一大筆各種檢查費用，渾身上下都查得十分齊全，甚至還做了腦部CT，非說自己好像有點腦震盪。檢查出來，結果就是膝蓋扭傷，早就活蹦亂跳了。

他看見沈倦以後第一時間飛奔過來，邊跑邊高聲呼喊著他的父親，嘴裡的香芋包噴得滿操場，校園裡的人紛紛回過頭看過來，成為清晨一道亮麗的風景線。

沈倦對他的乖兒子視若無睹，直到王一揚和宋志明跑到他身邊，王一揚一手勾上他的肩膀：「爸爸！您他媽哪裡去了啊？電話不接、訊息不回，工作室也沒人，我他媽急到都差點得痔瘡了。」

沈倦抬眼，沒什麼意義地「嗯」了一聲，聲音像是摻了沙。

王一揚和旁邊的宋志明直接愣住了，愣了兩秒，王一揚反應過來：「我靠，你這嗓子是喝油漆了？」

沈倦笑了笑，臉上全是睡眠不足的疲憊感，藏都藏不住。

王一揚皺著眉：「你多久沒睡過覺了？」

「不知道。」沈倦啞聲說。

宋志明馬上將自己手裡的豆漿遞給他：「先潤潤喉。」

沈倦接過來，說了聲謝謝後將整袋豆漿都喝完，隨手丟進旁邊的垃圾桶裡。

塑膠的豆漿袋擦過垃圾桶邊，掉在了地上，沒扔進去。

王一揚看了他一眼，跑過去把豆漿袋丟進垃圾桶，又跑回來。

沈倦站在原地嘆了口氣。

看到沒有？低調的神射手沈倦，你也不是百發百中的。

林語驚離開的那天開始，他被醫院的一通電話叫過去。

沈倦本來以為事情不會更糟了，他這輩子都沒想過自己會有這麼頹廢的時候。他現在不知道，自己以前是不是對生活太樂觀了。

洛清河的情況不太好，心臟衰竭、肺部感染嚴重，這次抽了很多積水都有膿，醫生說大約還有兩到六個月的時間。

沈母接到消息以後放下手頭的工作飛回國，一連哭了好幾天，又開始發燒。

工作室那邊還有幾個客戶，沈倦全都延後了，又強打起精神來，一個個打電話重新約時間。

事情一件一件、一層一層不停地湧進腦子裡，根本沒有能靜下來的時間，沈倦回憶了一下自己到底幾天沒好好睡過覺了。

好像從週日晚上她離開到現在，一共沒睡過幾個小時。

她最後走的時候說：「你早點睡覺，我走了你就要睡，不許熬夜。」

靠。

頭一跳一跳地發疼，太陽穴像是下一秒就要跳出來了，沈倦垂下頭，單手捂住右邊的眼睛，緩了幾秒才抬起頭來：「走吧。」

王一揚和宋志明對視了一眼，都沒說話，跟著一起往前走。

走到教學大樓門口，王一揚終於忍不住了：「爸爸，林妹上個星期離開了，我聽老劉說好像是轉學──」

王一揚沒說完，宋志明在他身後踹了他一腳，王一揚閉上嘴，回頭瞪著他。

宋志明無聲做口型——你是傻子？

王一揚沒理他，重新扭過頭來：「沈倦，我這個人的性格是怎樣你也知道，我真的憋不住，我忍不住！」王一揚嘆了口氣，「你跟林妹到底是怎麼回事？我看她回來收拾東西的時候還哭了。」

他只有在這種正經的時候才會叫他全名。

沈倦的嘴唇抿著，唇角微微向下撇：「啊，」他啞著嗓子，「我也不知道。」

是真的不知道。

林語驚就像一個渣男，沒有任何解釋，也沒有跟他商量的打算，自己做出了決定以後直截了當地告訴他，我要走了，我要回原來的學校，我們談異地戀吧。讓人毫無準備，連一點緩衝和適應的時間都沒有。

沈倦當時都沒反應過來。

好幾個小時後，他坐在醫院病房裡，聽著裡面各種機器的輕微聲音，意識才開始漸漸回籠。

好像被甩了。

好像也不是。

沈倦打了不知道多少通電話給她，始終是關機狀態。

心裡是憋著火氣的。

是真的生氣了，沈倦差點沒把手機砸爛。等這股火過去以後，又有點茫然。

連聯繫都聯繫不上，他都不知道現在兩個人的這個狀態到底是分手了，還是還在一起。

她不肯跟他說，但沈倦也不是傻子，把她家裡的情況、週五晚上的反應，還有她那天的話結合在一起，多多少少也能猜出幾分。

這個不是問題，她要走，他可以等，現在不行，那就等她長大。

他生氣的原因在於——他不知道林語驚這種極度沒有安全感的性格到底是怎麼養成的，她好像無論如何，都覺得自己只能是一個人。

一個人哭，一個人笑，一個人解決任何問題，一個人隨意做決定，她沒有想過有什麼事情，他可以和她一起承擔？她連這件事情可以和他商量一下，兩個人一起做出決定的念頭都沒有過。

沈倦忽然有種前所未有的無力感。

他覺得自己有足夠的耐心，他能不厭其煩地一遍一遍拉著她，把她從自己的殼裡拉出來。但是這樣沒用，沈倦發現自己忙到最後全是徒勞。

是她自己不願意出來，她從來都沒真的信任過他。

沈倦進教室的時候，李林他們一窩蜂地湧過來，所有人都有一堆問題，但看見沈倦的狀態，最終一個也沒問出來。

只有王一揚一個傻子，沈倦覺得很欣慰，他現在累得連開口說話的力氣都沒有。

還是第一排靠在門邊的那個座位，兩張桌子併在一起，外面的那張已經空了。

桌面乾乾淨淨，抽屜裡什麼都沒有。

林語驚什麼都沒留下。

沈倦抬手，將她的椅子推進去，在自己的位置上坐下。

他的東西沒人動，上週五走的時候是什麼樣子，現在就還是什麼樣子，除了這幾天每個科目老師發的考卷王一揚都幫他留了。厚厚一疊鋪在桌面上，一張一張往上疊，考卷的正中間鼓起了小小一坨，似乎是下面有什麼東西。

沈倦捏著厚厚的考卷，把那一疊考卷掀起來，看到了下面壓著的東西。

一根棒棒糖安安靜靜地躺在桌面上，粉紅色的包裝，還是水蜜桃口味。

記憶一下子竄回了幾個月前，兩個人還不太熟的時候，他幫她簽了單子，她甚至彆扭得連一句謝謝都說不出口。

女孩抿著唇看了他好半天，最後還是說不出來，嘆了口氣，吞吞吐吐地讓他伸手，給了他一根糖就想打發。

太清晰的畫面，像上一秒剛發生過。

她給他的第一樣東西，也是她留下的最後一樣。

這種告別的方法。

之前一直被太多事情壓得嚴嚴實實的情緒忽然毫無預兆地翻湧著，竄上來。

沈倦閉了閉眼睛，咬著牙，氣到笑出來了，笑得眼睛發酸。

這可真是……有始有終啊。

‡

懷城一中是全封閉式，學校在郊區，並且極力反對家長讓孩子帶手機。

用林語驚的新班導師的話來說，孩子是抵擋不住誘惑的，所以千萬不要將誘惑擺在他們面前。一旦鬆懈下來，想要再繃緊就很難了。

林芷根本沒打算把手機給她，林語驚在意識到這點的時候，終於忍不住跟她鬧了一場。

然而無論她怎麼鬧，林芷連表情都沒有太大的變化：「給妳手機，好讓妳跟那個男孩聯繫？那我帶妳走還有什麼意義？」

「我不會總跟他聊天的。」林語驚閉著眼睛，覺得很累，「我就是想告訴他一聲，我走的時候也沒看見他，我總得告訴他一聲。」

林芷不為所動。

林語驚終於崩潰道：「我都已經跟妳走了，妳還有什麼不放心？我都已經放棄了。」

林芷抬起頭來，淡然道：「妳不是放棄了，妳是怕我找他。」

林語驚僵了僵。

「小語，妳覺得妳了解我，我也了解妳。妳心裡是怎麼想的，我清清楚楚，妳想保護他，就在這裡好好讀書。」林芷說，「懷城一中的教學品質我個人覺得應該比附中還要高一些，我幫妳找了實驗班，這三年的省狀元全是從這裡出去的。」

林語驚漠然地點了點頭。

林語驚迅速投入到一段新的生活中。

她住校，每週五林芷會來接她，這次不再是一個人一個寢室了，寢室裡一共四個人，每一個人都符合這裡的學生形象——眼裡只有讀書。

她的卡是林芷的副卡，而且學校也出不去，林語驚還特地觀察了一下她的室友和新同學有沒有手機，無果，他們的心中好像只有讀書。

一中的題量和難度比起之前，翻了不只一倍，每天早上睜開眼睛是考卷，閉上眼睛是習題，這裡的人看起來好像不知道什麼叫疲憊，最不缺的就是聰明的腦子。

林語驚開始頻繁地在學年前三名浮動，時常拿不到第一。前十幾名的競爭很激烈，甚至有很多時候會出現同分的情況，她必須榨乾自己腦子裡的全部東西讓自己進步，因為別人也在進步。

把高二當成高三來過。

林語驚發現，一旦全身心地投入到一件事情裡的時候，人真的可以忘記很多事情。

她變得越來越沉默，開始很少想起沈倦，為了保證在最短的時間裡達到最高的效率，她寫題目的時候不再每一道都詳細地寫，簡單的題目直接兩筆帶過，時間主要都用在後面相對比較難的大題上。

她的新同桌是個臉圓圓的女孩子，看起來軟綿綿的，講起話來，聲音也像撒嬌，跟徐如意有點像。大概是缺什麼就喜歡什麼樣的，林語驚自己不軟，對這種可愛類型的女孩子就始終很有好感，所以兩人關係還不錯。

這個女孩大概是一中裡少數不會每天都玩命學習的人之一，成績在中上游，要考個公立完全足夠了。人也還算是比較活潑的，有時候晚自習做完作業還會分點心，林語驚寫考卷，她就轉過頭來看她寫，大眼睛眨啊眨：「噯，林語驚，妳怎麼大題都不寫？」

「嗯？」林語驚沒抬頭，「節省時間。」

「但是老師說練習的時候過程也要寫，不然等真的考試，習慣了就忘了。」小軟妹側著頭看了看她的考卷，又說，「不過妳應該忘不了，你們這種學霸都這樣，畫畫題目就能得出結果來。而且妳握筆的姿勢好像也不太對，」小軟妹抽出自己的筆，食指往上扣，試著寫了兩個字，「這樣寫字會比較快嗎？」

林語驚的筆尖一頓，愣住了。

她抬眼看上面兩道大題，在題目給出的關鍵資訊下面畫了線，重點標出來後，在圖上隨手畫了兩道輔助線，直接寫了數字。

沈倦寫題目一直都是這樣的。

在她自己都沒意識到的時候，她無意識地想要把自己變成他的樣子，就好像這樣能證明些什麼似的。

她明明現在很少會想起他了。

一年半而已，過去後她就回去了，有什麼大不了的。

沒什麼大不了的。

林語驚埋著頭，重新提筆將最後一道題寫完：「不會，」她吸了吸鼻子，聲音有點啞，「這樣寫字醜死了，妳別學。」

當天晚上，林語驚做了一個夢。

夢很長，也很短，她醒來以後是淩晨三點，已經想不起來自己夢見什麼了。

寢室裡面一片安靜，所有人都在熟睡，窗簾沒拉實，露出外面漆黑的天空和半輪黯淡的月。

林語驚沒了睡意，坐在寢室床上，來到這裡以後，她第一次回憶了一下自己在八中的幾個月。

一點也不適合當班導師的班導師，卻是她這輩子遇過最好的班導師。

李林的地獄濃湯菊花茶就沒有斷過、第一次月考的意料之外、智障又養生，回回拿倒數第一的黑板海報、運動會二到不行的佇列口號、拚盡全力才贏回來的籃球賽。

林語驚刻意繞過了所有帶有沈倦的回憶，努力去想那些他不是主角時發生的事情，結果，發現她的每一分一秒，每一個點滴，其實都有他的參與。

她根本不是在避開他，她在自己所有的記憶裡拚命尋找他。

‡

到懷城一中來一個月之後，林語驚覺得自己有些不太對勁。

她開始頻繁地失眠。

林語驚覺得自己現在滿淡定的，她是真的什麼都沒想，每天腦子被考卷和課程擠得滿滿的，沒時間想別的。也不知道為什麼，就是睡不著。

失眠是一件很痛苦的事情，和熬夜不同，那種乾躺著閉著眼睛，試圖放空大腦卻翻來覆去，怎麼樣也睡不著，一分一秒地等著時間過去、等著天亮的感覺，時間久了會讓人非常焦慮。

她把沈倦的課本放在枕頭下，竟然還真的有些效果，不知道是不是心理作用。只是睡著以後也不踏實，經常做一大堆亂七八糟的夢，早上醒來時一分鐘都不記得，只覺得心裡悶得發慌。

隨之而來的是厭食。

什麼都不想吃，胃裡翻江倒海地難受，強迫自己吃下東西以後會乾嘔上半天，一直吐到什麼都吐不出來。

就這樣，平均每天睡兩三個小時加上厭食的情況持續了差不多半個月，連同桌的小軟妹都看出來了，問她：「妳最近是不是瘦得有點太快了？」

林語驚有時候覺得，她這個粗神經到不可思議的小同桌在令人壓抑的學習環境中，簡直是一朵盛放的太陽花，聽她說話能讓她的心情放鬆不少。

她低頭寫著英語考卷，眼睛跟著筆尖迅速掃過一行行閱讀題文章，沒停下來：「我不知道，我很久沒量過體重了。」

她有時候覺得自己現在很厲害，無論晚上的睡眠品質有多差，睡幾個小時或者胃多不舒服，白天只要坐在教室裡，手裡拿著筆、打開考卷，精神和注意力就能完全集中進去。

小軟妹嘆道：「妳也不照鏡子嗎？我覺得妳的臉色也不太好，這裡——」她捏了捏自己肉嘟嘟的臉，「都瘦了。」

林語驚抬起頭來，看著她：「下節英語課。」

小軟妹：「我知道啊。」

林語驚問：「妳單字背完了嗎？」

小軟妹安靜了一秒，然後哇哇叫著去翻英語課本，嘴裡念叨著完了完了完了完了。

晚上結束晚自習，回到寢室，林語驚洗好澡，擦了擦滿是水氣的鏡子，認認真真地看著鏡子裡的自己。

好像確實瘦了很多，眼睛看起來好像比之前大了一點，眼底的青黑很重，下巴尖得像打了瘦臉針，憔悴得像是有一頓沒一頓的流浪兒童。

林語驚嘆了口氣，去食堂買了一份粥，硬逼自己吃了半碗。沒兩分鐘就丟下勺子衝進廁所，抱著馬桶開始了新一輪的嘔吐征程。

高二每週還可以回家一次，等以後到了高三，就是週六日都要上課了，半個月休息一天，週末時林芷會來接她回家。

林芷這兩個星期的臉色一直很難看，尤其是今天，之前她在車上都會問一下她這一週的學習情況、週考成績怎麼樣、多少分，今天卻一句話都沒說，兩個人一路沉默，一直到快到家。

林芷忽然甩手打方向盤，車子發出尖銳的一聲，猛地停在路邊。

林語驚還在看車窗外，過了十幾秒才回過神來，慢吞吞地轉過頭去。

林芷從後照鏡裡看著她，目光很冷：「妳在鬧給誰看？」

林語驚有些茫然地看著她，似乎是沒聽懂。

「妳看看妳現在把自己搞成什麼樣子了？什麼意思？報復我？」林芷冷笑了一聲，說，「妳不會以為這樣就有用吧？我是什麼性子妳也知道，妳覺得妳這樣能影響到我？我告訴妳，林語驚，妳不用這樣鬧，對我來說沒用。」

林語驚聽懂了。

她漠然地重新轉過頭去，扭頭看向車窗外。

車窗外是冬天的懷城，街上的人裹著厚厚的大衣貼著牆邊，垂頭往前走。

她不知道A市這個時候是什麼樣子，但是懷城的冬天溫度比帝都高上不少，但還是很冷。那種潮濕透骨的冷隔著厚厚的一層車門都能感受到，是摸不著邊際的冷。

「媽，」林語驚看著窗外說，「我吃不下東西，也睡不著了。」

林芷沒說話，抿著唇，眼睛有點紅，像是在極力克制著憤怒還是什麼。

「每天都這樣，我很努力地想讓自己好，但是沒什麼用。」林語驚淡聲說，「您幫我找個心理醫生吧。」

林芷找的心理醫生開了一家私人心理診所，叫言衡，看起來四十歲左右，戴著一副眼鏡，英俊溫和，語速很慢。

診所在一棟商業大樓的頂樓，林語驚推門進去時，男人放下手裡的書抬起頭來：「林語驚？」

林語驚禮貌地問了聲好：「您好。」

言衡笑了笑：「妳跟妳媽媽長得很像。」

「啊，」林語驚愣了愣，「啊……」

「她十六七歲的時候跟妳長得一模一樣。」言衡說完闔上書，站起身，「妳媽是不是很煩？」

林語驚：……？

林語驚覺得這個人說話怎麼聽起來有點莫名的微妙。她清了清嗓子，不知道要說什麼才好。

言衡指了指落地窗前的單人沙發：「坐吧。」

林語驚走過去坐下，看著他從牆邊的櫃子裡拿了杯子出來：「喝咖啡嗎？我這裡有之前別人送我的瑰夏咖啡，我剛剛煮了一壺。」他轉過身來，朝她眨眨眼，「我還沒喝過這麼貴的咖啡，據說能喝出水果味。」

林語驚笑了笑，心情放鬆了一些，看著他端兩杯咖啡過來，忍不住說：「高鈣片，水果口味。」

言衡愣了一下，而後笑著在她對面坐下：「妳比妳媽媽有意思，她像妳這麼大的時候，是個唯我獨尊的大小姐，還有公主病。」

林語驚終於沒忍住：「您跟我媽媽……」

「高中同學，」言衡在她對面坐下，「不過妳不用擔心，妳今天跟我說的事情，我一句話都不會跟她說，這點職業素養我還是有的，而且我也很討厭她。」

林語驚沒說話，捧著那個據說很貴的咖啡喝了一口，好像還真的有股水果味。

「妳媽媽簡單跟我說了一下妳的情況，妳之前是在A市，是嗎？」言衡將咖啡杯放在桌上，說了句方言。

林語驚愣住了，抬起頭來。

「我是A市人。」言衡笑了笑，「高中在帝都那邊讀，後來又回來了。」

林語驚沒聽清楚他後面說了些什麼，聽到那句熟悉的方言時，她的腦子有點亂。

沈倦有的時候也會說。

他的聲音很好聽，比起同齡人，有偏沉的性感，講起方言來會比普通話多一點點柔軟，低沉又溫柔。

他之前還教了她幾句日常經常用到的話，她說得不標準，他就靠著牆撐著腦袋笑，聽著她蹩腳的發音，懶洋洋地調侃：「妳是個新疆來的A市人？」

小女生就瞪他：「校霸，你很囂張啊，我有一百種方法讓你在八中待不下去，你信嗎？」

林語驚迅速垂頭，抬手蹭了一下鼻子。

言衡是個非常容易讓人產生親近感的人，也許心理醫生都這樣，他們有自己的辦法讓人在很短的時間內對他們建立信任。

林語驚簡單說完後，言衡一直沒怎麼插話，偶爾會提兩個問題。直到最後，他看著林語驚，溫聲問道：「妳想打電話給妳的那個朋友嗎？」

林語驚沒說話。

想，剛去一中的時候發了瘋地想。

現在呢？

寢室裡雖然沒有電話，但是其實每棟宿舍的一樓，舍監阿姨的房間裡面都有個座機電話，平時學生也會跟家長通個電話。

林語驚半個月前才發現這個，但是她也沒有去打。

言衡凝視著她：「妳害怕吧？」

林語驚垂眼：「我不知道，我覺得我聽到他的聲音，可能就堅持不下去了。」

沒聽到他的聲音時，會覺得聽聽聲音，能打個電話就好。但欲望是會膨脹的，等真的聽到了，是不是就會開始想見他這個人？是不是就會拚命想逃離這個像監獄一樣的地方？

「我還是希望妳能跟我說實話，」言衡說，「妳怕的不僅是這個吧？」

林語驚沒說話。

「妳也害怕妳那個朋友的態度，對嗎？」言衡說，「你們從那時候到現在都沒有見過面，沒有聯繫，妳覺得這段時間已經長到足以讓一個人發生一些變化了。從始至終，妳都對你們的這段關係都非常沒有信心。再加上妳現在在學校是偏壓抑的環境，幾方壓力加在一起，導致了妳現在這種焦慮的狀態，妳壓力太大了。」

林語驚沉默地抿著唇，還是沒說話。

言衡往沙發裡一靠，最後還是忍不住道：「林芷到底造了什麼孽，好好的一個孩子，被她弄成這樣。」

林語驚喝了一口咖啡，聽著這句話，竟然還很有心情地笑了：「我就是不太相信這個，我沒辦法相信這個世界上真的有人會……一直喜歡我，人總是會變的。」

連父母的愛都得不到的人，怎麼能奢求別人愛我？

「我很少見到有孩子在妳這個年紀，想法這麼……理智又消極。」言衡嘆了口氣，說，「妳想聽聽我的建議嗎？」

林語驚深吸了口氣：「您說吧。」

「我反而覺得，你們分開這一年半其實是很好的。妳有沒有發現，妳和妳那個朋友之間的關係最主要的矛盾點不是妳媽媽，不在於你們現在是不是分開的，而在於妳。就算妳現在沒有轉學，但還是一直抱著這種想法，你們之間的問題就會一直存在，早晚有一天會爆發。

妳沒有安全感，他一直拽著妳，妳卻不肯動，時間久了，他一定會覺得累。所以妳不能既膽怯又期盼著他能始終拉著妳，直到有一天終於把妳拉出來。他可以拉著妳，但是最後還是要妳自己願意走出來。」

言衡語速很慢，眼神溫和看著她：「小朋友，妳得試著去相信自己是能一直被愛的。」

‡

八中的論壇這一段時間一直很精彩，平均每幾分鐘就會出現一個新的貼文，討論的主題還是校霸的愛情故事。

其實也沒別的，主要是某沈姓不能透露姓名的校霸劈腿事件被證實了，原因是可憐的女主角被背叛，傷心欲絕，落寞地轉學了。

八中失去了一個能衝擊省狀元——至少市狀元的苗子，教導主任等一眾老師都失落了好一段時間。尤其是十班班導師劉福江，簡直可以用悲痛欲絕來形容。他一向喜歡林語驚，最喜歡的學生說走就走了，對這個年邁又嶄新的班導師來說，打擊不可謂不大。

但是他還是決定相信沈倦，自從上次沈林CP同人文事件以後，劉福江老師學會看論壇了，在某沈姓不能透露姓名的校霸劈腿事件發酵後，劉福江把沈倦叫到辦公室來，失魂落魄地說：「沈倦啊，你不用有壓力，老師相信你。」

沈倦垂著眼，沒說話，有些走神。

劉福江憤憤地續道：「你和林語驚都是好孩子，你不用聽那些人的話，他們都是沒事找事做，閒著不讀書，淨想著胡編亂造，我就一點都沒看出來你和林語驚之間有什麼不能見光的關係！」劉福江拍桌：「你們是多麼要好又純潔的同桌關係！啊？每天互幫互助學習！他們這些人天天只知道造謠！」

沈倦：「……」

何松南算是少數有腦子的人，他開始懷疑自己兄弟是不是沾到了什麼不乾淨的東西，最近這段時間好像過於倒楣。

「你看你啊，」午休吃飯時，何松南捏著勺子扒了兩口炒飯，抬起頭來，「女朋友現在走了，下落不明，直接落實了你劈腿的事實。」

宋志明將左手往右手上一敲：「實錘，拉閘。」

餐館很小，不禁菸，沈倦坐在裡面靠著牆，嘴裡咬著菸，面前的炒飯一口都沒動。

一截菸灰掛在上面，沈倦也不管，垂著眼不知道在想什麼。

他最近時常是這個狀態，雖然沒有表現出太明顯的頹廢之類的情緒，但是基本上不怎麼說話，看人冷淡又漠然，眼神裡像是有什麼東西沉下去了。

何松南和宋志明對視了一眼，何松南嘆了一口氣：「倦爺，先吃飯吧，沒了女朋友也不能天天這樣水油不進地冥想啊。」

沈倦抬了抬眼：「誰告訴你我沒了女朋友？」

「那你告訴我她在哪裡？」何松南說，「你意念裡？」

沈倦把嘴裡的菸取下來，菸灰敲進旁邊已經堆了四五個菸蒂的塑膠菸灰缸裡，又壓滅：「我他媽在用意念和我沒良心的女朋友談異地戀，不行？」

宋志明：「……」

何松南抱了抱拳：「太行了。」

林語驚離開一個多月後，八中放寒假，沈倦開始每天在工作室和醫院兩頭跑。

洛清河的狀態依然不樂觀，沈母把國外的工作都推掉了，回來A市。

到底是親媽，沈母幾乎是一眼就看出了沈倦的不對勁。

醫院裡很安靜，沈母坐在床邊，看著靠在窗前的沈倦低聲問：「除了你舅舅，你最近還發生了什麼事情嗎？」

沈倦沒說話，靠著窗臺，頭斜靠在雪白的牆面上，看著躺在床上的洛清河，表情淡然，半晌才道：「沒什麼事，跑掉了一隻貓。」

沈母愣了愣：「你養了貓？」

「嗯，撿的。」沈倦直起身子，垂下頭，想起那天下午，滿臉茫然地站在工作室門口的少女，「自己竄到工作室裡來了。」

「跑了就跑了吧，喜歡的話，你去貓舍挑一隻。」沈母說，「野貓大多都養不熟，會跑掉也是正常的。」

養不熟？

沈倦瞇了瞇眼：「養不熟，就等以後抓回來綁著。」

‡

林語驚走後三個月，年後，八中開學。

沈倦上學期的東西基本上都放在學校裡沒有拿走，新學期換了新的課本，他把上學期那些不用的書都從抽屜裡抽出來。書本加上考卷，厚厚的一大堆，沈倦全都疊在一起放在桌子上，高高的一座山。

王一揚像風一樣從教室外衝進來，第一件事就是過來妄圖給他一個擁抱：「爸！！爸！！好久不見！啊！」

他往上一撞，沈倦桌上那高高一疊書的上面幾本被撞下去，有幾本掉在地上，還有一本掉在旁邊空著的書桌上，書頁翻飛。

沈倦嘆了口氣，掃了一眼王一揚：「你什麼時候能讓爸爸省點心？」

王一揚撅著屁股撿起掉在地上的書，沈倦則將掉在林語驚桌上的書撿起來。書頁折起，露出第一頁，上面沒有他的名字。

沈倦一頓。

他的書他一定會寫上名字，也沒有什麼原因，就是他的東西他會習慣性地做上記號。

沈倦垂眸，隨手翻了翻那本明顯不是他的課本，上面也有字，偶爾出現在書旁的空白處，懶散隨性，很熟悉的字體。

沈倦怔了怔，站在那裡翻了兩頁，裡面有一張白色的筆記紙掉出來。

沈倦垂眸，捏著那張紙撿起來。

上面寫了一首詞，字跡有些潦草，飄得很，看得出來寫得急。

『鬥草階前初見，穿針樓上曾逢。羅裙香露玉釵風。靚妝眉沁綠，羞臉粉生紅。

流水便隨春遠，行雲終與誰同。酒醒長恨錦屏空。相尋夢裡路，飛雨落花中。』

晏幾道的《臨江仙》。

沈倦覺得林語驚的國文全學年第一名都是抄出來的吧，這麼詞不達意的玩意兒也敢留給他。

他看著那張紙，良久，肩膀忽然塌下來。

心裡的那股火就這麼一直燒著，越燒越旺，發不出來，就悶著。

一閉上眼睛，腦子裡浮現的全是紅著眼睛看他的少女臉龐。

「你可以允許我離開一會兒，但是你會把我拉回來。」

「你不能拋棄我，你不會放手的。」

連眼睫毛都是清晰的。

沈倦的身子往後靠，癱在椅子裡，仰著頭，手背蓋在眼睛上笑了一聲：「老子上輩子欠妳的。」

又氣，也無奈。

還能怎麼辦，等吧。

‡

懷城一中從高二下學期就開始減少假期，寒假掐頭去尾各占一半，最後只剩下過年的十幾天。到了高三，就連十幾天都沒有了，三十當天開始放假，到初三上課，寒假都湊不到一個星期。

高三那年的寒假，林語驚和林芷沒回帝都，就直接在懷城過年。

年前，林芷剛做了手術，把子宮摘除。

她這個手術又拖了很久，前前後後過了差不多一年才終於去做了。林語驚覺得有時候林芷真的完全不把自己的身體健康當一回事，她好像完全不在意這個。但畢竟也是個不小的手術，林芷住了一個月的院，拆了線才出院。

三十號那天，家裡的阿姨全都放了假，回家過年。煮飯的阿姨是本地人，知道他們北方過年都吃餃子，臨走之前特地包了滿滿一冰箱的餃子凍著，又把煮好的菜放在冰箱保鮮。

林芷平時很忙，除了每半個月雷打不動地親自去學校接她、見一次面之外，兩個人很少見面，話也沒有多少。

林語驚本來以為今年這個年她得一個人過，結果十一點，門外有人按門鎖的聲音響起時，林語驚正捧著自己熱好的一盤餃子，蹲在沙發上看春晚。

林芷進門，站在門口，兩個人大眼瞪小眼，對視了十幾秒。

電視裡，蔡明和潘長江正在跳廣場舞版探戈，互相叫小拖鞋、小螺絲，甜甜蜜蜜的，令人好生羨慕，打破了一屋子的安靜。

最後還是林語驚清了清嗓子，姿勢從蹲在沙發上改成坐下：「媽，您新年快樂？」

林芷匆匆垂頭，換鞋：「嗯，新年快樂。」

母女倆就這麼尷尬又不失禮貌地過了一個用語言一時之間描述不清楚到底算是複雜，還是簡單的年，最後春晚結束的時候，林芷在電視裡一片紅紅火火的「難忘今宵，難忘今宵」中轉過頭來看著林語驚，直到她也轉過來。

林芷長久地盯了她一會兒，似乎是想說些什麼，直到林語驚覺得她的眼神已經從盯變成瞪，自己都快被她的視線射穿時，她才終於動了動嘴，最後冷道：「考試準備得怎麼樣了？」

「啊，」林語驚把吃光的盤子放在茶几上，「還行吧。」

林芷點點頭：「上次——」

「離校最近的那次週考是第一。」林語驚趕緊說。

又是沉默。

林芷沒再說什麼，轉身進臥室，偌大的客廳只剩下林語驚一個人坐在沙發裡。

林語驚回過頭來，繼續看電視。

這首難忘今朝終於快唱完了。

這個兩個人的年過得安安靜靜，大年初三那天，林語驚回去學校。

她很早到，進教室的時候還有一半的人沒來，一進門就剛好看見學習委員在抄課程表，並順手把黑板前面的倒數計時牌翻了好幾頁。

教室前面有兩個倒數計時牌，一個是一模倒數計時，一個高考倒數計時。

——離高考僅有一百一十天。

鮮紅的大字刷滿了存在感。

林語驚看著上面的數字，愣了愣。

時間過得又快又慢，每一天都像是前一天的複製。林語驚有時候會有些恍惚，覺得自己是不是像《穿越時空的少女》裡的紺野真琴一樣，每天時間都在不斷回溯，她在早上醒來，又回到了前一天的時間點。

年後回來是第二輪總複習，週考、月考，緊接著是一模、二模。

在鋪天蓋地的考卷裡，連她的小軟妹同桌在自習課都不發呆偷懶了，教室裡從早到晚都靜悄悄的，只能聽見筆尖畫在紙上的沙沙聲，還有偶爾書頁翻動的聲音。

林語驚有時候會抽出一點時間來休息，想一下十班那邊現在是什麼樣子。

李林的數學還是六十分嗎？他們那一群人都不怎麼愛讀書，全是保證及格爭一百名的選手，不知道高三了，是不是多多少少會開始努力，稍微用點心，不再那麼混。

沈倦跟他們關係已經很好了，應該也會幫幫他們？

沈倦……

林語驚嘆了口氣，不知道為什麼，忽然莫名其妙地想到她現在走了，終於沒人和沈倦搶一等獎學金了。

她抬起頭來，又看了一眼掛在黑板旁邊倒數計時的數字板。

——距高考僅有三十三天。

日子像是假的，每天都在枯燥地重複著，模擬考試和倒數計時卻是真的，不斷地提醒著所有人時間的流逝。

她在這裡，已經度過了比和沈倦在一起的幾個月多好幾倍的時間。

高考前一天，懷城全市的高三統一放假，讓高考考生休息調整狀態。

林語驚去了一次言衡的心理診所。

林語驚之前的焦慮不算嚴重，發現得很及時，而且她自己很清楚地明白自己的狀態不對勁，對各種治療、調整都十分配合。剛開始是因為要看醫生，後來狀態一點一點地好起來，她也依然隔一個月會過來一次，就聊聊天。

言衡非常善於「勾引」別人講故事，是個很好的傾訴對象，而林語驚從小到大，最缺少的就是傾訴。小時候她沒有人可以說，她的身邊沒有能扮演傾聽的人存在，所以她從不說到不會說，十幾年來早就習慣了。

她到的時候言衡正在逗鳥，兩個人已經很熟了，言衡只回頭跟她打了個招呼，就繼續逗鳥。

一隻小白鳥安靜地站在籠子上，頭上的兩撮小黃毛立著，大眼睛圓溜溜，還有兩坨紅臉蛋。

林語驚好奇地走過去：「這是什麼鳥？」

「玄鳳鸚鵡。」言衡用手指摸了摸小鳥的翅膀才轉身，「明天要考試了吧？」

林語驚點點頭：「嗯。」

言衡走到沙發前坐下：「感覺怎麼樣，緊張嗎？」

林語驚笑了笑：「您看我緊張嗎？」

「我當然覺得妳考試不會有什麼問題。」言衡也笑了，「我是問妳馬上要見到妳朋友了，緊張嗎？」

「啊，」林語驚眨眨眼，「其實我已經想出了一千八百種和他的見面方式。」

「還是你們這個年紀的小女生有想法。」言衡笑著問，「有沒有妳目前為止最滿意的選項？」

「有。」林語驚說。

其實也沒有那麼多想法，就是想衝到他的工作室去，直接去見他。

「其實，」林語驚頓了頓，說，「我今年年前有打一通電話給他。」

她那時候身體狀態轉好，林芷又動手術，就在週日晚上打了電話給沈倦。

言衡問：「嗯，然後呢？」

「沒接，可能是因為在忙什麼吧，他週末一直都很忙。」她垂著眼，好半天才嘆了口氣，有點沮喪地撇撇嘴，「他是不是生氣了？」停了一會兒，又小聲嘟囔：「他怎麼這麼小氣……」

言衡笑了起來。

林語驚抬眼，面無表情地看著他。

男人笑得不行，過了一會兒才輕咳一聲：「對不起，我只是覺得，好像只有提起妳那個朋友的時候，妳看起來才比較符合實際年齡。他沒接，然後呢？」言衡問。

「我傳了訊息給他。」林語鶯側頭，看著落地窗窗外。

六月的陽光熱情猛烈，有些刺眼，她瞇起眼睛：「如果他真的不理我了，我就——」

「妳就？」

小女生又長長地嘆了口氣：「我也不知道，我沒哄過他，一般都是……」

他哄著我。

哄著她，寵著她。

明明應該是個脾氣不好的人，和她在一起的時候，好像真的無比有耐心，就算心裡有火也會壓著，什麼都聽她的，是校霸卻沒有校霸的樣子。

成何體統啊，沈同學。

言衡在旁邊又開始笑。

林語鶯忍不住看著他：「言老師，您今天心情很愉快啊。」

「我是滿高興的，妳這一年多的變化真的很大。」言衡說，「我第一次見到妳的時候，妳那個狀態該怎麼說呢，讓人想把林芷拉過來打一頓。」

林語鶯那天在診所吃了午飯才走，離開的時候，言衡送她到電梯口：「妳高考之後應該會回A市吧？我有時候也會回去，有空可以去吃個飯，帶著妳朋友一起。」

林語鶯站在電梯裡，按了按開門鍵，轉過頭來：「這一年多，我真的……」她對他低低地鞠了躬，「我不是特別會說謝謝，但是謝謝您。」

男人還是第一次見面時的樣子，眉眼溫和，「不用謝我，我也沒做什麼，最重要的還是妳自己，勇敢一點，有些事情在沒嘗試之前，別總想著逃避。」

那年六月盛夏，蟬鳴聒噪，高考的理科考卷據說是距二〇〇三年地獄等級以後最難的一年。九號考完試的那天，林語驚回去了懷城一中。

即使是這樣的學校，在這天，高三的教學大樓也是鑼鼓喧天，鞭炮齊鳴。

走廊上有抱著書嚎叫著飛奔的，有把考卷往操場上丟的，教學大樓下的學年主任一聲怒吼：「嗳！你是幾班的！有沒有說別把考卷往下扔？你們班導師是誰！！」

那個男生也趴在走廊邊伸出腦袋，膽子大到不行：「您去找我們班導師吧！」

學年主任扠著腰仰頭往上看，還沒說話，另一頭又是一疊考卷飄下來，直接就被氣笑了。

同一班的同學多多少少有些感情，畢竟相處了一年多，平時低頭不見抬頭見，更何況大家一起走過了高三這段最難的時光。

林語驚一進教室，直接被小軟妹一把抱住，小女生掛在她身上嚎啕大哭：「我以為我要死了，嗚嗚嗚嗚！鯨魚，我終於活過來了嗎？我是熬過來了嗎？妳打我一下，現在是真實的嗎？嗚嗚嗚啊啊啊啊！」

林語驚好笑地拍了拍她的腦袋，轉過頭去，看見一旁的學習委員一臉猙獰的喜悅，手裡捏著厚厚一疊考卷站在桌子上，對著窗外咆哮了一聲：「去死吧，物理！！！」

「……」

林語驚才知道，原來學習委員也不是真的特別熱愛學習。

學校裡就有舊書本、考卷回收，林語驚這些書本都沒拿，回寢室裡又收拾了一圈。她的東西不多，來的時候只有一個行李箱，走的時候也夠了。

她把桌面上的東西裝好，上床又摸了一圈，從枕頭下面摸出一本書。

林語驚抽出來，坐在床邊，垂頭。

那本書已經有點舊了，每天都被這樣磨，書角已經泛起了一點毛邊，被人用透明膠帶小心地年起來。

林語驚翻開第一頁，上面是黑色中性筆簽的名字，下面夾著一張拍立得，白色的照片邊緣也已經有些泛黃。那張照片是對著手機拍的，還拍出了手機兩邊窄窄的框，畫面裡有一個少年，神情倦懶，眉眼很好看。

林語驚已經想不起來有多少個日夜，都是這張照片支撐著她堅持下去。

她站起身來，走到寢室的陽臺外，站了好一會兒。

天空是湛藍，樹影搖曳，風暖而輕，耳邊是歡呼和哭泣。

高三啊，她自己都不知道是怎麼度過這一年半的，終於還是過去了。

沒有什麼過不去的。

只是過去的，也再也回不來了。

第十九章
女朋友熱情似火

高考公布成績以後，林語驚用了三天的時間和林芷周旋。

林芷的意思很簡單，要她報B大，回帝都。

林語驚拒絕得也很明確，她要報A大。

她從來沒有問過沈倦以後會去哪間學校，但是她知道，林語驚始終記著少年那句「我走不掉，我一輩子都得在這裡」。

每次想起來，她心裡都泛著酸。

沈倦不會走的，他一定會留在A市，他會在A市最好的學校。

A市也很好，A大也不比B大差多少，林語驚幾乎是毫不猶豫。

林芷在某些事上有很強的掌控欲，兩人僵持了三天沒有任何結果。林語驚這次完全豁出去了，半分都不肯動搖。

她沒辦法說服林芷，最後還是偷偷聯繫了林清宗。

林老爺子今年不到七十歲，身子硬朗，每天在家裡養養花、逗逗鳥，和林奶奶下下棋，幾乎不問世事，林芷愛怎麼鬧就怎麼鬧。

林語驚從小到大沒見過他們幾次，也沒什麼太深的感情，所以這次她打電話過來，林清宗還覺得滿神奇的。

『妳的個性倒是比妳媽軟多了，我還一直以為妳們都一樣，得自己倔強到底，什麼事都不會來找我呢。』林爺爺悠悠道，『我也老了，只有妳媽這麼一個閨女，現在也只有妳一個小孫女，妳給我一個不回來的理由，讓老頭子聽聽。』

「爺爺，您有奶奶陪著您，不能這麼自私，不如讓我去幫您找個孫女婿回來吧。」林語鶯毫不猶豫道。

林爺爺愣了一會兒，笑得陰森森的：『去追愛啊？』

林語鶯：「是啊。」

『妳這小丫頭還敢跟我提這個。』林清宗道，『妳知不知道，妳媽為了去追愛，跟那個什麼姓孟的小子在一起，我打了她多少次？』

林芷當年和孟偉國在一起的這件事，父母都是極力反對的。

孟偉國的家庭情況不好，家在農村，父親進了城以後再也沒回來過，母親帶著他，上面還有一個哥哥、一個姊姊。

林清宗當時只有兩句話——寒門再難出貴子。而且這小子的眼神輕浮，不能嫁。

林芷從小個性就是那樣，這麼多年來都沒變過，要做的事情就一定要做到。她那時候堅信孟偉國就是她這輩子遇到最好的人，無論如何就非他莫屬。

林清宗也是性子強硬的人，在商場打拚了這麼多年，從來都是說一不二。用林奶奶的話來說，父女倆像同一個模子刻出來的，因為這件事鬧得很凶，一度到了差點斷絕父女關係的程度。

最後到底還是做父母的妥協，林芷和孟偉國結婚，生下林語鶯，只不過從那以後，林清宗就再也不管他們的任何事了。愛怎麼做就怎麼做吧，過得好、過得不好都是造化。

這件事，林語鶯小時候倒是聽林奶奶提過一次，頓了頓後說：「我媽的眼光不好，您看不上的人，她就是喜歡。但您這個孫女婿她看不上，我當時就覺得您肯定也會喜歡，爺爺，您看人的眼光我肯定特別相信。」

林清宗：『……』

林芷之前和林語驚吵架的事他也知道，老爺子快七十歲了，什麼風浪沒見過，這種程度的事情對他來說，就是小打小鬧。

林家的小孩，要是這點事情都過不去，那也太丟臉了，趁早別姓林。

結果今天一聽，林清宗覺得他這個外孫女跟她媽確實不一樣，歪理一套一套的，一本正經地胡說八道，胡攪蠻纏的話都能說得讓你覺得有理有據，令人信服。

而且最重要的是，還說得讓人很高興。

他當下就打了電話給林芷：『孩子成年了，想在哪裡讀書就隨她去。』林爺爺的聲音悠悠然，也不手軟，直接往自己女兒的痛處戳，『妳當年連嫁人我都不管了，現在妳女兒要去哪裡上大學，妳怎麼還想插一腳呢？』

林芷：「……」

林芷最終妥協，掛了電話，看著她：「妳一定要去找那個男孩，是吧？」

林語驚沒說話。

林芷說：「妳一定會後悔。」

林語驚看著她，心平氣和地說：「媽，我不是妳，他也不叫孟偉國。」

林語驚心想，我也不瞎，我兩隻眼睛都五點〇呢。

林芷沒再說什麼，林語驚終於鬆了口氣。

一口氣鬆下來沒多久，又提起來了。

當年，很大部分的原因就是因為孟偉國家裡窮，林清宗才不同意他和林芷在一起。那現在沈倦怎麼辦？沈倦也沒錢……

林語驚長長地嘆了口氣，煩惱得有些頭痛。

這可如何是好。

‡

拿到錄取通知書以後，林語驚沒馬上回A市，她先回帝都一趟。

她所有東西都沒帶走，一個箱子裡空空的，裝著一本書，書裡夾著一張照片。

她換了一部新手機，又去辦了新的卡，什麼密碼早就不記得了，綁定的又是舊的手機號碼，林語驚就弄了一個新的微信，想了想，查了一下沈倦的手機號碼。

沒查到他的帳號。

她坐在機場候機室裡，打了一通電話給沈倦。

這是個很奇怪的事情，她跟沈倦之前好像沒通過電話，她也從來沒有注意過沈倦的電話號碼到底是多少，但是她還是記住了。

林語驚把這歸功於自己的學霸腦。

七百二十一分的林語驚同學，原來在不知不覺中已經掌握了過目不忘的本領。

機場裡人來人往，一個漂亮小女生拉著銀白色的登機箱走到她旁邊坐下，林語驚側過頭，把自己的登機箱往旁邊拉，然後繼續打電話。

這次響了三聲以後，對面接起來了。

林語驚連呼吸都停了一拍。

對面的男生開場就大咧咧地說一句：『喂，你好，哪位？』

明顯不是沈倦的聲音。

林語驚愣了愣，一時間沒反應過來，還來不及說話，對面又問了一句：『誰啊？』

林語驚眨了一下眼：「您好，這是沈倦的電話嗎？」

『對啊，他現在在忙，沒空接電話，妳有什麼事？急事我幫妳轉達，不急的話妳……』男生頓了頓，大概看了一眼時鐘，『晚上六點以後再打。』

聲音有一點點耳熟，但林語驚也沒聽出來是誰。

「沒什麼急事。」她抬頭，看了一眼機場上的電子時鐘，「沒事，讓他先忙吧，謝謝你啊。」

『沒事沒事，為女孩子服務——』說到一半，對面忽然寂靜了，半點聲音沒有。

下一秒，林語驚就聽見這個男生吼了一聲，聲音很悶，像是捂著電話，怕被別人聽見：『不對啊，我靠！！倦爺！是個女的！！你他媽——！』

林語驚沒忍住，笑了一聲，把電話掛了。

登機口螢幕上的航班號碼滾動，機場廣播聲響起，林語驚把手機關了機，起身登機。

A市，蔣寒舉著手機衝到工作間門口，瞪著眼睛：「沈倦，女的。」

沈倦手上戴著黑色手套，正在割線。

這個男生選的地方很騷，在腰窩，圖也很騷，是一個烈焰大紅唇。

這個人拿圖過來的時候，蔣寒都不想吐槽了，三十年前的既視感。沈倦估計也是看不下去，幫他改了改，改成了在火焰裡燃燒的唇，火苗青藍，泛著冷意。

蔣寒說完，趴在那裡，那個男生轉過頭來，一臉調侃：「有女生打給沈老闆不是滿正常的嗎？我要是女生，我也追啊。」

「不是那回事，兄弟，你不懂。」蔣寒笑道，「我們老沈皈依佛門了，凡心不動，他的手機號碼基本上沒有女生知道，除了——」

他這句話說到一半，自己愣住了。

沈倦手上割線的動作倏地一頓。

蔣寒還舉著手機，看著他，猶豫地開口：「倦爺，剛剛我還沒聽出來，現在一想，你別說，聲音還真的有點……」

沈倦將手裡的機器放下，直起身來，伸直的長腿屈起。

他垂眸，聲音擋在黑色口罩的後面，有點悶，顯得沉冷：「痛不痛？」

那個男生也感受到了氣氛的異常，但是他不懂是怎麼回事，實話實說：「還行，沒什麼感覺，就是有點麻。」

沈倦點了點頭，把黑色手套摘下來，丟進旁邊的垃圾桶裡，用手指勾下口罩：「那先休息一會兒。」

男生有點傻住：「啊……好。」

沈倦起身，從蔣寒手裡抽走了手機，徑直走出去並回手關上門。

那個男生還沒反應過來，側頭問蔣寒：「我剛剛說的是不疼吧？」

「不關你的事。」蔣寒拍了拍他的肩膀，安慰道，「這個故事裡，你註定了無法擁有姓名。」

男生一臉茫然：「啊……？」

門外，沈倦點進通話記錄，找到了剛剛那個電話號碼撥出去，一邊推開門，站在小院子裡。

電話那頭的女聲冰冷，關機。

電話裡傳來三聲忙碌音，然後重回寂靜。

沈倦長長地吐出一口氣，垂手放下手機，從口袋裡摸出菸來咬著，點燃。

他往後靠在門上，頭抵著門板往上看，瞇了瞇眼。

破敗又沉默的小巷，露出來的半塊天空被烏雲糊了滿臉，又被雜亂的電線割得四分五裂。

今天的天氣不怎麼好。

洛清河走的那天，天氣好像也很糟，陰潮得很，是不是還下了雨？

不太記得了。

林語驚買了下午的機票，之前那個拖著行李箱的漂亮小女生座位就在她旁邊。

看起來安安靜靜，非常甜的一個小軟妹，沒想到特別樂於助人，一上飛機就抿著唇，舉著林語鷺的行李箱塞到上頭。

兩個人聊了幾句，小女生要一個人去帝都旅遊，看起來很小，結果比她大了好幾歲，是學醫的。

林語鷺隨口問：「以後當醫生的話應該滿忙的吧，而且現在醫患關係什麼的都很緊張。」

小女生眨著大眼睛看著她：「我不幫活人看病。」

「啊……？」林語鷺說，「法……法醫啊？」

小女生點點頭：「人死了，才歸我管。」

林語鷺：「……」

飛機沒誤點，晚上五點半準時落地。林語鷺從機場出來，一眼就看見了在等她的程軼。

好像也只有兩年沒見，這個人還是那麼賤，手裡舉著大大的牌子，上面還畫了粉紅色的愛心，中間是明黃色的大字——林語鷺，爸爸永遠的寶貝女兒。

配色怎麼俗氣就怎麼來。林語鷺翻了個白眼。

少年大多發育得晚，又長得快，程軼這一年多也拔高了一截，過來對著她的手臂就是兩發尖尖碰碰拳：「不是，妳什麼意思啊？哥兒們去年還去八中找妳，結果人家說妳早就走了，都不告訴我們一聲？」

「事出突然。」林語鷺笑道，頓了頓又問，「你看見沈倦了嗎？」

「妳那個老大同桌啊，看見了。」程軼說，「我都不敢過去跟他說話，那哥兒們當時的狀態有點讓人望而卻步啊。」

林語鷺愣了愣。

「我形容不出那種感覺，反正就是頹廢吧。」程軼轉過頭來，轉移了話題，「送妳回哪裡？林爺爺那邊？」

林語驚抿了抿唇，「嗯」了一聲。

她能留在A市全是靠林清宗，老爺子也沒什麼要求，就讓她暑假回來一趟，陪他一段時間。

林語驚本來不急於這一時，反正一年半都等了，但是程軼這番話說完，她就有點待不住，決定待一個星期就回A市找沈倦。

偏偏林清宗像是完全看不出來她焦急的心情，每天悠哉地拉著她，教她下圍棋、種花遛狗，怎麼樣都好，就是不放她走。

林語驚很絕望，咬著牙聽林老爺子教鸚鵡說話，幾十天就那麼一句——「談戀愛有什麼好！談戀愛有什麼好！」

臨近開學的前一個星期，林語驚也不掙扎了，聽著鸚鵡在那裡「談戀愛有什麼好！」，麻木地道：「爺爺，您就是故意的吧。」

老頭笑得可開心了，燦爛的笑容讓他看起來年輕了至少十歲：「妳這臭丫頭沒良心，妳從小到大我見過妳幾次？怎麼都沒見過妳想我，來看我幾次？」

林奶奶斜了他一眼：「也不知道當初是誰，死活不承認自己這個孫女的。」

林奶奶是江南人，說起話來不急不緩，溫溫柔柔的。她轉過頭來看向林語驚：「妳小時候剛會走的時候，我幫妳織了一個毛襪，被妳爺爺看見了，哎喲，不得了，一把搶走還發火，死活不讓我給妳。晚上我偷偷過去一看——」

林奶奶抬手，比了一下，「那麼一丁點大的小襪子，自己套在手指頭上舉著，看得很高興呢。」

林清宗冷著臉，耳朵有點紅：「胡扯！」

林語驚怔了怔。

老宅這邊除了過年過節，她基本上很少回來，一年見不到幾次面。小時候只記得每次回來，林清宗對她都是冷著臉，有時候看都不看她一眼，在小朋友看來嚴肅又可怕，很有距離感。

林語驚一直以為林清宗也是不喜歡自己的，長大了以後，也沒主動聯繫過了。

「妳爺爺這個人啊，一輩子都這樣，從來不肯主動認輸、承認什麼的。」林奶奶繼續說，「年輕的時候他窮，我的家裡條件很好，後來談個戀愛就要跟我分開，還說什麼不喜歡我了，還要我追著他跑。」

「我是捨不得妳跟我吃苦。」林爺爺有些無奈，摸摸鼻子：「哎，怎麼又開始計較起以前的事了？」

林奶奶白了他一眼：「我一直都記著呢，你壞得很。」

林語驚：「……」

年近古稀的兩個老人，當著外孫女的面旁若無人地打情罵俏，這究竟是道德的淪喪，還是人性的毀滅。

林語驚靠在沙發上，看著兩人說起那些塵封往事裡的埋怨和委屈，無意識地彎起唇角。

哪有什麼人生、長久的感情是一帆風順的。對的人，是經歷了別離和爭吵，若干年後我白髮蒼蒼，我垂垂老矣，而陪伴在我身邊的人依然是你。

回A市的前兩天，林清宗把林語驚叫到書房裡聊了很多。

老人站在書櫃面前，身形有些佝僂了，卻依然可以窺見年輕時的氣勢：「妳媽的個性像我，太硬、好強、固執，還很極端，反正我不好的地方都遺傳給她了。但她沒有我幸運，我碰到了妳奶奶。妳奶奶當時家裡條件好，從小嬌生慣養的，什麼都不會，這麼一個小女生，硬是自己一個人偷跑到北方這邊找我。那時候什麼電話都沒有，她也不怕，說來就來了，我當時就想，我得對她一輩子好，我什麼都聽她的。

有妳奶奶領著我，帶著我，我也不至於走錯路，但妳媽不一樣，她這輩子沒遇見那個人。沒人帶著她走，沒人告訴她怎麼是好，怎麼是壞，所以她就一直這樣錯下去。她對不起妳，我呢，我當初說了不管，我就一定不管，我就想等她服個軟，這麼多年硬著一口氣，始終冷眼看著妳，也對不起妳。」

林語驚垂著眼，心裡不知道是什麼滋味：「我沒怪您。」

「妳倒是不怎麼像我們，跟妳奶奶一樣，彎得下，骨子裡也很倔強。小丫頭年紀小，想法倒是很正直。」林清宗看著她，嘆道，「想幹什麼就去幹，別怕，也別躲，我們林家人就算什麼都沒有了，也得帶著這股衝勁一直往前走。」

‡

林語驚在新生報到的那天回到A市，是早上的飛機。

到A市的時候是中午，林語鶯在機場裡吃了麵，然後坐在麵館裡查去A大的地鐵要怎麼轉。有地鐵可以轉到A大門口，大概兩個小時。

林語鶯嘆了口氣，拖著她的大行李箱艱難地上了地鐵。開學日，機場和地鐵上的人都多，外面悶熱到快要窒息，地鐵裡的空調一吹，又冷得起了一層雞皮疙瘩。

兩個小時後，她從地鐵站出來，看見門口站著一堆穿著志工T恤的學學姊們，手裡舉著大泡沫板，是手繪的，上面寫著——歡迎A大新生入學（撒花）（撒花）。

繪畫水準和李林的菊花牌黑板海報有得拚。

她一出來，旁邊兩個男生眼睛就亮了，你打我一下、我打你一下地一路小跑過來：「你好，同學，妳是新生嗎？」

旁邊那個舉牌子的女生翻了個白眼：「德行。」

「啊，」林語鶯拉著箱子走下地鐵站的臺階，「是。」

學長很熱情，二話不說就接過她的行李，幫她拿下來，帶著她往學校走，邊走邊侃侃而談，「學妹聽口音不是本地人啊。」

林語鶯不知道他是怎麼從她的這兩個音節——「啊」和「是」裡面聽出口音的，覺得學霸果然是有點神奇，點點頭：「帝都的。」

學長訝異了：「從這麼遠來A大啊，今年B大的分數好像沒比這邊高幾分啊。」

老實說，學長長得很清秀，但是有沈倦做對比，林語鶯現在覺得所有男生都長得像馬鈴薯。

而且這馬鈴薯的目的性明顯，林語鶯不太想跟他聊下去，乾脆說道：「我男朋友在這裡。」

學長：「……」

學長：「啊……」

學長很失落，失落地把她送到報到處，失落地放下了她的行李箱，失落但也認真負責地交代了後面的一連串流程，然後失落地走了。

A大報到兩天，昨天一天，今天一天。

沈倦是A市人，他應該不會昨天就來，所以林語驚在今天來。

在看到林爺爺和林奶奶相處，並且林爺爺找她聊完以後，她忽然產生了一種謎之宿命感。

林爺爺當時和林奶奶分手，林奶奶毅然決然地去了帝都。他們沒有手機，沒有辦法聯繫，他甚至也不知道她來了，可是她最後還是找到他了，在那麼大的帝都。

更何況她現在只在一個！小小的A大！！！

林語驚排隊報到以後，把行李放回到宿舍。宿舍是四人寢，上床下桌，除了她以外，剩下三個人都到齊了。

她的床位在靠陽臺的左手邊，林語驚放下行李，簡單地打了個招呼，四人互相認識了一下，什麼都沒整理就直接出門了。

她要在這小小的A大和男朋友偶遇，想想還有點小興奮。

一個小時後。

高考考了七百二十一分，全省第四名的小林同學蹲在樹下，開始真心實意地懷疑自己的腦子是不是被豆漿泡傻了，或者高考完，那點智商全都跟著考卷一起跑走了。

她不知道是什麼給她的自信，讓她覺得自己能在這個小小的，小到從女生宿舍繞出來都用了二十分鐘的A大裡面，在這一群新生、學長姊志工的人群中，和她一年半沒見過面的男朋友來一次命運的邂逅。

林語驚放棄了，她覺得宿命論還是不可靠，決定相信科學。

她掏出手機，打了電話給沈倦。

大概是因為之前幾次打電話過去都沒成功和沈倦說到話，她撥電話時動作流暢，無比自然，舉到耳邊的時候甚至還在想「這什麼破天氣，熱死人了」，直到電話響了兩聲，對面接起來後，林語驚一頓，對面也沒說話。

周圍的聲音嘈雜，來來往往始終是學生路過，行李箱滾在路面上，傳來喀啦喀啦的聲響。

過了幾秒，沈倦的聲音順著話筒傳過來，微微低沉，低而淡：『林語驚。』

啊，是我，好久不見。

林語驚手裡抓著手機，仰起頭。

樹影剪碎了陽光投射在地上，風吹過，她的腳下像一潭波光粼粼的水。

這聲音太熟悉了，穿透了一年八個月的時間，熟悉到她還沒反應過來，眼淚就像是長了腿，自己順著眼角往下滑。

林語驚也不知道自己為什麼會哭。

她走的時候、最後一次見他的時候都沒有哭。

焦慮到整晚失眠，吃什麼就吐什麼，半個月內暴瘦的時候也沒哭。

高考倒數計時衝刺時，整個寢室的人都因為壓力太大而哭的時候，她都沒哭。

甚至在聽到他的聲音之前，她一點想哭的感覺都沒有。

她是冷靜又理智，很酷的林語驚。

但是現在，很酷的林語驚就是沒辦法控制，像是有什麼支撐著她的東西在聽到他叫她名字的那一瞬間，忽然就塌掉了。

停不下來，收不回去。

「沈倦。」林語驚蹲在樹下低下頭，腦袋頂在膝蓋上，帶著哭腔叫他，「我找不到你了，你為什麼還不來接我？」

沈倦的手機響起時，人在寢室。

宿舍裡四個人都到齊了，都在整理東西。

沈倦沒什麼東西，把帶來的衣服塞進衣櫃裡後，行李箱基本上就已經空了一半。

對面床鋪的叫孫明川，是東北人，自來熟，此時正在把蚊帳抖開，轉一圈看了他們一眼：「你們都不帶蚊帳的啊？」

沈倦抬起頭來。

孫明川撓撓頭：「哎呀，只有我帶啊，我本來也不想帶，結果我媽非讓我帶，男的用蚊帳是不是有點娘啊？」

對桌於嘉從笑了起來：「那你還要用嗎？」

「用啊。」孫明川抖著蚊帳，堅定地說，「我們東北男人沒有別的優點，就是活得精緻，有時候我們精緻起來，連自己都害怕。」

於嘉從笑得不行。

孫明川說：「噯，不是，別笑了，說真的呢，你怎麼回事啊？你們真的不掛個蚊帳嗎？我來之前上論壇看學長姊說這邊的蚊子都跟生化武器一樣，叮一個包，能腫到像拳頭那麼大。」

另一邊，始終沒說話的路修然從箱子裡抽出一盒蚊香片，慢條斯理地道：「不掛，我們這邊有種東西叫電蚊香。」

孫明川看了他兩秒，又看看他手裡那一盒蚊香片：「我靠，哥兒們，好主意啊。」之後啪啪鼓掌，「我發現你真的是又精緻又不娘啊，哥兒們。」

沈倦低頭也笑了笑，把最後幾本書抽出來，放在桌上。

桌上的手機剛好響起，調了靜音，但震動的聲音很清晰。

沈倦看了一眼，上面的號碼他沒存下來。他盯著看了幾秒，直到餘光掃見剩下三個人也跟著看過來，才拿起手機接起來。

對面的人沒說話。

沈倦聽見另一邊人聲嘈雜，很亂。

他的手指有點僵，握著手機的手緊了緊：「林語驚。」

對面還是一片安靜。

下一秒，他聽見一聲很小的，幾乎融入雜亂背景音的啜泣聲。

沈倦怔了怔。

小女生的聲音委屈得不行，哭著叫他的名字，問他為什麼還不來接她，悶悶的，帶著壓抑不住的哭腔。像是有隻手拽著他的心臟，一點一點地往外拉。

「妳在哪裡？」他竭力壓著聲音。

『圖書館……』林語驚一邊哭一邊胡言亂語，『我在圖書館門口，這個破學校怎麼這麼大啊？我找你找了一個小時，帝都那麼大，奶奶都能找到爺爺，沈倦，我們是不是沒有緣分？』

沈倦聽不懂她在說什麼，只覺得那句沒有緣分異常刺耳，他頓了頓，低聲道：「妳在A大？」

林語驚吸了吸鼻子：『不然我能在哪裡。』

沈倦轉身快步走出宿舍門：「在那裡等我。」

待在老宅的那段時間裡，林語驚想了很多，想那些高考之前她沒時間分心去考慮、不敢想的事情，現在終於定下來後，她從頭到尾順了一遍。

她當然也想過他們會怎麼見面。她本來以為會是她去他的工作室找他，給他一個驚喜，小林老師光芒萬丈，漂漂亮亮地推門而入，看著愣在原地的沈同學。

開學的時候見面也可以，在A大種滿了法國梧桐的林蔭道上，身邊的學生和家長來來往往，他們隔著人山人海遙遙相望，於是周圍的一切都成了背景板，他們眼中只有對方。

少女十幾年都沒出現過的浪漫細胞開始蠢蠢欲動。

林語驚是真的沒想到他們會這樣見面。

在她蹲在圖書館門前的樹蔭下，額頭頂著膝蓋哭得稀裡嘩啦，肯定很醜的時候。

她覺得自己不能這樣，久別重逢，女孩子必須是美的。

她長長地吐出了口氣，一邊調整了一下心情，一邊用手背抹掉臉上的眼淚，抬起頭來就看見眼前的一雙長腿。林語驚仰頭，眼角還有沒擦乾的眼淚。

沈倦站在她面前，低垂著眼看著她。

林語驚發現，她之前擔心的那些既期待又不安的擔憂都消失不見了，腦子有幾秒鐘的空白。

這個一年多以來無數次出現在她的夢境中，在她的記憶裡徘徊的少年，此時就站在她面前。他瘦了很多，輪廓棱角分明，嘴唇抿著，線條很冷，從下往上看，睫毛低低地覆蓋下來。

整個人的氣質也沉了不少。

林語驚有些恍惚，總感覺這還是夢，下一秒她就會被鬧鐘叫醒，然後起床上早自習，背課文，直到沈倦也在她面前蹲了下來。

兩人的距離拉近，沈倦看著她，漆黑的眼，眼神很沉：「妳膽子是真的很大。」

他的聲音有些啞。

林語驚看著他，神情還是茫然的。

她在腦內迅速思考了一下能說什麼，兩秒鐘後毫無結果，她發現自己完全不知道該說什麼，於是脫口說出：「你高考考了幾分？」

看看，什麼叫學霸的自我修養，這就是了。

林語驚同學，妳可真是一個優秀的人才。

沈倦：「……」

沈倦都沒反應過來。

林語驚卻已經回過神來了，在這句話說到一半時，她其實就反應過來了，差點沒咬到舌頭。

她覺得自己像個傻子。

所以為了彌補一下，顯得自己不是那麼智障，她反應很快地繼續說：「我考了七百二十一。」

沈倦：「……」

分開了一年半的女朋友再見面以後，跟他說的第一句話是——你高考考了幾分？

然後第二句話，她告訴你——我考了七百二十一。

這他媽到底是什麼操作？

沈倦差點被氣笑了：「考得真好啊。」

這句臺詞有點耳熟，彷彿一瞬間穿越到她還在十班時，第一次月考成績下來以後。只不過，現在說這句話的人從她變成了他。

林語驚絕望地閉上了眼睛，也自暴自棄了：「啊，還行吧。」

他沒再說話，林語驚等了兩秒，睜開眼，和他的視線對上。

「林語驚。」沈倦漆黑的眼睛直勾勾地看著她，「妳為什麼來A大？」

林語驚用手背揉了一下哭得有點紅的眼睛，把臉上沒擦乾淨的眼淚都擦乾了才說：「來找你。」

「妳怎麼知道我一定會在A大？」沈倦瞇起眼，「如果我不在呢？」

林語鶯覺得沈倦這個問題有辱他的智商，因為想知道他在哪裡簡直太簡單了。

她眨眨眼：「我就是知道。」

填志願的時候，她就知道他一定會報A大，但是多多少少都有一點不確定，所以最後一天提交志願表之前，林語鶯去看了一眼八中的官網。

首頁紅彤彤一片，喜氣洋洋，第一個專題的標題就是黑體加粗的大字——熱烈祝賀我校沈倦同學以七百二十三分的優異成績榮獲省高考理科狀元。

理科省狀元。

不知道為什麼，林語鶯在看到這個專題的時候，竟然一點意外都沒有，就好像這完全是一件意料之中的事情。

他就應該是這樣。

他怎麼都耀眼，永遠都發光。該怎麼形容那種感覺呢？自豪吧，有種自己兒子考到了省狀元的自豪感。

唯一讓七百二十一分的林同學心裡不爽的是，就連高考，沈倦都高她兩分。

林語鶯不知道這到底是什麼邪門玄學，是不是用詛咒之類的詞來說會更標準，她就算遠到懷城去讀書，都死活擺脫不了這個二啊。

她走神了好一會兒，那邊的沈倦已經站起來，居高臨下地看著她，忽然勾了勾唇，緩聲道：

「是啊，妳什麼都知道。」

暑假時高考結束後，林語鶯打了電話過來，沈倦在後來冷靜下來後，考慮過無數種可能。

第一個竄進腦子裡的，是小女生那時候的那句「那我不喜歡你了呢？」。

林語驚從始至終都愛得太狡猾了，一直以來都是他追著她跑。

她逃避，她退縮，她幫自己留足了後路，然後時隔一年多，突如其來的一通電話讓人沒辦法不多想。這通電話打來，她會說些什麼，沈倦不想再往下想。

他連問都不想問，好像這樣保持下去，就能阻止什麼發生一樣。

現在她回來了，她就站在他面前，她來找他了。

她回來了，她沒走——這個認知讓他的手指都在抖。

然後呢？回過神來以後，心裡的那根火線直接被點燃，那種摻雜著慌張、茫然和無力感，硬生生地憋了十幾個月的火氣終於一衝而上，壓都壓不住。

沈倦這一年半過得實在太他媽委屈了。

太委屈了。

他閉了一下眼，聲音壓得很低，像是在竭力克制著：「妳什麼都知道，妳想走就走，一年半來一點消息都不給我，現在想回來就回來，是這樣嗎？」

林語驚愣了愣。

「我什麼都不知道，我他媽就活該一直像個傻子，我就得一直站在這裡等妳，是這樣嗎？」沈倦輕聲說。

林語驚仰著腦袋看著他安靜地發火，有些不知所措。

他是第一次跟她發火。

她也跟著站起來，蹲得有點久，腿都麻了。她垂著頭撐著膝蓋，緩了好一會兒才開口道歉：「對不起。」

這一聲對不起又激起沈倦的一股火。

她垂著頭，低聲說：「我不是……不想打電話給你，我一開始沒有手機。」

沈倦沉默地看著她。

「後來……」

林語驚頓了頓，有些猶豫。

她不想把自己看過心理醫生的事情告訴沈倦，畢竟也不是什麼大問題，她不想搞得自己像在賣慘一樣。

「後來，」林語驚繼續道，「我去年年前的那個寒假，打了電話給你，但是我都沒有打通。」

沈倦一頓：「去年年前？」

「我還傳了訊息給你，你也沒有回我。」林語驚撇了撇嘴，也有點委屈，「你為什麼不回我？你不回我，我就不敢傳了，誰知道你外面是不是有別的狗了。」

沈倦沒說話，有點發愣。

去年寒假時，洛清河去世，沈倦的狀態始終渾渾噩噩，沈母不放心他自己一個人在這邊，帶他回去了英國，到開學前才回來。

他沉默地抿著唇看著她，半晌才低聲道：「高考完，妳打給我的那通電話是蔣寒接的，我當時在忙。」

「我知道，」林語驚眨眨眼：「我那個時候要回帝都，在機場。我原本想告訴你一聲，但是你沒有空。當時我太想你了，就什麼都沒想，只想打電話給你。之後冷靜下來後，我發現就算我打電話過去，你接了，我好像也不知道該說些什麼。」林語驚說。

一年半的時間太久，當時想他，沒多思考就直接打了電話，結果沒接通。

等下了飛機，回到老宅閒下來，也冷靜下來了以後，林語驚有些茫然，也有點怕。

她忽然發現她好像不知道在電話裡能跟沈倦說什麼，因為真的太久了。

兩個人之間這麼久的空白是實實在在的，要說什麼呢？會不會尷尬？會不會已經沒有了共同語言？會不會就這麼舉著電話沉默了？

林語驚壓低了聲音，實話實說：「我不知道過了這麼久……我們是不是還有共同語言，見不到面只通電話的話，會不會聊不起來。冷場怎麼辦？尷尬怎麼辦？我就……不太想，就想說反正過沒多久就能見面了，見面再說也可以。」

她頓了頓，垂著眼，試探性地抬手去碰他的指尖：「其實包括要見到你之前，我都有點害怕，怕你會不會變得不一樣了，怕見面會不會尷尬什麼的。」

沈倦垂著眸，他始終沒說話，也沒動。

林語驚放開他的手指，又沒精神地戳了戳他的手背：「我這麼說，你別生氣，我就是想……把我心裡想的全都告訴你。」

言衡說，妳不能讓他一直拉著妳，妳得自己朝他走過去。

林語驚也想試試看。拉著他，朝著他往前走。

林語鶯深吸了一口氣：「課文裡都學到一鼓作氣，再而衰三而竭呢，第一次你沒理我，第二次也沒成功，我就不敢了。我不是故意不理你，也不是故意不告訴你的。」她仰起頭來看著他，又重複了一遍，小心翼翼地說，「你別生氣。」

沒等到他的回應，林語鶯在心裡嘆了口氣。

她這輩子都沒哄過人，怎麼哄個人這麼難呢？早知道應該跟程軼取取經，這種事他最會了。

林語鶯頓了頓，嘆了口氣：「好吧，你生氣也是應該的，小林老師哄你。」

她往前走了一步，靠近了一點。

在盛夏裡走了一個小時，又在這裡站了太久，小女生的手溫度有點高，熱乎乎地貼過來。

她小心翼翼地勾著他食指指尖拉過來，捏在手裡晃了晃，然後又勾住，聲音裡還帶著一點剛哭過的鼻音，軟軟的：「男朋友，我好想你。」

沈倦喉尖一滾。

最見不得她這樣，委屈巴巴地撒個嬌，能要他的命。

八中的官網專欄裡雖然寫了沈狀元去了哪個學校，但也沒有精確到他是讀哪一個科系，林語鶯就打算盲猜。

A大的王牌科系就那麼幾個，篩選一下還是很好猜的。林語鶯選出了幾個王牌科系，又按照自己的興趣在金融和電腦裡挑了半天，最後覺得沈倦的氣質和電腦系好像比較搭，沒太猶豫就選了這個。

結果他去學了金融，林語驚差點氣到心肌梗塞。

不過既然是盲猜，肯定是有風險的。她氣了一下以後也沒太在意，反正能在同一個學校就好，是不是同科系林語驚不強求。

當務之急是，沈倦現在生氣了。

當天下午要去教室領書，又要去體育館領軍訓的服裝，時間很緊，林語驚和沈倦的敘舊對話沒能進行完。

她裡子、面子都不要了，豁出去撒了個嬌，結果沈倦不為所動。

竟然毫無反應，是真的氣得不輕。

晚上回到寢室，林語驚拿出筆記型電腦，打開一個空白文檔，準備寫一個哄男朋友計畫。

她慢吞吞地敲下了第一個字——一個書名號，然後開始了時長五分鐘的發呆。

林語驚放棄了，嘆了一口氣，闔上電腦抽出一本本子。

在懷城的一年多，她養成了寫日記的習慣，每天晚上總要抽出幾分鐘來寫一下。即使今天和昨天沒有任何差別，她也會寫個一兩句話來提醒自己日子是在往前走的。

寫了滿滿的兩本，寥寥幾筆記錄下歲月的流逝。

她從筆筒裡抽出一支筆，寫上今天的日期和天氣，在下面寫了一行字。想了想，在後面畫了個不開心的表情。

『今天男朋友生氣了 :-(』

寫完，筆停住，頓了頓。

這大概是她的機會。

一直以來都是他拽著她，現在輪到她去抓緊他了。

勇敢少女林語鶯抿了抿唇，埋頭補了一行。

『我要想想怎麼勾引他 ;-)』

‡

A大的軍訓在隔天開始，前一天晚上，林語鶯和室友一起去了一頓飯，順便去周邊的商圈逛了一圈，買了一大堆用品回來，順便一人買了一支防曬。

林語鶯買了兩支，本來想要晚上去找沈倦，送去給他。男朋友顏值高，黑不黑是不影響他帥，但是軍訓成天這樣曬著，紅紫外線太傷了。

結果，晚上寢室裡幾個剛認識的小女生開始一起聊起天，熟悉彼此，林語鶯也不好不參與，就先和她們聊天。

幾個小女生天南海北，哪裡都有，一起吃完晚飯，彼此也熟悉起來了，性格各異，倒也聊得來。

中途，林語鶯傳了訊息給沈倦：男朋友，你們經管院明天在哪裡集合？

沈倦回得倒是很快，也沒有和她搞冷戰，林語鶯在點開這條訊息、看到內容之前，心情還是很雀躍的。

沈倦：嗯？

林語驚：「……」

嗯個屁啊。

林語驚自己翻譯了一下，他這一個字加上一個問號的意思是——有事嗎？

好，沈倦你好樣的。

林語驚翻了個白眼，把手機丟到一旁。

想了想，又重新拿起來，耐著性子一邊苦惱地琢磨能說點什麼，打破這個死亡對話的僵局，一邊聽對床聊天。

對床的小女生是本地人，很好相處，留著可愛的齊肩短髮，性格也活潑，像一顆蹦蹦跳跳的小蘑菇。

小蘑菇正在跟兩個外地女生介紹今年的本省狀元沈倦。

「對，就本市嘛，八中的。我有個國中同學在八中，跟我說過一點，反正就是他們學校校草級別的那種，成績又好，長得又帥。」小蘑菇說，「不過我朋友跟我說，他這個人有點可怕，高二的時候留級了一年，然後第二年高二好像交了個女朋友，後來他疑似劈腿，女朋友傷心轉學了。」

林語驚：「……」

林語驚的訊息傳到一半停下來，呆滯地抬起頭來：「啊？」

小蘑菇看著她，凝重而肯定地點了點頭：「我也是聽我朋友說的，但這件事在他們學校很有名，畢竟是風雲人物嘛，反正就是劈腿青梅竹馬了。」

「……」

林語鶯的手指還懸在手機螢幕上，有點茫然，一邊尋思著好像沒聽說過沈倦有什麼青梅竹馬。

「據說他那個女朋友長得也巨美，是學霸型美人小姊姊。」小蘑菇說，「我朋友說，當時兩個人甜死人了。他們有次考試在同一個考場，然後小姊姊早上幫他買了豆漿，他來了以後就拿給他，他就特別特別自然地幫小姊姊擰開了，然後小姊姊接過來，特別特別自然地喝了兩口才反應過來，說是幫他買的。然後他就說，那妳放那裡吧，我等等喝。」

小蘑菇捂住臉：「嗚嗚嗚嗚！甜死我了。」

林語鶯：「……」

「然後——」小蘑菇頓了頓，抬起頭來強調道，「你們知道他高二時，為什麼休學了一年嗎？」

另一個室友曲詩涵很急切：「為什麼為什麼？」

小蘑菇猛地一拍桌子：「因為他把他同桌打成了植物人！！」

林語鶯：「……」

「反正據說是個脾氣很暴躁的老大，但是對他那個前女友超寵的，打不還手、罵不還口。」小蘑菇說，「體育課，他在那裡做伏地挺身，那個小姊姊就在那裡揍他，做一個搧他一巴掌，做一個搧他一巴掌，據說揍得很狠，老大卻完全不生氣，還笑得一臉燦爛，痛並快樂著。」

曲詩涵聽得很激動，也猛地一拍桌子：「這是什麼絕美的愛情故事？」

「然後他劈腿了，」小蘑菇兩手一攤，說，「愛情不復存在，小姊姊傷心轉學。」

林語鶯：「……」

林語鶯的表情麻木。

那種……聽著別人說妳和妳的省狀元風雲人物男朋友，還添油加醋地一頓神加工，最後妳男朋友還被強制性劈腿的神奇發展，讓她此時的心情有些微妙。

林語驚清了清嗓子：「你們知道他女朋友叫什麼嗎？」

小蘑菇轉過頭來，眨著眼：「不知道，我朋友跟我說過一次，但我忘了，好像是姓林吧。」

「是姓林，」林語驚點點頭，「叫林語驚。」

小蘑菇：「……」

曲詩涵：「……」

一直在旁邊塗著指甲油，冷漠旁聽的另一個室友顧夏手裡的指甲油刷子一歪，一道大紅色畫到了骨節上。

她抬起頭來，張著嘴：「妳啊？」

「啊，」林語驚說，「好像是我吧。」

安靜三秒。

「好，」顧夏指甲油一推，「往事不必多提，我們來進行下一個話題。」

‡

A大的軍訓比高中的時候豐富了不少，先要在體育館裡開動員大會。

小蘑菇的生理時鐘特別準時，五點她就爬起來了，輕手輕腳地洗漱完到六點才準時叫她們。

林語鶯其實有一點起床氣，沒睡飽的時候心情會很煩燥，但是這麼多年她早就習慣了，壓也壓得住，就是剛醒來的那段時間氣壓都很低，也不想說話，得發一會兒呆。

寢室裡的人一個一個去洗漱，林語鶯最後一個爬下床，洗漱好穿上衣服，裡面是迷彩短袖、外套、長褲，下面是膠鞋，還研究了半天皮帶怎麼扣。

到體育館時時間還早，館裡空著一半，她們順著邊緣一直往前走，找到電腦系那邊坐下。

林語鶯坐在靠走道旁，坐下以後伸著腦袋看了一圈，遠遠看見經管院金融系好像在斜對面。放眼望去綠油油的一片，全是小白菜，根本就看不見沈倦在哪裡。

林語鶯看了一眼時間，離指導員說的集合時間還有一會兒，她把帽子摘下來放在椅子上，跟旁邊的顧夏說了一聲，一階一階跳下去，穿過體育館往斜對面走。

她找到金融系，也不知道沈倦是幾班，就一個一個班找，站在下面一層一層地往上看。

孫明川一坐下，就看見了往這邊走來的林語鶯。

軍訓動員大會，體育館裡都是大一新生，所有進來的人都是一臉茫然，不確定地盯著牌子看，一個一個找過去。只有這個女生徑直穿過偌大的體育館，直往這邊走過來，看起來非常瀟灑。

孫明川拍了拍旁邊的於嘉從：「噯，你看這女的，你快看你快看。」

於嘉從抬起頭來：「哪個啊？」

「就這個啊！這個啊！最女神的這個啊！都快走到你眼前來了。」孫明川說，「老於，我戀愛了，她是我們系的嗎？」

女孩子似乎是在找什麼，從金融一班那邊一路走過來，視線一排一排地掃過。

「不是吧，應該來找人的。」於嘉從側頭，好笑地看著他，「你只看人家一眼就戀愛了啊？」

「一切總得有個開始，對不對？」孫明川托著下巴看著她走近，「對的時間遇上對的人，我覺得我即將開啟一場轟轟烈烈的校園戀情，趁沈倦還沒來，沒人能蓋住哥的這張帥臉散發出來的致命吸引力，快點，哥要跟哥的女神搭訕了。」

孫明川說著，抬手梳了梳劉海，站起來：「怎麼樣，哥帥不帥？」

於嘉從沒搭理他，放下手機站起身，朝前面招了招手：「沈倦，這裡！」

孫明川就看著他的女神在聽見這個名字以後腳步一頓，然後朝他們的方向看過來。

孫明川和她對視了兩秒，喃喃：「我靠。」

然後他又看著她移開視線，看向旁邊的於嘉從，順著他的目光轉過頭去，看向沈倦走過來的方向。

孫明川：「我靠？」

孫明川就看到他的小女神朝沈倦的方向跑過去。沈倦垂著頭，女神仰著腦袋，兩人站在體育館中間說話。說沒兩句，女神從口袋裡拿了什麼玩意兒出來，塞到沈倦懷裡，然後跑走了。

「不是，」孫明川震驚了，「沈倦這傢伙是怎麼回事啊？只叫了他一聲都能橫刀奪愛嗎？」

於嘉從是本地人，也反應過來了，扶著他的肩膀笑：「廢話，他是我們省狀元呢，大帥哥，半個身子踏入校門的那一瞬間，就註定了他這風雲四年少不了鶯鶯燕燕。」

「我跟你說哥兒們，你別不信，」孫明川轉過頭來，嚴肅地看著他，「我高中時也是學校裡比較出名的人物，長得帥——」他指指自己的臉，「學習好，男神進階版。」

男生忘性大，性子又皮，看到女生長得漂亮就大喊一聲，現在聊起別的就過去了，孫明川沒再提起這件事，開始吹起了自己十八年以來曲折又動人，沒成功過的一段浪漫情史。

動員大會的時間不長，說了一下軍訓期間每天的訓練內容和時間安排，為期十五天，內容包括佇列軍體拳、實彈射擊、急救和防空疏散，每隔一天晚上訓練結束以後，還會有消防安全的知識講座。

軍訓正式開始。

八月底，一連三四天始終豔陽高照，剛開始幾天的訓練內容還算簡單，但頂著烈日站一上午軍姿，也曬得一群小油菜們苦不堪言。

林語驚每天晚上都要記錄一下的哄男朋友寶典翻了幾篇，林語驚不急，今天送個防曬霜給他，明天傳訊息提醒他明天紫外線等級有點強，每天循序漸進。

白天在操場上幾乎都看不到沈倦在哪裡，他也不主動找她。

他現在都不主動找她了！

林語驚嘆了口氣，從寢室裡出來，晚上有一個關於消防安全的知識講座，時間還早，她就先去買了個奶茶。

南校區這邊有幾家奶茶店，這家每天人最多，林語驚一邊看手機一邊垂著頭排隊，忽然感覺到有人拍了拍她的肩膀。

她抬起頭來。

很高的一個男生站在她旁邊，沒穿軍訓的迷彩服，身上是簡單的白T恤、牛仔褲，應該不是大一的。

他看著她，笑咪咪地說：「同學，妳好。」

林語驚微點了一下頭：「你好。」

她說這句話的時候其實沒什麼語調，但是聲線輕軟好聽，男生笑了笑：「我看妳常在這裡買奶茶，所以想跟妳推薦一下，他們家的烏龍瑪奇朵味道還可以。」

林語驚這幾天已經遇過好幾個這種過來搭個訕，或者直接要手機號碼的。她餘光一掃，熟悉的人影一晃而過，林語驚愣了一下，側了側頭。

沒人。

男生也跟著側頭：「怎麼了？」

「沒什麼，」她重新轉過頭來，「我平時不怎麼喝這個，是我男朋友喜歡。」

「啊，」男生愣了愣，「好吧，妳男朋友喜歡喝奶茶啊？」

「是啊。」林語驚漫不經心地說，「我男朋友是個小甜甜，我不幫他買，他還會不開心呢。」

男生：「……」

她的態度非常直接而明顯了，那男生也很識相，沒說兩句就走了，林語驚捧著一杯芋圓奶茶慢悠悠地往舉辦講座的禮堂走。

夏日的傍晚，校園裡很熱鬧，兩兩三三穿著迷彩服的大一新生也在往禮堂那邊走，林語驚一邊咬著吸管，一邊抽出手機，傳了訊息給沈倦：問你一個問題，你喜歡喝奶茶嗎？

沈倦沒回，林語驚撇了撇嘴。

禮堂在圖書館旁邊，繞過去就到了。她走過林蔭道，走到圖書館，直接從側門推門而入，打算從裡面穿過去，一側頭，看見站在圖書館前的沈倦。

幾天以來第一次偶遇，可真是太不容易了。

她轉過頭的時候，沈倦也剛好抬起頭來，兩人的視線對上，林語驚眨眨眼，吐出奶茶吸管跑過去：「嗨，帥哥，等人嗎？」

沈倦沒說話。

林語驚往前湊了湊，笑得眼睛一彎，微揚的眼角帶了一點媚氣，看著他：「等我嗎？」

沈倦垂眸。

夏天氣溫高，小女生沒穿迷彩服外套，掛在手臂上，身上是薄薄的短袖，露出白皙的手臂和領口一段細白的脖頸。衣服下襬塞進褲子裡，腰帶一紮，纖細的腰肢盡顯，曲線美好，勾得人心癢癢。

小女生長大了，怪不得買個奶茶都有人惦記。

他始終不說話，而林語驚磨了這麼多天，半點成效都沒看見，也有了一點脾氣。

但是這次確實是她不對，得有耐心一點。

她的笑容塌下來，彎著唇角看起來有一點沒精神，還是耐著性子說：「沈同學，我都這樣哄你了，你打算生氣到什麼時候？」

沈倦平靜地說：「妳怎麼哄我？」

「我送給你防曬霜，還幫你買過水，每天還準時跟你播報天氣預報。」林語驚掰著手指頭算，

「盡心盡力，你也好冷淡，你真的不理我。」

沈倦眯起眼，往圖書館柱子上懶懶地一靠，看著她：「林語驚，誰告訴妳哄人是這樣哄的？」

「……」林語驚也有了脾氣，面無表情地看著他：「我就會這樣，誰會你去找誰吧，我也沒跟別人談過，也沒人教過我要怎麼哄男朋友。」

沉默兩秒。

沈倦「嘖」了一聲，忽然抬手，扯著她手腕往前拉。

林語驚來不及反應就被拉過去，貼著他。

她只穿了一層薄迷彩短袖，身子就這樣貼上來，小女生的身子柔軟溫熱。

沈倦一頓，垂眸，手指緩慢地蹭過她嫣紅柔軟的唇瓣，低聲說：「我教妳。」

他的手指有點涼，指腹刮蹭著敏感的嘴唇，激得林語驚下意識往後縮了縮。

沈倦感覺到她在躲，另一隻手輕輕捏在她的後頸處，扣著她往自己的身前帶，忽而垂頭。

嘴唇上有個軟軟涼涼的東西壓下來，觸感柔軟而陌生。

林語驚還睜著眼，人都沒反應過來，直到她清晰地感覺到下唇被含住，然後輕咬了一下，又被放開。

一點點痛感夾雜著其他的，讓林語驚腦子有點轉不過來，整個人發僵。

沈倦稍微拉開一點距離，額頭頂著她的，黑眸沉而暗，直勾勾地盯著她：「會了嗎？」

他扣在後頸的手指穿過髮絲，輕輕地摩蹭了一下她頸側細膩的皮膚，聲音沙啞：「以後都得這樣哄。」

林語驚覺得沈倦這個人越來越要命。怎麼一年多沒見，她自己還在原地踏步，他的功力就一天比一天進步了？

少年的額頭貼著她的，鼻息溫熱，指尖貼著她脖頸的薄薄一層皮膚摩擦，動作輕緩，每一下都帶起人一陣顫慄。

林語驚的腦袋還有點發愣，嘴唇上濕濕的觸感還停留著。

她靠在他身上，仰頭，回過神來以後下意識地吞了吞口水：「噯，不是，你這個人是怎麼回事啊？」

沈倦扣在她頸後的手輕輕用力，捏了捏：「嗯？」

林語驚抿了抿唇。

人家都教你了，學習嘛，小林老師對這個最拿手了。

她一手還拿著喝了一半的奶茶，空不出來，整個人忽然往上竄了竄，只單手勾著他脖頸往下拉。

沈倦還靠在柱子上，被她往下拉，身子微弓，還來不及反應，林語驚就直接親上來了。

沈倦猝不及防，有些錯愕。

他剛剛都不敢親得太過分，克制、隱忍地小心翼翼地碰了碰，生怕嚇到她。

但她不是。

林語驚單手勾著他脖頸，唇瓣貼合了幾秒，然後探出舌尖來，一點一點地描繪著他的唇縫，尋找到空隙，軟軟的舌尖探進去小心翼翼地舔了舔。

親得生澀而大膽。

沈倦被她的動作撩撥得整個人繃緊，扣著她的手不自覺地用力收緊，手指往上挪到她的後腦勺，穿過柔軟髮絲。

林語驚沒吃過豬肉，但是基本的理論知識她還是有的，不過實際操作起來還是有一些難度。

她小心而謹慎地往裡面探，碰到了軟軟的東西，僵了僵，又縮回來，停在邊緣，不敢再動了。

她模糊地聽到沈倦低低地嘆息了一聲，然後他的頭微微往後仰，很輕地躲了一下。

林語驚感受到了他閃躲的動作，睜開眼，勾在他身上的手鬆開，拉開一點距離，耳朵開始發熱。

她眨了一下眼，仰著頭看著他，膽子很大，聲音卻小，又像有些不滿：「你不親我嗎？」

剛壓下去的一股火氣就因為她這一句話，瞬間燒起來了。

沈倦克制地閉上眼，指尖一下一下地摸著她頭髮，不知道是在安撫她還是安撫自己。

靜了幾秒，他睜開眼，視線落在她濕潤的唇瓣上，啞聲說：「地點不太好。」

什麼地點？

林語驚愣了愣，忽然反應過來他們現在在哪裡。

圖書館門口，旁邊就是禮堂，而一會兒就要上消防安全知識的講座，基本上所有的大一新生都會路過。

她整個人僵了僵，單手抵著他的胸口猛然推開，往後拉遠了一點距離。

沈倦看著她耳朵通紅地張了張嘴，然後後知後覺地慌張、害羞起來。

他勾起唇。

這個女生就是這樣，無論多羞恥，臉色都永遠不變，看起來若無其事，但就是耳朵緋紅一片，好玩又可愛。

林語鶯迅速調整情緒，佯裝冷靜：「你剛剛為什麼不提醒我？」

「女朋友熱情似火，」沈倦舔了一下嘴唇，笑著說，「我來不及反應。」

「你閉嘴。」林語鶯惱羞成怒，「不是你要我這麼哄的嗎？」

沈倦靠在柱子上，笑得肩膀直發抖，停不下來。

她指著他，平靜地警告道：「沈倦，你別笑了。」

「行。」沈倦點頭，忍著笑直起身子來，抬手理了理衣服。

他的迷彩服外套沒扣上，她剛剛整個人靠過來，蹭得有點亂。

不知道是不是因為剛剛做了一點不可描述的事，林語鶯現在看什麼都覺得不純潔。他這一套明明看起來很正常的動作，硬是讓她看出了一點不可言說的事後味道。

林語鶯長嘆了口氣，別開頭去不看了，覺得自己思想有問題。

沉默幾秒，她抬了抬眼：「那你還生氣嗎？」

沈倦垂眼看著她，半晌，嘆了口氣。

他往前兩步，輕輕抱了抱她：「我是生氣，不是氣妳走了，而是妳什麼都不願意跟我說。林語鶯，我希望妳能再相信我一點。」沈倦低聲說。

林語鶯任由他抱著，把腦袋埋在他胸口，猶豫了一下，鼻尖蹭了蹭，聲音輕輕的：「好。」

——下集待續——

高寶書版集團
gobooks.com.tw

YH 070
白日夢我（中）
作　　者　棲見
特約編輯　Rei
責任編輯　陳凱筠
設　　計　Ancy pi
內頁排版　賴姵均
企　　劃　何嘉雯

發 行 人　朱凱蕾
出　　版　英屬維京群島商高寶國際有限公司台灣分公司
Global Group Holdings, Ltd.
地　　址　台北市內湖區洲子街88號3樓
網　　址　gobooks.com.tw
電　　話　(02) 27992788
電　　郵　readers@gobooks.com.tw（讀者服務部）
傳　　真　出版部(02) 27990909　行銷部 (02) 27993088
郵政劃撥　19394552
戶　　名　英屬維京群島商高寶國際有限公司台灣分公司
發　　行　英屬維京群島商高寶國際有限公司台灣分公司
初　　版　2022年 1 月

本著作物《白日夢我》，作者：棲見，由北京晉江原創網絡科技有限公司授權出版。

國家圖書館出版品預行編目(CIP)資料

白日夢我 / 棲見著. -- 初版. -- 臺北市：英屬維京群島商高寶國際有限公司臺灣分公司, 2022.01
面；　公分. --

ISBN 978-986-506-325-2 (上冊：平裝)
ISBN 978-986-506-326-9 (中冊：平裝)
ISBN 978-986-506-327-6 (下冊：平裝)
ISBN 978-986-506-328-3 (全套：平裝)

857.7　　110005929